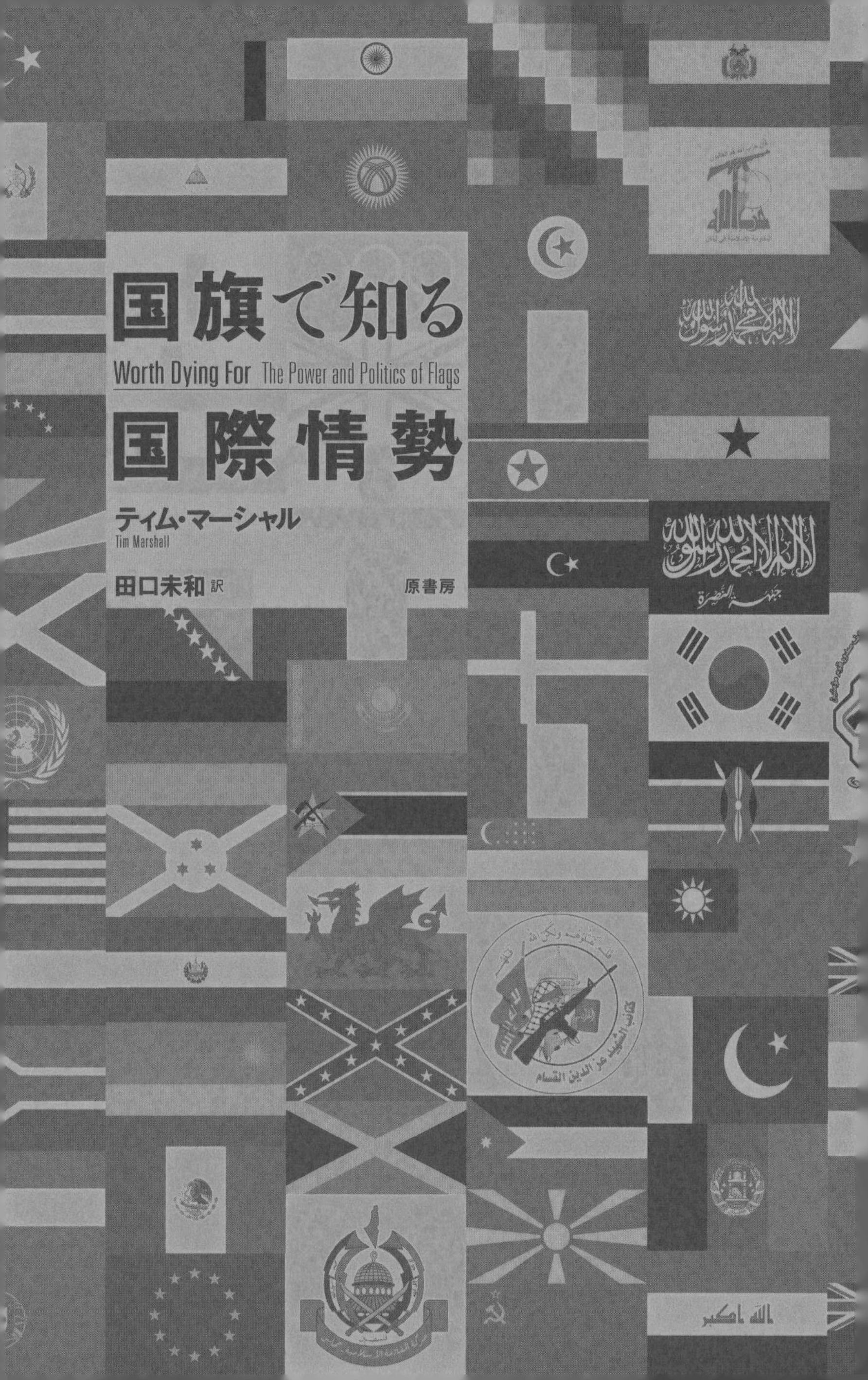

国旗で知る国際情勢

Worth Dying For The Power and Politics of Flags

ティム・マーシャル

Tim Marshall

田口未和 訳

原書房

本書で紹介されている国旗一覧
（紹介順）

ノルウェー

EU

フィンランド

フランス

ウェールズ

アメリカ

アイスランド

ドイツ

アイルランド

南部連合

スイス

ナチス

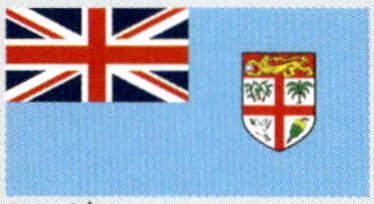
フィジー

イギリス（連合王国）

ポルトガル

イタリア

オーストラリア

イングランド

オーストリア

デンマーク

ニュージーランド

スコットランド

オランダ

スウェーデン

ハワイ

北アイルランド

ハマス

レバノン

アラブ反乱旗

ロシア

ハマス

エジプト

サウジアラビア

ソ連

アルカッサム

イラク

ヨルダン

セルビア

イスラエル

トルコ

スロヴェニア

アルアクサ

リビア

アルジェリア

マケドニア

ファタハ

アルヌスラ

チュニジア

コソヴォ

トルクメニスタン

ヒズボラ

イラン

ボスニア・ヘルツェゴヴィナ

ザンビア

UNIA

中国

ウズベキスタン

リベリア

ジャマイカ

台湾

カザフスタン

ルワンダ

ラスタ

韓国

キルギス

ブルンディ

ガーナ

北朝鮮

アフガニスタン

セーシェル

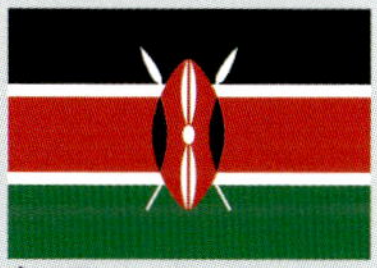
ケニア

日本

パキスタン

ナイジェリア

モザンビーク

旭日旗

インド

南アフリカ

ウガンダ

エチオピア

ネパール

赤水晶

アルゼンチン

ニカラグア

大コロンビア

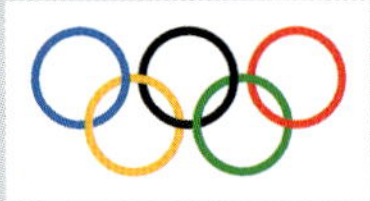
オリンピック

フォークランド諸島

エルサルバドル

ベネズエラ

NATO

ウルグアイ

グアテマラ

エクアドル

レインボーフラッグ

ブラジル

ホンジュラス

ボリビア

国際連合

海賊旗

コスタリカ

ウィファラ

地球の旗

赤十字

パナマ

メキシコ

赤新月

ペルー

国旗で知る国際情勢

目次

はじめに……015
第1章　星条旗……015
第2章　ユニオンジャック……043
第3章　十字と十字軍……073
第4章　アラビアの色……121
第5章　恐怖の旗……153

第6章　エデンの東……177
第7章　自由の旗……213
第8章　革命の旗……239
第9章　よい旗、悪い旗、醜い旗……273
謝辞……309
主要参考文献……310
索引……325

はじめに

「私はあなたがこうと信じるものにすぎず、あなたが信じるあらゆるものになりうる」
フランクリン・K・レーン米内務長官とアメリカ国旗との「会話」(一九一四年の国旗記念日の演説より)

9・11の同時多発テロ当日、ようやく炎が消え、土埃もほぼ収まったころ、ニューヨーク市消防局(FDNY)の三人の消防士が、まだ煙の立ち上るワールドトレードセンターのがれきによじ登って星条旗を掲げた。

これはあらかじめ計画された行動ではなく、そばには公式カメラマンもいなかった。三人は死と破壊の状況を前にして、ただ「何か正しいこと」をしたいと感じたのだ。地元紙のトム・フランクリンというカメラマンがその瞬間をとらえた。のちに彼は、自分が目にした光景には「アメリカ国民の力を感じさせる何かがあった」とコメントした。

その写真はアメリカ全土だけでなく、世界中の新聞に掲載された。彩色された一枚の布が、なぜそれほど深く人々の心を動かしたのだろう？　旗の意味は、それが喚起する感情から生まれる。アメリカ人が「古き栄光《オールド・グローリー》」とも呼ぶ星条旗が彼らの心に訴えかける力は、アメリカ人以外にはわからないものだ。しかし、誰でもその感情を理解することはできる。なぜなら、世界中の多くの人が自分の国のシンボルに対して、同じ感情と帰属意識を持つからだ。自国の国旗が象徴するものについて、はっきりと肯定的な意見を持つか、反対に否定的な意見を持つかは人それぞれだろうが、そのシンプルな一枚の布が国家を体現しているという事実は変わらない。ひとつの国の歴史、地理、国民、価値観——そのすべてが布の上に、その図柄と色に表現される。そこに込められる意味は見る人によってさまざまに変わるとしても。

世界の国旗のそれぞれが独自の特徴を持つと同時に、共通している部分もある。どの旗も何かを語る。ときには語りすぎることもあるほどだ。

二〇一四年一〇月に起こったことが、まさにそうだった。ベオグラードのパルチザン・スタジアムで行なわれたサッカー欧州選手権の予選で、セルビアとアルバニアの代表チームが対戦したときのことである。アルバニア代表がセルビアの首都を訪れたのは、一九六七年以来のことだった。その間にユーゴスラヴィアの内戦があり、セルビア人とコソヴォのアルバニア人が対立した。紛争はＮＡＴＯ（北大西洋条約機構）軍によるセルビア軍と都市や町への三か月におよぶ空爆のあと、一九九九年にセルビアの事実上の分離という形で終結した。その後二〇〇八年に、コソヴォは一方的に独立を宣言した。その動きはアルバニアに支援され、多くの国の承認も得た。注目すべきことに、スペインはコソヴォ独立を承認しない国のひとつだった。独立したコソヴォの首都にコソヴォの国旗が掲げられる光景は、スペインの国内問題であるカタルーニャの独立運動を活気づけるおそれがあるとわかっていたからだ。

それから時間を早送りして六年後の二〇一四年、セルビアとコソヴォ、その延長線上のセルビアとアルバニア間の緊張はまだ続いていた。アウェイでの試合となるアルバニアのファンたちは、セルビア人に攻撃されることが予想されたため、スタジアムに入ることが認められなかった。

試合はスローペースだったものの非常に険悪なムードで、ときおりスタンドから「アルバニア人を殺せ」のスローガンが大声で繰り返された。そんななか、ハーフタイムの直前になって、リモコン操作のドローンが夜空をゆっくりと進み、ピッチのハーフウェイラインに近づいてきた。まずスタンドの観客が、続いて数人の選手がそれに気づいた。のちにこのドローンは、イスマイル・モリナイという三三歳のアルバニア人民族主義者が操縦していたことがわかった。彼は近くの聖ガブリエル教会の、ピッチを見渡すことができる塔に隠れていた。

ドローンが降下すると、スタジアムは驚きのあまり沈黙に包まれたが、センターサークル付近でホバリングするのを見て、突然、観客席から怒声が響き始めた。ドローンはアルバニアの旗を運んでいたのだ。

これはただのアルバニア国旗ではなかった。普通の国旗だけでも問題を引き起こしていただろうが、この旗にはアルバニアの国章である黒の双頭のワシと、二〇世紀はじめのアルバニア独立運動のふたりの英雄の顔、そして、「大アルバニア」の地図が描かれていたのである。セルビアの一部、マケドニア、ギリシア、モンテネグロまでを含む地域だ。そこには、「原住」の民を表す

「autochthonous」の文字も加えられていた。そこから読み取れるメッセージは、自分たちを紀元前四世紀の古代イリュリアを起源とする民族と考えるアルバニア人こそが、この地域の本当の民族であり、六世紀にやってきたにすぎないスラヴ人はそうではない、というものだった。

セルビア代表チームのディフェンダー、ステファン・ミトロヴィッチ選手が手を伸ばし、旗をつかんで引きずり下ろした。彼はのちに、試合を続行できるように「できるかぎり冷静に折りたたんで、第四審判に渡そうとした」と説明した。しかし、アルバニアの選手ふたりが彼から旗を奪い取ったため、収拾がつかなくなった。何人かの選手が小競り合いを始め、次にはセルビア人ファンのひとりがスタンドからピッチに降りてきて、アルバニアの主将の頭をプラスチックの椅子で殴った。さらにセルビア人ファンが続々とピッチになだれ込んでくるのを見て、セルビアチームはわれに返り、アルバニア選手を守りながら一緒にトンネルへと走った。試合はそのまま中止になった。スタンドのファンはピッチに発煙筒などを投げ込み、機動隊とも衝突した。

この騒動は険悪な政治的対立を引き起こした。セルビア警察がアルバニアチームの更衣室を捜索し、その後、アルバニア首相の義理の弟がスタンドからドローンを操縦していた、と非難した。両国のメディア報道は民族対立で加熱した。セルビアのイヴィツァ・ダチッチ外務大臣は、セルビアが政治的に「挑発された」と発言した。そして、「もしセルビア人がティラナ（アルバニアの首都）かプリシュティナ（コソヴォの首都）で大セルビアの旗を掲げていたとしたら、すでに国連安全保障理事会の議題に上がっているだろう」と付け加えた。数日後に予定されていた、ほぼ七〇年ぶりとなるアルバニア首相のセルビア訪問は中止になった。

作家ジョージ・オーウェルの「サッカーは銃撃のない戦争」という言葉は正しかった。そして、バルカン半島の不安定な情勢を考えれば、サッカーと政治と旗の組み合わせは本物の紛争に発展する可能性さえあった。

崩落したワールドトレードセンターのツインタワーのがれきにアメリカ国旗を立てたことは、実際に戦争の予兆となった。その光景を撮影したトム・フランクリンは、自分の写真がかつての戦争——第二次世界大戦——で撮られた有名な写真によく似ていることに気づいていたという。海兵隊が硫黄島の山の頂上にアメリカ国旗を立てたときの写真である。ほかの多くのアメリカ人もその類似性にはすぐに気づくだろう。どちらの瞬間も強い感情、すなわち悲しみ、勇気、ヒロイズム、抵抗、集合的忍耐、そして努力が入り交じった強い感情をとらえていると思うはずだ。

そして、どちらの写真もアメリカ国歌「星条旗」の一番、とくにその最後の部分を思い出させるが、おそらくは9・11の写真のほうがより強くそれを感じさせるだろう。

自由の国、勇者の故郷に
星条旗はまだ翻っているか

アメリカ国民にとてつもない衝撃を与えたテロの現場に、それでも彼らの国旗が翻っている光景を目にすることは、多くの人々に安心感を与えた。五〇州を表す星が描かれた旗が、制服姿の男たちによって高く掲げられている光景は、アメリカ文化の軍国主義の性格を感じさせるものではあったかもしれない。しかし、グラウンドゼロの破壊された灰色の世界のなかに赤、白、青を見ることは、多くの一般市民があの秋の日にニューヨークから伝えられた、もっと心痛む多くの映像を受け止める助けにもなった。

私たちがこれほど愛着を覚える旗という形の国家のシンボルは、どのように始まったのだろう？　旗は人類の歴史において比較的最近になって登場した現象だ。布の上に何かのシンボルを描いたものやスタンダードと呼ばれた標章が旗の前身で、古代エジプト人、アッシリア人、ローマ人などが使っていたが、現在私たちが知るような旗が一般化して広まるようになるのは、中国人が絹を発明してからのことだ。それ以前の伝統的な布地は重すぎて高く掲げることはできず、とくに何か塗っているときには風に翻ることはなかった。絹はより軽かったので、たとえば軍隊が旗を戦場に持っていくこともできた。

新しい織物と慣習はシルクロードに沿って広まっていった。最初に絹の旗を採用したのはアラブ人で、十字軍の時代に彼らと接触したヨーロッパ人がそれに続いた。十字軍のような西洋のいくつかの大国の軍隊が参加した軍事行動では、誰がどの国の軍に属するのかを明らかにする目的から、紋章をシンボルに使うことが定着した可能性がある。これらの紋章はとくに王朝の国では、階級や血筋と結びつけられるようになった。これが、ヨーロッパの旗が戦場の軍旗や海上での信号から進化して、国家のシンボルになった理由のひとつである。

今ではすべての国が旗で表現される。そのことから、現代世界におけるヨーロッパの影響力がいかに強かったかがわかる。帝国の拡大とともに、その思想が世界中に広まった。ヨハン・ヴォルフガング・フォン・ゲーテは、ベネズエラ国旗の考案者であるフランシスコ・デ・ミランダにこう言ったという。「ひとつの国は名前と旗を持つことから始まり、それらにふさわしいものになる。ちょうど、人が定められた運命をまっとうするように」

国を旗という形に要約しようとするのは、どういう意味なのか？ それは、一連の理想、目的、歴史、信念のもとに国民をひとつにまとめようとすることを意味する。ほとんど達成不可能な試みだ。しかし、情熱が高まったとき、あるいは敵の旗が高く掲げられたとき、人々は自分が属するシンボルのもとへ群れ集まる。旗は私たちが祖先から引き継いだ部族社会の伝統とアイデンティティの概念――「われわれ対彼ら」の概念――と深い関わりがある。旗のデザインに含まれる象徴的意味の多くは、紛争や対立という概念に基づいている。たとえば、赤は人間の血を表すという一般的なイメージもそのひとつだ。しかし、現代世界は、対立を和らげ、団結、平和、平等の促進に努めようとする傾向に変わりつつあり、人々が自由に移動するようになって、こうした「われわれ対彼ら」の境界線がぼやけてきている。そうした今の時代に、旗はどんな役割を果たしているのだろう？

はっきりしているのは、これらのシンボルが今でも大きな影響力を持ち、信念やものの見方をすばやく伝え、感情を強く動かすことができるということだ。現在、世界の国民国家の数は以前より増えているが、国家以外の集団も同じように旗を使って、安い陳腐な商品のイメージから、宗教的、人種的暴力まで、何らかの概念をヴィジュアル化して、キャッチフレーズ代わりにしている。これは近代史で何度も目にしてきたものだ。ヒトラーとナチスの鉤十字《スワスティカ》は今でもそれを見る人に強烈な反応を引き起こす。イスラム国（ＩＳ）の出現と、その宗教的または預言的なシンボルの強調は、人々の注意を引き、ときには支持を獲得している。

この本は国旗にまつわる数百の物語を語ることもできたはずだが（たとえば一九三か国それぞれの国旗について）、もしそうしていたらただの分厚い参考文献になってしまっていただろう。その代わりに、この本では最もよく知られた国旗のいくつか、やや知名度の低い国旗のいくつか、そして、単純に最も興味深い歴史を持ついくつかの旗の物語を選んだ。大体の場合に図柄、色、シンボルのもともとの意味は重要だが、ときには一部の人々にとってそれらの意味は別のものに変わり、それが現在その旗が表すものとなっている場合もある。意味は見る人の目によって決まるのである。

本書の物語は、おそらく世界で最も有名な旗、アメリカの星条旗から始めようと思う。これは「アメリカン・ドリーム」を視覚的に表現したものだ。国民の大多数に深く愛されるこの旗は、ひとつのシンボルが国を定義し、国民をひとつにまとめる力を持つという最も説得力ある例となる。そして、現在の世界の帝国の次には、過去の時代の帝国へと移る。イギリスのユニオンジャックの影響は世界の端まで届く勢いだった。その旗は広大な帝国の共同戦線を象徴したが、その一方で、表面には見えないながらもブリテン諸島の内部には連合王国を構成する地域ごとの強い国家アイデンティティが残り、それは今も消えていない。

欧州連合（ＥＵ）の旗も、統合の実現に苦労している。地域や国ごとのさまざまに異なるアイデンティティが深く根づいた大陸では、多くのヨーロッパ人が自国の国旗にこれまで以上に深い愛着を抱いている。これらの国旗のいくつかはキリスト教のシンボルに基づいているが、長い年月をかけて宗教的な意味合いは薄れていった。南のアラブ世界では事情は異なる。この地域の国旗は往々にして強力なイスラムのシンボルと思想を描き、国民に訴えかけている。象徴的意味合いは強力だが、国家の力は弱い。将来は国々の形態にも国旗にもさらなる変化が訪れるだろう。その触媒になるものとして考えられるのは、この地域で活動しているさまざまなテロ組織だ。ますます目につくようになったこれらの組織の行動と影響力についても、今後は理解を深めなければならない。ＩＳのような集団も宗教的シンボルを効果的に使い、人々に恐怖心を植えつけ、世界的な認知を高めている。

東へ移動してアジアに目を向けると、思想、人、宗教の大きな移動を反映した旗に出合うことが多くなる。二〇世紀に入ってからの旗もだが、それよりずっと古い時代の旗もそうだった。近代に生まれた国家は古代文明のルーツに立ち戻り、それを国旗に表現してきた。多くは歴史の転換点に考案されたもので、古いものと新しいものが融合している。対照的にアフリカの国旗には、この大陸の非常に新しい概念を表す色を見ることができる。アフリカ諸国は植民地支配の足かせを投げ捨て、自意識を高めた状態で二一世紀を迎えた。それに対して、ラテンアメリカの革命家たちは、現在の世界を形作った植民地大国との密接な文化的絆を保っていた。この大陸の国旗の多くは、一九世紀の国家建設に努力した人たちの理想を反映している。

旗は力強いシンボルで、国家以外にもそれを効果的に使ってきた組織がたくさんある。そうした組織には、たとえば恐怖、平和または団結などのメッセージを具体化した旗を使い、アイデンティティや意味を現代世界の環境に応じて変化させることで、世界的に知られるようになったものもある。

私たちは旗を振る。旗を燃やす。議会や宮殿、家屋やショールームの外に旗を掲揚する。旗は最高権力者の政治や群衆の力を表現する。多くの旗に隠された歴史があり、それが現在について知る助けになる。

私たちは今、地方、地域、国家、民族、宗教などさまざまなレベルで、アイデンティティ政治が再興している真っ只中の世界に生きているように思える。権力は移行し、古い信念は崩壊し、そうした時代に生きる人々は馴染みのあるシンボルに手を伸ばして、変化の激しい揺れ動く世界で心のよりどころにしようとする。国家の現実は旗に体現された理想とは必ずしも一致しない。それでも旗は、かつてフランクリン・K・レーン内務長官が星条旗の言葉として〝引用した〟ように、「あなたが信じるあらゆるものになりうる」のである。

感情が込められた紋章、それが旗だ。旗には感情に強く訴え、感情を具体化する力がある。そのため人々は時として彩色した布地のあとを追って戦場に向かい、それが象徴するもののために命を懸けることさえある。

第１章

星条旗

そこには一本の糸もない。
あるのは身勝手さ、弱さ、強欲への軽蔑である。

チャールズ・エヴァンズ・ヒューズ
アメリカ国務長官
（在任 1921 ～ 25 年）

2016 年 5 月、パキスタンのクエッタで星条旗を燃やすイスラム非合法過激集団ジャマト・ウドゥ・ダワの支持者たち。パキスタン領域内での米軍無人機による爆撃に対して抗議運動が起こっていた。

「おお、見えるだろうか、夜明けの光のなかに」。このアメリカ国歌の出だしの問いかけへの答えは、アメリカ国内では間違いなくイエスである。夜明けから夕暮れまで、アメリカではあふれるほどの赤と白と青を目にする。政府の建物に、スーパーマーケットの屋上に、自動車のショールームに、大邸宅の屋根にも白い柵で囲まれた質素な家にも、ログハウスにもホワイトハウスにも、星条旗は至るところにはためいている。朝になると無数の旗竿にこの旗が掲揚され、「神の恵みの国アメリカ」が、この地球上で最も成功した国として新しい一日を始動する。

〝星をちりばめた〟この星条旗こそ、世界中で最もよく知られ、愛され、憎まれ、敬われ、恐れられ、称賛される旗である。

この旗は世界中の六〇以上の国の七〇〇を優に超える軍事基地にはためいている。そこには国外任務につく二五万を超えるアメリカ人が暮らす。現地の人々のなかには、軍事施設に翻る星条旗を見ることで、自分たちの安全の一部は超大国に依存しているのだと思い出す人もいるだろう。しかし、アメリカを悪く言う人たちにとっては、この旗は傲慢で思い上がった超大国の象徴となる。いまや時代遅れとなった第二次世界大戦後の世界秩序を表すもの、あるいは帝国主義の旗としてさえ見るかもしれない。ポーランドの基地にある星条旗を見るのと、同じ旗をイラクで見るのとでは、見る人に引き起こす感情はまったく異なる。台湾沖で漁をしている日本の漁船団は、星条旗を掲げた空母がこの海域を通行しても気にしないだろうが、中国の漁船団なら疑いの目を向けるだろう。感情的な反応は見る側の立場によってまったく異なるため、反米の立場をとる人たち、とくにヨーロッパの極左勢力は、星条旗の星の部分を鉤十字に変えることで自らの歴史的認識の欠如を露呈し、アメリカを「Amerika」と綴ったりもする。しかし、アメリカを称賛し、困ったときに助けてくれる「アンクル・サム」と呼んでいる大勢の人たちにとっては、こうした敵意はまったく無縁の感情だ。

　アメリカ人が外国で自国の旗を見ると、自分の国がどれだけ世界と深い関わりを持っているか、またアメリカがどれほど多くの戦争に巻き込まれてきたかに思い至る。彼らの旗を批判する人たちの存在によって、アメリカは孤立主義と世界への積極的関与のどちらを選ぶべきかについて、国内での絶え間ない議論が刺激される。ブッシュ大統領は米軍を外国での新たな戦争に巻き込んだ。オバマ大統領はそこから米軍を撤退させようとした。しかし、外交政策の複雑さを思い

アメリカ

知られ、結局は前任者よりも多くの国で軍事行動を始めることになった。これから大統領職を引き継いでいく人たちも、アメリカの力はよくも悪くも、国際政治の舞台でその存在力を示すことから逃れられないのだと理解するだろう。

アメリカ人の星条旗への思い入れの強さは特別なもので、ほかの国ではあまり見られない形で自国の国旗をあがめている。星条旗に使われているおもな色は、アメリカの国家アイデンティティを象徴する基本色で、芸術的モチーフとして使われることもある。画家のジャスパー・ジョーンズは、キャンバスに星条旗を描くことにそのキャリアの大部分を注ぎ、鉛筆で、銅を使って、また多くのほかの素材の上に重ね合わせて表現した。彼にとって、この旗は宣伝したり中傷したりする象徴ではない。旗が発する紛れもない力と、それによって刺激される感情が、画家としての彼を魅了している。アンディ・ウォーホルもこの旗の使い方をさらに一歩進め、アメリカやアメリカの風物に関する視覚表現の一部とした。たとえば、ニール・アームストロングが月面で星条旗の横に立つ姿を撮ったバズ・オルドリンの写真を、この画期的な宇宙旅行のほかの写真と組み合わせて彩色し、旗をピンクとブルーに変えた。ウォーホルは芸術で政治的主張をするタイプのアーティストではなかったが、歴史上の驚くべき瞬間だけではなく、それが起こった時代も重視した。サイケデリックな極彩色のシルクスクリーン絵画は、一九六〇年代末のテクノロジーの進歩を強調する効果があった。星条旗はブルース・スプリングスティーンの代表的なアルバム『ボーン・イン・ザ・USA』でもフィーチャーされている。このアルバムのジャケットの意図とその政治的メッセージについては、さまざまな説がある。スプリングスティーン自身は『ローリングストーン』誌のインタビューでこう話している。「この旗には力強いイメージがある。そのイメージが自由に解き放たれたとき、どんな解釈をされるかは想像できない」

政治的な場面で使われる旗の例では、一九八四年の大統領選がある。ロナルド・レーガン陣営の独創的なテレビ広告「アメリカの朝（Morning in America）」で、星条旗がすばらしい効果を発揮した。五九秒のＣＭの終わり近くで、決定的なキャッチコピーがナレーションで流れる。「アメリカにまた朝が訪れました」。そして、アンクル・サムの将来――小さい子どもたち――が、新しい一日、希望の一日の始まりを告げる星条旗の掲揚をうっとりと眺める。泥沼化したヴェトナム戦争に続き、カーター政権時代の一九七七年から八一年は、イランのアメリカ大使館人質事件などで、アメリカに屈辱が与えられた四年間だった。レーガン陣営は、日の出と国旗と明るい未来への期待を組み合わせることで、その不安からまだ立ち直っていなかった国民の集団意識に語りかけたのである。

自宅の庭の星条旗を眺めながら、子どもたちは学校へ行き、こう暗唱したことだろう。「私はアメリカ合衆国の国旗と、その国旗が象徴する共和国、万人の自由と正義が約束された、神の下の分割すべからざる一国家である共和国に、忠誠を誓います」。一八九二年に起草されたこの「忠誠の誓い」は徐々に全米に広まり、南北戦争後の時代、そして、移民が増加した時代の国家アイデンティティの形成に役立った。分断と多様性が特徴の国で、旗は忠誠と統合を促進するために使われた。それ以来ずっと、何世代ものアメリカ人が毎朝、気をつけの姿勢で立ち、手を胸にあて、国の象徴を目に焼きつけてきた。一九二三年の合衆国国旗会議で採用された国旗規約によって、忠誠の誓いは公式のものになった。そのころにはすでに二八の州が学校の日課としてこの誓いを取り入れていたが、一九四二年には連邦下院を通過して法制化された。一九四三年には、忠誠の誓いを強制することは違憲となったが、今でも習慣として広く取り入れられている。ほかの近代民主国家ではこのような例はほとんど見られない。

一日中、この色鮮やかな布片は、太平洋から大西洋まで広がるこの国でそよ風になびき、あらゆる店舗、学校、職場、事務所にそれを表現したものが見える。夜になって、この「古き栄光」を旗竿から降ろすときには、大々的なセレモニーと厳密な手順に従って、ゆっくりと行なわれなければならない。旗のどの部分も地面に触れてはならず、「差し出された両手」に引き渡される。国旗規約にはこう書かれている。「建物や屋外に固定された旗竿に掲げる国旗は、日の出から日の入りの間だけ掲げることが不変の習慣である。ただし、愛国心を高める効果が望まれるときには、二四時間掲げることもできるが、夜間には適切に照明を当てなければならない」。特別に昼も夜も国旗を掲げることが法律で認められている場所には八つの種類がある。ボルティモアのフォートマクヘンリー・ナショナルモニュメント、アーリントンの海兵隊戦争記念碑(硫黄島記念碑)、ホワイトハウス、各地の通関手続き地などがその例だ。

アメリカ人の多くにとって、星条旗は聖なるシンボルに近い。それはアメリカ人自身が「神の下のひとつの国家」と表現するものの象徴であり、アメリカの政治家は頻繁にイエスの言葉を引用し、アメリカは「光り輝く丘の上の町」であるという考えを促進してきた。それが真実かどうかは別として、その旗は歌、詩、本、芸術作品のテーマになっている。この国に暮らす人々の子ども時代、彼らの夢、かつては専制に対する抵抗、そして現在は彼らの自由を表す。星条旗の物語はアメリカという国の物語そのものであり、アメリカ人のこの旗への感情は、国家の物語を象徴する。アメリカ国旗ほど広く知られている国旗はほかにないし、それが引き起こす肯定的、否定的な感情も、ほかの国旗とは比較にならない。

この旗は一八三年という年月と何度かの修正を経て、現在私たちが知るデザインになった。五〇の五稜星が描かれた現在のヴァージョンは、合衆国の五〇州を表しているが、これが最終形になるかどうかはわからない。この旗の原型が作られたのは、まだアメリカという国が生まれる前の一七六〇年代半ばのことで、今でも保守派の人々が開く伝統的な「ティーパーティー」に当時が再現されている。メンバーは「自由の息子たち」から名前をとっている。一七七三年、イギリスによる不公平な課税への抵抗として、ボストン港に停泊中の船から三四二のイギリス製の茶箱を海に投げ捨てた者たちのことだ。この出来事は「ボストン茶会事件」として知られるようになり、マサチューセッツはイギリスに抵抗する「愛国者」たちの故郷とみなされるようになった。「自由の息子たち」が掲げた旗には、白と赤の九本の横ストライプが入っていた。これが星条旗の基礎になったと考えられているが、確かではない。

アメリカ独立戦争でイギリス軍と植民地の民兵が最初に衝突したとき、植民地側の兵士たちは「コンチネンタル」旗――あるいは「グランドユニオン」旗――として知られる旗の下で戦った。この旗は一三植民地を表す一三本の赤と白のストライプを使っていた。一七七六年七月四日、植民地議会はイギリスからの独立を宣言し、その一年後、三度にわたる「国旗法」制定の最初となる法律が通過した。第二回大陸会議の海兵委員会は、「合衆国の国旗は赤と白を交互に並べた一三本のストライプと、青地に一三の白い星を描くことで新しい連合を表す」ことを決議した。両方の一三という数字は新たに独立した一三の植民地を表し、それが新しい（ただし、当時はそれほど輝いてはいなかった）アメリカ合衆国を構成した。

しかし、どんな星の形にするか、ストライプを縦にするのか横にするのかについては、国旗法では指定していない。現在でもストライプが縦になるように旗を下げることがあるが、間違いとはされていない。ところで、なぜ星なのか？　当時はそれについては説明されなかったが、一九七七年に刊行された連邦議会の出版物には、「星は天の象徴で、人間が太古の時代から手を差し伸べてきた神聖なる目標である」と書かれている。

また、旗の色が象徴するものについても説明されていない。しかし、使われている色は一七七六年に大陸会議がデザインを委託した「合衆国国璽」のものと一致している。この仕事を任された委員会は、「建国の父たち」の価値観を象徴するデザインを考えるように指示された。そこで、赤、白、青の三色が選ばれ、国璽は一七八二年に採用された。国璽が大陸会議に提出されたとき、書記官のチャールズ・トムソンは、この三色は「合衆国の国旗に使われているものであり、白は純粋さと無垢を、赤は強さと勇気を、青は……慎重さと忍耐と正義を表す」と述べた。この国璽は現在も連邦政府の公式書類を承認するために使われ、アメリカのパスポートにも見られる。

以上のような説明を読んで、読者は「なるほど、そういうことなのか」と納得するかもしれないが、実際にはアメリカ国旗の一枚一枚に対して、アメリカ人は誰でも自由にその色を解釈できる。赤は独立戦争で死んでいった愛国者たちの血の色だと言う人もいれば、国のために戦って死んだすべての人たちの血の色だと言う人もいる。もちろん、一七七六年に赤、白、青の三色が選ばれたのは、それがイギリス国旗の色だったからとも考えられる。しかし、その解釈は新たに自由を得た国ではあまり支持されなかったのではないだろうか。

オリジナルの合衆国旗の考案者については、はっきりしていない。言い伝えによれば、裁縫師のベッツィ・ロスという女性が、ペンシルヴェニアの海軍のために旗を作り、それが最初の国旗になったとされる。少なくとも彼女の孫の男性は、一八七〇年にフィラデルフィアの歴史協会の会議でそう語った。しかし、これとは別に、フランシス・ホプキンソンという人物が大陸会議に提出した請求書も存在する。彼は国旗を考案した報酬として、大陸会議は彼に「ビール二樽」での支払い義務があると主張した。真偽のほどはまだ明らかになっていない。

それから数年後、ひとつの問題が持ち上がった。一七九一年にヴァーモントが合衆国に加入し、翌年にはケンタッキーもそれに続いた。その結果、一七九四年に国旗法が改正され、新たな州の加入のたびに、星とストライプを旗に加えることを規定した。この旗がやがて「星条旗」として知られるものになる。アメリカ国歌に使われた詩からとった呼び名だが、これについては後述する。

一八一八年までには州の数が一八になり、さらにメインとミズーリも加入が確実視されて、旗はシマウマよりもっと細いストライプになった。そこで三番目の国旗法が制定され、新たな州が増えるたびに星を増やすことは変わらないが、ストライプに関しては独立時の一三州を表す一三本に戻すことになった。しかし、大陸会議はまだ星をどのように配置するかについては確定していなかったため、一九世紀のさまざまなヴァージョンの国旗が全米の博物館に現在も展示されている。一九一二年には、タフト大統領が（この年までに）星の数が四八になった旗のデザインを正確に定める法律を通過させた。それにさらに星をふたつ付け加えたものが、現在私たちが見ている星条旗である。

星の数はともあれ、弁護士で詩人のフランシス・スコット・キーは一八一四年に、一七九二年の旗に触発された詩を書いた。その詩が一九三一年にアメリカ国歌になる。この旗がなぜ、どのように人々を魅了し想像力を刺激するのかを理解するには、この詩が鍵となるだろう。独立戦争の混乱のなかで生まれた、シンプルで独断的でさえあるデザインは、やがて、世界で最も力を持つ国が最も重視する価値観を体現するものとなる。

アメリカ国歌は、イギリスが始めたのではない戦争から生まれた。イギリスはナポレオン戦争でフランスと戦っていたのだが、その戦争が新大陸にも飛び火した。大陸封鎖により、しばしばアメリカの船舶の航行が妨害されたからだ。マディソン大統領はその機会を利用して、一八一二年にイギリスに宣戦布告した。しかし、マディソンにとっては気の毒なことに、ナポレオンの戦略は大失敗してヨーロッパのほとんどの戦場で敗北し、一八一四年に国外追放された。そのため、当時の世界の超大国イギリスが、やがてその国に取って代わる国と全面対決することになった。

一八一四年にはイギリス軍がホワイトハウスを焼き打ちにし、さらに海軍はボルティモア沖に居座り、この町の防御に決定的な役割を果たしていたフォートマクヘンリー砲撃の準備を進めた。大々的な攻撃が始まろうとしていたちょうどそのとき、フランシス・スコット・キーがイギリス海軍の艦隊にボートで近づき、何人かの捕虜を解放してほしいと交渉に臨んだ。彼は最後にはこの交渉に成功するが、攻撃準備の様子を目にしたおそれがあったため、イギリス軍は砦を破壊するまでの間、何日か彼を船上に拘束しておくのがいいだろうと考えた。

一八一四年九月一三日午前六時三〇分、キーを戦艦の甲板に残したまま、イギリス軍はフォートマクヘンリーを標的にした一五〇〇発の砲弾と八〇〇発のコングリーヴ・ロケット（イギリスが開発した初期のロケット砲）の最初の一発を発射した。キーはそれからの二五時間のほとんどを、爆発で上がる炎と煙の向こうに、アメリカの巨大な国旗がまだ砦の上に翻っているか、それとも待機していたイギリス軍の地上軍が爆撃に続いて突撃し、イギリス国旗を掲げたかを確認することに費やした。

イギリス海軍の攻撃は完全な失敗に終わった。砦は崩壊することなく、アメリカ側には四人の犠牲者が出ただけだった。キーが見守るなか、星条旗はまだ朝の風にはためいていた。彼はイギリスの戦艦の甲板で、のちに国歌となる詩を書いた。「砲弾が炸裂し、赤い光を放つなか、我らの旗はまだそこに夜通し翻っていた」。一番の歌詞の最後が問いかけで終わるのは、アメリカが勝利するかどうかがまだ不確かだったからだ。「ああ、自由の国、勇者の故郷に星条旗はまだ翻っているか？」。それから数週間で、この詩は印刷され、ボルティモアからアメリカ全土に広まった。年月を経て、この国がますます自信を強め、アメリカの世紀と呼ばれる時代になるころには、この最後の疑問詞はもう不必要になったように思える。

フォートマクヘンリーの砲撃を生き残ったオリジナルの旗は、一九〇七年からスミソニアン協会が運営する国立アメリカ歴史博物館に展示されている。現在は保護のため、低酸素、低光量に調整した部屋に吊り下げられている。アメリカ人はこのデザインの旗の下でいくつもの戦争を戦ってきた。「アメリカ海兵隊賛歌」には、「モンテズマの広間からトリポリの海岸まで（祖国のために戦う）」の一節がある（モンテズマの広間はメキシコのチャプルテペク城のことで、一八四六年から四八年の米墨戦争を意味する。トリポリの海岸は、北アフリカのトリポリと戦った一八〇一年から〇五年のバーバリ戦争を意味する）。

しかし、アメリカ人同士の戦いもあった。

アメリカ南北戦争（一八六一～五年）の間、北軍は星とストライプの旗の下で戦った。そのなかの一枚の旗から生まれたのが、「古き栄光《オールド・グローリー》」の愛称だ。北軍の退役艦長ウィリアム・ドライヴァーが、自分の船に掲げていた星条旗をずっとその名前で呼んでいたのである。戦争中にドライヴァーがテネシー州ナッシュヴィルを訪れたとき、武装した地元の南部連合支持者たちが彼に旗を渡すように要求したが、返ってきたのは「私の旗が欲しいなら、私を殺すしかない」という答えだった。その後、旗はどこかに隠され、北軍のオハイオ第六連隊がこの町を攻略したとき、ドライヴァーから連隊に贈られた。のちにオハイオ第六連隊は「オールド・グローリー」を自分たちの標語にし、その話が国中にひろまった。ナッシュヴィルに埋葬されたドライヴァー艦長の墓は、アメリカ国旗を二四時間公式に掲げることができる数少ない場所のひとつになっている。

北軍に旗があったように、南部州の軍隊にも旗があった。実際にはいくつかの種類があったのだが、そのなかで南部を象徴するものになったデザインは、南部連合の公式な旗というよりは戦旗として始まった。やがて南部連合旗として知られるようになるもので（ディキシー・フラッグまたはサザンクロスとも呼ばれる）、赤字に青い十字が斜めにかかり、その上に白い星が描かれている。戦争は北軍の勝利に終わったが、戦後も南部人の多くは南北戦争生存者の懇親会、儀礼、葬儀などで南部連合旗を掲げ続け、戦死者を追悼し、南部の伝統文化を祝った。しかし、この旗は南部で奴隷制を維持するために戦った者たちと結びつけられることもある。彼らは黒人住民を抑圧する数多くの人種差別的な法律を成立させた。黒人たちが隷属状態から抜け出すことができないように考案された法律である。悪名高いジム・クロウ法もそのひとつだった。これは黒人の大多数が選挙で投票できないようにする効果的な法律だった。ディキシー・フラッグはその最もあからさまな象徴でありながら全国的に知られるようになり、一九四〇年代には世界的にも認識された。一九一五年に公開され大ヒットしたD・W・グリフィス監督のサイレント映画『國民の創生』を見ると、黒人アメリカ人をステレオタイプにはめた言葉がひっきりなしに出てくる。南北戦争後に結成されたクー・クラックス・クラン（KKK）が集団で行動するシーンも多くある。しかし、そのどこにも南部連合旗は出てこない。それ以前の南北戦争の戦闘場面にすら描かれていない。

第一次世界大戦後、白人至上主義団体が南部を中心に急速に発達し、クランは徐々にこの旗の

南部連合

紋章を採用するようになった。一九四八年には、南部連合旗は州権民主党のシンボルになる。この政党は始まったばかりの公民権運動に反対し、人種隔離を強化することを目指した。「ディキシークラット」（南部（ディキシーランド）の民主党（デモクラット）を意味する造語）と呼ばれたこの党の綱領第四条には、「われわれは人種の分離を支持する」と宣言されていた。

　このマイナスイメージにもかかわらず、南部連合旗は一九五〇年代を通じて、文化的アイコンとしてますます目にされるようになった。一部の人にとっては、南部の遺産と地域の誇り、南北戦争の真実を主張するシンプルな手段になった。広告や大衆文化でも広く使われた。たとえば、ロングランのテレビドラマ『爆発！デューク』では、ふたりの従兄弟がパワーアップしたダッジ・チャージャーでジョージア州を走り回るが、ふたりはこの車を南北戦争の英雄にちなんで、「リー将軍」の愛称で呼んでいた。その屋根には南部連合旗がはためいていた。これは、デュークたちが人種隔離を支持していたからではなく、彼らが単純に南部出身の「気のいい若者」だったからだ。

　しかし、その政治的意味合いとクランとの関係を考えると、この旗は一定の状況下では公共の場で掲げるのはふさわしくないとみなされる。二〇一五年、サウスカロライナ州で、熱心に教会に通っていた九人の黒人住民が白人男性ディラン・ルーフに殺害される事件が起こると、州議事堂の敷地にあったこの旗が厳かに降ろされ、排除された。インターネット上では、ルーフが星条旗につばを吐いたり、南部連合旗を振ったりしている様子が公開されていた。追悼式典のあとで、オバマ大統領はツイッターにこう書き込んだ。「サウスカロライナが南部連合旗を降ろした。これは心の痛みを癒す善意の表明であり、よりよい将来に向けての意味あるステップである」

一八六五年から一九五〇年代ごろまで、南部連合旗の人気が星条旗を脅かすようなことは一度もなかったが、二〇世紀後半には、南北戦争の争点のすべてが過去のものになったわけではないと思い出させるシンボルになった。しかし、そのころにはすでに、この旗の色に関しては、星条旗という形でアメリカ人の意識にしっかり埋め込まれていた。

星条旗は二度の世界大戦、朝鮮戦争、ヴェトナム戦争、イラクとアフガニスタンでの戦争、そして9・11を経験したアメリカ人をずっと見守ってきた。一九三〇年代の大恐慌時代に中西部の農業に大打撃を与えた砂嵐のなかでも、公民権運動の間にも、ずっと掲げられていた。オリンピックの表彰式での何百回という金メダルの授与の際にも掲揚され、アメリカの若さと活力を祝福してきた。エヴェレストの頂上にも翻り、月面にも立てられた。これらの戦いと勝利のすべてを通して、アメリカ人が大切だと考える価値観の多く、とくに自由と成功という価値観がこの旗に込められてきた。ほとんどのアメリカ人が敬意を持ってこの旗を扱うのも不思議ではない。外国人が見たら奇妙に思うほど、旗を熱烈にあがめている人もいる。

アメリカ国旗の扱い方に関する法律や条例は、その複雑さ、象徴的意味合い、数の多さに驚かされる。これらの法律のなかに、まるでこの旗が信仰対象であるかのようなアメリカ人の深い感情を垣間見ることができるし、「忠誠」「名誉」「敬意」など、多くのアメリカ人の感情のスイッチを押すキーワードをたびたび耳にするのも、こうした法律のなかである。旗に関するルールを挙げれば一冊の本にもなりそうな量だが、そのうちのいくつかの例――国旗法に定められた連邦法を含む――だけでも、愛国心の強いアメリカ人が星条旗を見るとき、触るとき、思い浮かべるときに何を感じているのかを教えてくれる。

アメリカ国歌が流れ、星条旗が掲揚されると、軍人や警官以外のアメリカ人は立ち上がって背筋を伸ばし、旗を正面に見て右手を胸にあてるべきとされている。軍人や警官の場合は音楽が流れ始めた時点で旗に敬礼し、音楽が終わるまでその姿勢を維持する。国歌の歌い方が、東京の繁華街のカラオケで酔っ払った状態で歌うか、あるいはヴェルディのオペラのクライマックスで太った女性が結核で衰弱死するときに歌うほうがより適しているように思えたとしても、それはここでは重要ではない。アメリカ国歌が一オクターヴ半の音階を持ち、歌うのが大変な曲であるのは、偉大なるアメリカ国民の責任ではない。野球、バスケットボール、フットボールの試合では、前年のリトルリーグで優勝したチームの誰かが、声を高く上げすぎたり低すぎたりして、曲を台無しにすることがよくある。コード変更が複雑に組み合わされているため、出だしで間違うと、最後まで立て直すことができずに終わる。

しかし、このへんで国のシンボルの扱いに関する法律に話を戻そう。その内容はかなり厳格だ。「アメリカ合衆国の国旗に対して敬意を欠いた態度を見せてはならない。国旗は何者にも何物に対しても、その下に置かれてはならない」「通りで国旗を提示する場合は、旗を縦の状態で下げ、星を北または東に向ける。建物の壁、地面、樹木や低木に触れてはならない」などの指示が数ページにわたって続く。「棺を覆うために国旗を使うときには、星の部分が故人の頭部から左肩の上にくるようにする。国旗は棺と一緒に墓穴に下げてはならず、地面に触れてもいけない」

「国旗は広告目的に使ってはならない」「国旗は生きている国を象徴するものであり、それ自体が生きているものとみなされる。したがって、国旗のレプリカである襟章は心臓に近い左側の襟につける」などもある。

これらのルールのすべてが厳密に守られているわけではなく、とくに広告に関しては守られていないことが多いが、この旗が象徴としてあがめられているという事実は変わらない。旗に対するこの敬意は、折りたたむときにも適用される。アメリカの男女の兵士の葬儀で、私も何度かその様子を見たことがある。この規定を文面で読むと、奇妙に聞こえるかもしれない。もし単純に引き出しに旗をしまうのであれば、この儀式は大げさにすぎるかもしれないが、葬儀の間にゆっくりと注意深く、言葉を発することなく旗を取り外して折りたたむ様子は、感動的な光景になる。アメリカ人の自分の国への奉仕という信念は、おそらくほかの多くの国より強く、アメリカ軍、とくに海兵隊には犠牲の精神がしっかり保たれている。戦死した海兵隊員の葬儀または追悼式に出席すると、家族の集まりという印象を受ける。

旗のたたみ方に関する細かい規定は理屈の上では過剰演出に思えるものの、実際に目にすると、その場にふさわしいものに思えるのはそのためだ。「旗を完全に伸ばした状態から長さを半分に折る。両端がぴったり合うように二回目を折る。星と青地部分が外側に完全に見えるようにする。ストライプ側の端を開いた側に合わせるようにして三角形に折る」。そして、これを青地部分だけが見えるようになるまで繰り返すと、旗の形は三角帽のようになり、アメリカ独立戦争の間に愛国者たちが身に着けていた帽子を象徴するものになる。

毎晩の国旗貢納の儀式や葬儀での旗の扱いを任せられた米軍にとって、一回一回の折りたたむ作業が意味を持つ。一度目は命を、二度目は永遠の生に対する信念を、三度目は肉体の復活への信念を表し、五度目は海軍将校のスティーヴン・ディケーターの有名な言葉にあるように「わが祖国」「正義」を象徴し、八度目は「死の影という谷に入った故人への敬意と、残された者たちにとっての昼の光」を表す。最後の手順で、赤と白のストライプがついに青で包まれる。軍によれば、これは「日の光が夜の闇に消える」ことを意味する。このキリスト教的なニュアンスを考えると、たたみ方の手順の一部には問題があるとみなされもするが、アメリカがどの神を崇拝すべきかは憲法で定められているわけではないので、米軍は細かい部分は説明していない。

国旗法は、必要なときに旗をどのように洗い修繕するかについてもガイドラインを与えている。しかし、「旗が擦り切れて、国の象徴としての使用に耐えがたくなったときには、尊厳ある方法で焼却すべきである」としている。ここにまたひとつの国旗にまつわる物語が生まれる。正確にいえば、国旗の葬儀の物語だ。国旗法は国旗を燃やす儀式について、次のように助言している。

個人、小集団、組織の場合、廃棄の行為が抗議や冒瀆とみなされないように、厳かに行なうようにする……「名誉ある座」として空席の椅子をひとつ用意し、すでに没した、あるいは体が弱くて参列できない「オールド・グローリー」の愛好者の席とする。儀式を始める。自分の宗派の牧師の言葉、あるいは祈りの言葉を捧げる。

儀式の主催者の言葉。「私たちは今日、役目を終えたこれらの旗を廃棄するためにここに集まりました……これらの旗は自由を望む人たちに力を与え、暴政や暴力に抑圧された人々の希望の象徴でした……これらの旗はその役目を立派に果たし終えました。星とストライプは、自由の風になびき、解放の光を浴びました」

このような言葉がしばらく続き、締めくくりに誰かが「ゴッド・ブレス・アメリカ」を歌う。これよりもっとフォーマルな儀式もある。これらの儀式では、旗を燃やす前に、「引退した乗組員」と呼ばれる、少なくとも六人のボランティアが後ろに控え、旗を何枚かに切り分ける。四人が四つの角をそれぞれ持ち、ひとりが旗を切り、もうひとりがカットされた布地を受け取る。ここでも、複雑な儀式の手順が次のような形で終わる。

旗はその後、アメリカスギを含む材木の炎で燃やす。これには「この旗の下で国家建設のために戦って死んだアメリカ人の赤い血を思い出させる意味がある。カシの荒々しい力がこの旗を全米に運び、今は星にまで到達させた。ヒマラヤスギは疫病と腐敗からわれわれを守り、アメリカ的な生活を維持してくれる」。そして、「クルミは私たちの祖先が築いた豊かな土壌、美しい田園、実りある兄弟愛を思い出させる」

愛国心の強いアメリカ人のなかには、実際にこれらのルールを厳密に守っている人たちもいる。これは正統派ユダヤ教の信者が、損傷した聖典「律法(トーラー)」の巻き物を墓地に埋める伝統に似ている。「神の言葉」に絶対的な敬意を表すための儀式で、アメリカ人にとって国旗がどれほど信仰の象徴になっているかを思い出させる。

ほとんどのアメリカ人は、彼らの旗の「引退」式に出席した経験はないだろう。こうした儀式を過剰だと感じる人たちもいるだろう。だからといって、彼らが自分たちの国の国旗が燃やされたり、怒りにまかせて冒瀆されたりするのを見て、平気なわけではない。アメリカ国旗を燃やすことは、世界のあちこちで頻繁に起こっている。とくに中東では多いが、アメリカ国内でも起こる。そうしたときには必ず、その行為者は自分が何をしているかをはっきりわかっていて、その行為が国民にどんな感情を引き起こすのかもわかっている。たとえ自分たちの行動の意味をはっきり表現することはできなくても、彼らは本能的に、アメリカに大きな侮辱を与えているとわかっている。それこそがそもそもの動機なのである。私も実際に、パキスタン、イラク、エジプト、ガザ、イラン、シリアで、アメリカ国旗が燃やされるのを見てきた。どの場合にも、その行為に伴う不明瞭な怒りには、どこか子どもじみたところがあった。旗を燃やす者たちは、明らかにアメリカに対する強い敵対心を示していたが、そうした行動を起こしながらも、無意識に、憎むべきアメリカの体制が紛れもなく成功しているという事実に対して、自分たちには何もできないという無力感への苛立ちを表現してもいたのだろうと思う。参加者は異常なほど名誉にこだわる文化を持つ土地に育った者たちでもあり、「敵」の名誉を汚す行為に大きな喜びを感じていたのである。

自国の国旗が外国人に燃やされるのを見ると、国内の同胞が同じことをするのを目にしたときとは別の形で感情をかき乱される。どういうわけか、外国人の行為で掻き立てられる怒りのほうが大きくなることが多いようだ。アメリカ人歌手のジョニー・キャッシュは、亡くなる数年前に、星条旗をテーマにした自作の曲「みすぼらしい星条旗（Ragged Old Flag）」を発表した。彼は詰めかけた聴衆に向かってこう話した。「この国で私たちが手にしたすべての自由を神に感謝する。私は自由を大切に思う。旗を燃やす自由でさえ、これらの権利を誇りに思う」。この言葉はカントリー&ウエスタンを愛する聴衆を驚かせた。一部の客からブーイングさえ沸き起こった。キャッシュは静かにしてほしいと訴えてから、こう続けた。「でも、こう言わせてほしい。私たちには武器を携帯する権利もある。だから、私の旗を燃やす者がいれば、私はそいつを撃ち殺す」

これは、憲法修正第一条の優先を逆手にとった興味深い発想だった。憲法修正第一条はこう定めている。「合衆国議会は、国教を制定する法律もしくは自由な宗教活動を禁止する法律、言論・出版の自由もしくは人民が平穏に集会して不満の解消を求めて政府に請願する権利を奪う法律を制定してはならない」。そして憲法修正第二条は、「よく統制された民兵は、自由な国家の安全のために必要であるから、人民が武器を保有し携帯する権利は、これを侵してはならない」と書いてある。

一八八九年、連邦最高裁はアメリカでしばしば起こる国旗を燃やす行為がなぜ違法ではないと解釈されるのか、その根拠として憲法修正第一条を挙げた。もっとも、ジョニー・キャッシュの脅しともとれる言葉を許容する根拠として、修正第二条を挙げることはないだろう。この裁定は最高裁判所に持ち込まれた「テキサス州対ジョンソン」の訴訟の最後に出されたもので、その後も維持された（「アメリカ合衆国対アイヒマン、一九九〇年」）。この裁定は多くの点で興味深い。とくに注目すべきは、最高裁が国旗は「象徴的な言論」だとした見解で、したがって、それを燃やすことはある見解を述べることに等しく、修正第一条で守られる権利とみなされる、としたことだ。

これに先立って、国旗を燃やす行為が何年にもわたって続いていた。とくにヴェトナム戦争中は多かった。一九六八年、議会は「連邦国旗冒瀆処罰法」を承認し、「公の場でアメリカ国旗を切断、毀棄、汚損、燃焼、その他の踏みにじる行為を」意図的に行ない、冒瀆することを違法とした。その後、一九八四年に、レーガン大統領の政策に反対するグレゴリー・リー・ジョンソンという男性が抗議のためテキサス州ダラスで国旗を燃やした。州は彼をテキサス州法の違反により逮捕し、一年の禁錮刑を言い渡した。

ジョンソンは憲法修正第一条を持ち出して控訴し、最高裁は最終的に五対四で彼の訴えを認める裁決を下した。裁判官のひとりだったアンソニー・ケネディ判事は、次のように説明した。「シンボルは私たち自身が作り出すものであるが、国旗はアメリカ人が共有する信念を、つまり、法と平和、人間の精神を支える自由への信念をつねに表現している。今回の例は、これらの信念が私たちにもたらすコストを認識させるものとなった。心痛む結果ではあるが、国旗はそれに対して軽蔑の念を持つものに対しても、その自由を守るというのが基本的な原則である」

この認識については、アメリカでも他国でも意見の対立が続いている。議会には、まだ通過していないが「二〇一二年国旗保護法」の法案が提出されている。将来この法律が制定されれば、アメリカ国内だけでなく国外でも星条旗を冒瀆する行為は起訴につながるかもしれない。法案は、アメリカ国旗を破壊・損壊する者は誰でも「一〇万ドルの罰金もしくは一年以下の禁錮刑またはその両方」が適用されると述べている。合衆国に属するアメリカ国旗を盗み、それを損壊または破壊する者は、「二五万ドル以下の罰金もしくは二年以下の禁錮またはその両方」の刑を科されるかもしれない。同じ条項に、この法律は「アメリカが使用する土地、またはアメリカの排他的もしくは共同管轄下にあるすべての土地」に適用される、の記載がある。この一〇年の間にこの法律が施行されていたとしたら、バグダッドで米軍の侵攻に抗議してアメリカ国旗を燃やしたイラク人は、ほぼ間違いなく起訴されて刑務所に送られていただろう。

国旗の冒瀆に関係する法律は、国によって内容がさまざまに異なる。それを違法としている国のリストは抑圧的な国に限られるわけではない。この問題に関しては、国の性格によるパターンやグループ分けはないように見えるが、現在の民主主義国家ではどの法を成文化しておくかについては、独裁国家ほど深刻に受け止められていないことが多い。たとえば、イギリス、オーストラリア、ベルギー、カナダ、日本では、国旗の冒瀆を禁じる法律はない。一方、ドイツ、イタリア、オーストリア、クロアチア、フランス、メキシコ、ニュージーランドにはそうした法律がある。ドイツの法律は、中国と同じように、三年以下の懲役が規定されている。フランスでは最長六か月の拘禁刑となる。

アメリカに話を戻せば、「赤、白、青の正確な意味は？　中国製の旗の場合は？」などの疑問を投げかける弁護士には、さらに多くの仕事が待ち構えている。もし、それがアメリカ国旗と認められれば、弁護士は仕事に取り掛かることができる。州によっては、販売されるすべてのアメリカ国旗は国内で製造されたものでなければならないとする法律を定めるか、法案を提出しているところもある。この動きを先導したのがミネソタ州で、現在は、州内のどこかの店が外国製のアメリカ国旗を売っていれば、新しい軽犯罪法に違反したとみなされ、一〇〇〇ドル以下の罰金を科され、さらに九〇日間の禁錮刑を言い渡されるかもしれない。そうなれば、連邦レベルで合意された国際的取引が州法と矛盾するという、興味深い状況が生じる可能性がある。

アメリカでは旗の製造は大きなビジネスで、毎年五〇〇〇万枚が売れている。外国製の旗の売り上げだけでも、二〇〇六年には五三〇万ドル相当に上った。その大部分は中国製の旗だ。中国やその他の国の製造業者は二〇〇一年の9・11同時多発テロ後、市場の大きな変動に気がついた。アメリカ国勢調査局の発表をAP通信が伝えたところによると、二〇〇〇年九月一二日には、ウォルマート全店で合計六四〇〇枚の星条旗が売れた。その一年後、ワールドトレードセンターのツインタワーが倒壊した翌日には、八万八〇〇〇枚の旗が売れた。それからの数か月に全米に広まった愛国心の高まりにより、国旗の売り上げはアメリカ全域で増大した。外国の供給会社はその需要を満たそうと、喜んでこのビジネスチャンスに飛びついた。二〇〇〇年には外国製のアメリカ国旗の売り上げは約七五万ドルだったが、二〇〇一年には五一〇〇万ドルという数字になった。当然ながら、しばらくして需要は落ち込んだものの、まだ9・11以前より上のレベルを維持し、今でも外国製の国旗が毎年約五〇〇万ドル売れている。州知事やアメリカ国内の製造業者はその数字を何とかもっと引き下げたいと考えている。
スウェーデンなどいくつかの国では、熱狂的に国旗を振る必要はなく、見苦しいとさえみなされる。イギリスなどほかの国では、一般国民が旗を掲げることに慎重になっていた時期があった。極右思想の支持者だと思われることを恐れたのである。しかしアメリカでは、大部分の国民が国旗を誇りに思うだけでなく、それを堂々と飾るのがアメリカの伝統で、当然のこととみなされている。

この誇りは、アメリカの現実との矛盾とどう折り合いをつけているのだろうか。アメリカン・ドリームは計画失敗の悪夢に終わり、刑務所システムや、人種差別の問題もある。国旗は今も、この国には偉大な部分があると同時に腐敗した部分があるという考えを表現するために使われることがある。たとえば二〇一六年五月、ニューメキシコ州アルバカーキでドナルド・トランプ氏の集会が開かれたとき、反トランプ派の活動家が会場の外で星条旗を燃やした。ほかにも何枚かの旗が、「黒人の命も大切だ（Black Lives Matter）」運動の集会で冒瀆された。しかし、これらの負のイメージを和らげることは、それほどむずかしくはない。アメリカ的な生き方には多くの肯定的な側面もある。どの国の国民にとってもそうだろうが、アメリカ国旗が持つ独特な象徴的意味合いとその大義は、アメリカ国民の心に訴えかける。それはすべての国の国旗についても同じだろう。国、あるいは世界が完璧でないからといって、明るい未来を夢見ることができないというわけではない。

もちろん、誰に対してもその効果があるわけではない。私は以前、アメリカで車を顧客に届ける仕事をしていた。顧客になるのは、何千キロも離れた引っ越し先まで、サービス会社に自分の家の車を運転して届けてもらう費用を払えるほど裕福な層の人たちだ。あるとき、フィラデルフィアからテキサスまで、約二四〇〇キロの距離を運転していった。モーテルに泊まる余裕がなかったので、ジョージア州のどこかでガソリンスタンドに車を停め、一時間ほど仮眠をとろうとしていたとき、クレオール（アメリカ南部に最初に入植したフランス人やスペイン人の子孫）と思われる男性が親指を立て、南に向かうためヒッチハイクをしているのに気がついた。三〇代前半の荒っぽい雰囲気の赤毛の男性で、薄汚れた格好をし、ズボンは破れ、靴をはいていなかった。

私は一眠りしたあとコーヒーを飲み、再び高速道路を走った。数時間後にルイジアナ州に近づいたころ、コーヒーを飲もうと、またガソリンスタンドに停車した。そこを出ようとしたとき、さっきと同じ男性が親指を上げて、南に向かおうとしているのに気がついた。私はすばやく計算した。彼があのガソリンスタンドで乗せてくれる車を見つけ、ドライヴァーを殺害し、その死体を捨て、車も乗り捨てて、今は次の犠牲者を探しているところという可能性は？　まさか、そんなことはないだろう。

私たちは意気投合した。ルイジアナ州に入るころには、途中で少し遠回りをしてニューオーリンズに立ち寄ろうという最初の計画を捨て、代わりに右に進路をとってテキサスに向かい、彼が招いてくれたガルヴェストンの自宅に立ち寄ることにした。メキシコ湾をフェリーで渡るときには、イルカたちがフェリーを追いかけてきて海面を飛び跳ねた。すばらしく晴れた日の、すばらしい瞬間だった。それから私たちは、アメリカの悪夢へと突っ込んでいった。

ガルヴェストンは人種が分裂した石油産業の町だ。私の新しい友人は間違った地域に住んでいた。私はそれ以前もそれ以降も、先進国でこれほどの貧困を目にしたことはない。彼が妹と一緒に暮らしている寝室ひとつの荒れ果てたアパートは、裸電球がぶら下がり、家具もわずかで、やたらと多くのゴキブリで壁が動いているようにさえ見えた。その家には数日滞在し、ちょうど七月四日の独立記念日をそこで迎えることになった。私たちがプールに泳ぎに行くと、数百人の黒人のなかで私ひとりが白人だった。裸に近い格好をしているので、肌の色の違いがひときわ目立った。

短気な若者たち数人が、何度も私に「自分たちのプールで何してやがる」と突っかかってきたが、私の友人と何人かの年配の人たちが、悪態をつくのをやめるように諭してくれた。私は親切に守ってくれたひとりに、あとで独立記念日を祝うパーティーに行くのかどうかたずねてみた。彼は私を見て、ゆっくりと言った。「なぜこんなクソみたいな国を祝わなくちゃいけないんだ？」

それから数か月後、フィラデルフィアの大学に戻り、何人かの新しい友人と話していたときのエピソードもある。そのうちふたりは最終学年の黒人学生で、海兵隊への入隊を考えていた。私が「なぜ？」とたずねると、ひとりが答えた。「この偉大な国に何か恩返しがしたい。これほどたくさんの機会を与えてくれた国だから」。これは、一九八〇年代初めの出来事だ。イギリス生まれの白人の若者として、それは私が若い黒人のイギリス人からは一度も聞いたことのない心情だった。

テキサスとフィラデルフィアで聞いたどちらの心情ももっともなものだが、より広く共有されているのは後者の感情だ。アメリカにどれほど欠点があろうと、この国はそこに住む人々の心に帰属意識と自由と希望を生み出す。それが現実かどうかを論じても意味はない。それが彼らにとっての現実なのだから。そして、大勢の人がまだアメリカを目指していることを考えれば、星条旗の赤、白、青には今も変わらず人々の魂を揺り動かす力がある。

　どんな理由であれ、人々の感情とともに歴史を歩んできた国旗が象徴するアメリカの理想は、たとえその歴史の大部分を占めるのが厳しい現実であったとしても、そんな現実と理想は別ものであるかのように人々の心に語りかける。そして、マーティン・ルーサー・キング牧師が言ったように、誰でも「夢を持てる」のだと希望を与えてくれる。

第2章

ユニオンジャック

この恵みに満ちた場所、この大地、この王国

ウィリアム・シェイクスピア
『リチャード二世』(第二幕第一場)

2013年6月、ロンドンの国会議事堂前をユニオンジャックを掲げて行進する、極右政党の英国国民党の支持者。1970年代と80年代には極右のシンボルとして見られていたユニオンジャックはその後、イギリス国民の(すべてではないが)多くに受け入れられた。

赤、白、青——この三色はあなたにとって何を意味するだろう？　国家としてのアイデンティティに自信を持つ、活気あふれる近代的な国のシンボルだろうか？　それとも、女優のエマ・トンプソンが二〇一六年の初めに言ったように、「ヨーロッパの片隅にある、雲に覆われ、雨のよく降る、ケーキと不幸には事欠かない、ちっぽけな灰色の古い島」だろうか？　ユニオンジャックの赤、白、青は、今もまだ力を持つ国の過去の栄光を表すものかもしれない。しかし、たとえばアイルランドの一部でなら、植民地主義の抑圧と血に染まった旗の象徴として、「肉屋のエプロン」というもっと苦々しいニックネームを連想させるかもしれない。おそらくこの旗は、そのすべてを同時に表すことができる。もちろん、それ以上のことも。たとえば五一番目の州？　あるいはクール・ブリタニア（一九九〇年代のイギリス文化の盛り上がりを表現するためにメディアで使われた用語）かもしれない。

どの国旗もそうだが、それを美しいと感じるか、その反対に感じるかは、見る人の想像力と政治的見解によって変わる。しかし、イギリスの国旗はほかの多くの国旗よりも、そのシンボルの組み合わせのために、この旗が代表するはずの地域においてさえ、一部では対立の原因になる。シェイクスピアの『リチャード二世』のなかの、「この王権に統治される島」を祝福する一節を見てみよう。

……幸薄い国のねたみを買うであろう
この恵みに満ちた場所、この大地、この王国
このイングランド

この時代の「幸薄い国」には、スコットランド、北アイルランド、ウェールズの三国が含まれていたかもしれない。なぜなら、これらの地域の住民の大部分にとって、「ブリテン」と「イングランド」は置き換え可能な語ではなかったからだ。

四国で構成される連合王国の支配的な立場にあったイングランドにとって、「ブリテン」と「イングランド」は同義語のようなものだった。ほかの三国、とくにスコットランドとウェールズにとっては、その発想はつねに問題視された。二〇一六年夏のＥＵ（欧州連合）離脱問題の衝撃は注目を集め、イングランド内でも、イングランドの外でも、多くの人たちがもうこの王国をそれ

イギリス

ほど祝福された土地とは見なくなった。連合王国がＥＵの一部ではなくなるのなら、ユニオンジャックを分解し、代わりにＥＵの一二の星の旗と自分たちの旗を融合しようと準備をしている人たちもいる。

イングランド人の態度をわかりやすく伝えるひとつのエピソードがある。一九六六年七月三〇日、ウェンブリー・スタジアムでのことだ。このとき、サッカーのイングランド代表チームがドイツを下し、ワールドカップ優勝を決めた。この日の映像を見れば、スタジアムが赤、白、青の大海原になっていたのがわかるはずだ。しかし、ほとんどすべての旗が（ドイツ国旗は別として）ブリテン（連合王国）の旗で、イングランドの旗（白地に赤い十字の旗で、セント・ジョージ・クロスと呼ばれる）はちらほらしか見えなかった。もちろん、この日の試合でプレーしていたのはイギリス代表ではなかったが、イングランド人にとってブリテンの旗はイングランドと同義語だった。そのワールドカップの決勝でプレーしていたのがもしスコットランドだったら（ありそうもないことだが）、スタジアムには一枚のユニオンジャックもなく、代わりに数万のスコットランドの斜め十字の旗（青地に白のX字型が入った旗で、聖アンデレを象徴している）やほかのスコットランドのシンボルが揺れていただろう。

イングランドの一部の人々にとって、自分たちのアイデンティティとしてまず思い浮かぶのがブリテン人であることで、イングランドはその次だったのかもしれない。しかし、ほかの人々にとっては、イングランドはブリテンで、ブリテンはイングランドを意味した。しかし、その考えは、イングランドの抜け目ない策略とあからさまな優越心から生まれたのではないようだ。それよりも、自己満足と、島を共有しているほかの国の人たちの感情に対する理解の欠如から生まれたものだ。それは、一七〇七年、アン女王のもとでイングランド（すでにウェールズと統一されていた）とスコットランドの間に連合法が締結されたことによる、必然の結果だっただろう。

　当時のスコットランドの人口は約一〇〇万人、イングランドとウェールズの人口は合わせて約五五〇万人で、スコットランドの南は経済の中心地になりつつあった。数字の上では決して平等な関係ではなく、一八世紀以来、分裂が大きくなっている。国家統計局によれば、二〇一六年現在、イギリスの六五〇〇万の人口の八四パーセントがイングランド人、八・三パーセントがスコットランド人、四・八パーセントがウェールズ人、二・九パーセントが北アイルランド人である。私たちの大部分はそうした数字に影響を受けずにはいられない。しかし、ＥＵがすべての加盟国の平等を前提としているように、一七〇七年の連合法は平等な関係での統合を意図したものだった。

　一七〇七年には、グレート・ブリテンの王室の旗ができてすでに一世紀が過ぎていた。一六〇三年、スコットランドのジェームズ六世とイングランドのジェームズ一世を兼ねた王が、スコットランド、アイルランド、イングランドの王位を統一したが、これらの国を別々の国として扱い続

イングランド

スコットランド

北アイルランド

ウェールズ

けた。彼は船に掲げるための統一王国の旗の考案を委託したものの、それを国旗としては使わなかった。その結果、スコットランドの旗とイングランドの旗が交じり合うことになった。これにはふたつの問題があった。赤い十字が白い斜め十字の上に描かれたため、スコットランド人が見れば、イングランドの旗のほうがより重視されていると考えるかもしれない。もうひとつの問題は、ヘンリー八世が一五三五～四二年のウェールズ法諸法でイングランドとウェールズを統合したあと、ウェールズは国家ではなく公国とみなされたので、国旗にはウェールズの象徴が描かれなかったことだ。火を噴く小さな竜すらどこにも見当たらない。ウェールズの竜のシンボルは少なくとも五世紀にさかのぼり、当時は赤または金で描かれていたらしい。これは、ローマ人がイギリスから撤退したあとで、権力の象徴として採用されたものかもしれない。これをウェールズのシンボルにしたことに言及している最も古い史料は、八二〇年ごろに歴史家のネンニウスが書いたとされる『ブリトン人の歴史』である。この本はアーサー王についても述べているが、三世紀後にジェフリー・オブ・モンマスが書いた伝説では、アーサー王の父親はユーサー・ペンドラゴン（「竜の頭」の意）という名前だったとされている。アーサー王の物語は、赤い竜と白い竜の長きにわたる戦いについての魔法使いマーリンの予言についても伝えている。これは、ウェールズとイングランドの争いを表すと考えられている。したがって、竜のシンボルには深い意味があるが、すでに述べたように、これは連合王国の国旗には使われなかった。憲法上、これらの問題は重要ではないかもしれないが、感情的には現在に至るまでしこりを残している。

イングランド人が三世紀の聖ゲオルギオス（聖ジョージ）をなぜ自分たちの守護聖人にしたの

かを説明する史料も、彼が竜を退治したという証拠と同じくらいたくさんある。一二世紀のイングランドの十字軍は白地に赤い十字の「聖ゲオルギオス十字（セント・ジョージ・クロス）」をペナントとして使い、一三世紀後半までにはイングランドの船でも広くこれを使うようになっていたようだ。彼の十字がなぜ赤だったのかについては確かなことはわからないが、竜の退治は間違いなく大変な戦いで、チュニックに一滴か二滴、血が飛び散った可能性はある。

聖ゲオルギオスはその功績のために、一一世紀から一二世紀に発達した紋章学では「イギリス的価値」とみなされるようになるもの――騎士道精神、名誉、勇敢さ――を体現する人物として敬われた。しかし、実際には現在のトルコで生まれ、現在のパレスティナで死亡したので、「王権の統治する島」に足を踏み入れたことは一度もなかった可能性も十分ある。それでも伝説によれば、グラストンベリーに一年滞在したことになっている。さらに、彼はボーイスカウトだったことはないが、その愛国的な守護聖人になった。彼はまた、梅毒を患う人たちを助ける聖人とも信じられているが、その理由は長い年月の間にわからなくなってしまった。

一方、聖アンデレ（セント・アンドリュー）がスコットランドの守護聖人になったのは、伝説のアンガス王が九世紀に侵略してきたサクソン人と戦っている間に、青い空に白いX字型の十字を見たことがきっかけだった。その十字は聖アンデレを表すものと考えられた。伝説によれば、聖アンデレはX字型の十字架にかけられて処刑されたからだ。一二八六年までにはこの十字（セント・アンドリュー・クロス）が広く知られるようになり、スコットランド政府が国璽用に採用した。

ジェームズ王が一六〇三年にふたつの国の王位を統合したときには、ふたつの旗はそれぞれ、何世紀にもわたって対立を続けていた対照的なふたつの国のシンボルになっていた。もしイングランドがスコットランドに襲撃しないときには、スコットランドがイングランドにせっせと襲撃を仕掛けた。

その歴史を考えれば、新しい王家の旗を考案する段になって緊張が高まるのは明らかだった。ジェームズ王は、「海を旅するブリテンの南と北の臣民の間に、彼らが掲げる旗についていくらかの見解の違いが生じてはいるものの」、聖ゲオルギオス十字と聖アンデレ十字を融合させる法令を定めることが決まった、と宣言した。イングランドの十字がスコットランドの十字の上に重ねられることが明らかになると、スコットランドの名士たちの一団がマー伯爵に、王に再考を促すように依頼した。そのデザインが「陛下の臣民の間に憎しみと不満の感情を生むにちがいない」と思われたからだ。しかし、王が考え直すことはなかった。そして、実際に臣民の間にはいくらかの不満の感情が生まれた。それから数年間、多くのスコットランドの船がスコットランドの旗を掲げ続けるか、いくつかの証拠が示すように、新しい統合旗を掲げる場合でも聖アンデレ十字を聖ゲオルギオス十字の上に重ねた旗を使った。現代人の目からすると、これはイングランドの象徴に大きなバツ印をつけているように見える。

このシンボルの融合で、王室の旗の新しいデザインが決まったが、一六四九年にオリヴァー・クロムウェルが権力を握ると、すぐさまチャールズ一世を絞首刑にし、同時にそれまでの旗を廃止した。一一年後、君主制の回復により一方がよみがえったが、それは首をなくしたチャールズ王ではなく、旗のほうだった。

時を早めて話を一七〇七年に移そう。この年、正式にグレート・ブリテン連合王国が生まれ、新しい国を象徴する旗のデザインがいくつも検討された。そのなかには聖ゲオルギオス十字の上に聖アンデレ十字を重ねて目立たせたものもあった。これは、「スコットランド人が使うとされるスコットランドの連合旗」と表現された。アン女王と枢密院はこれに反対し、最初に提出されたデザインを選んだ。聖ゲオルギオス十字を目立つ位置に配したもので、すでに一世紀前から王室の船に掲げられていたものだ。

これが連合王国の最初のユニオンフラッグとなり、一八〇一年のグレート・ブリテンとアイルランドの統合まで使われた。その後、アイルランドの象徴である聖パトリックの赤い斜め十字がデザインに加えられ、現在のユニオンジャックになった。アイルランド人自身は、その赤い斜め十字を受け入れていたわけではない。アイルランドの民族主義者にとって、それはイギリスに押しつけられたものだったからだ。アイルランドが一九二二年に独立したあとも、赤の斜め十字は旗の上に生き残った。連合にとどまった北アイルランドを象徴するためでもあり、旗のデザインを変えるのは恐ろしく費用がかかる作業だったからでもある。

聖パトリックの十字は、青字と赤い十字を切り離す細い白のラインがある理由にもなっている。この境界線となる細いラインは「フィンブリエーション」と呼ばれる。紋章学の伝統では、軍旗、またのちには国旗のデザインでは、特定の色領域が「金属」の色――たとえば白や銀色――によって分離されなければならない、とされている。

ここまでの説明で、読者のみなさんはイギリスの国旗を意味する「ユニオンフラッグ」と、一般的な名称として知られる「ユニオンジャック」が、同じ意味で使われていると気づいたかもしれない。これについては、私は信頼できる専門家から、同じ意味で使ってかまわないという確認を得ている。したがって、パブでこのことについてほかの客と口論する必要はないし、『デイリー・テレグラフ』紙や『タイムズ』紙に怒りの投書をするという手段に訴える必要もない。「船首（ジャック）に旗を掲げるときにだけ、ユニオンジャックと呼ぶことができる」という言葉が、数多くの議論のきっかけになってきた。しかし、決定的な結論に至ることはめったにない。そこで、私は『イギリスの旗と紋章（British Flags and Emblems）』の著者でイギリス国旗研究所の旗章学者であるグラハム・バートラムに見解を求めることにした。国旗研究所は旗章学（旗の研究）の世界的権威である。グラハムはトリスタンダクーニャ（南大西洋に浮かぶイギリス領の火山諸島）の旗を自ら考案し、ボスニアの旗の考案も手伝った経験がある。そう考えれば、彼のほうがパブで赤い顔をしている酔っ払いの男性よりは優れた情報源と言っていいだろう。それにパブの飲み仲間とは違って、バートラムには矛盾する証拠こそが原則の存在を裏付けるのだと受け入れる覚悟がある。

グラハムと国旗研究所によれば、「ジャック」という言葉は一六〇〇年までには、小さなマストに掲げられる小さな旗に対して使われるようになった。それから三〇年のうちに、「ユニオンフラッグ」を特定のマストに掲げることが一般的な習慣になった。そのマストが現在は「ジャック」と呼ばれている。そのころまでに、この旗が「ユニオンフラッグ」と呼ばれるようになっていたことはわかっている。チャールズ国王も一六三四年の布告でそれについて言及し、海軍の船以外にこの旗を掲げてはならないと命じた（「我らに大きな不快感を与える」）。これが「ジャック旗」として知られるようになり、さらに「ユニオンジャック」になったことは、それを裏づける証拠がある。

ここまでの話から考えれば、「船の上にあるときだけジャック旗」と呼ばれることになるが、これについては公式のルールがあるわけではなく、「ユニオンジャック」という語はイギリス国旗が掲示されるところどこでも一般に使われる語になった。一九〇二年には海軍本部が、「ユニオンジャック」と呼んでも「ユニオンフラッグ」と呼んでもどちらでもいいと宣言している。六年後、クルー伯は議会からの質問に答えて、「ユニオンジャックは国旗とみなされるべきである」と述べ、実際にそのとおりになった。もっとも、海軍本部にも議会にも（適正な手続きなしで）そうした宣言をして最終的な決定とする権限はなかった。

さらに、国旗研究所が指摘しているように、一九一三年までには海軍本部の誰かが一九〇二年の覚書を読まずに、文書のなかで「ユニオンフラッグ」について言及し、脚注にこう書き加えた。「ジャックとは〝船首（ジャック）〟にのみ掲揚される旗のことである」。権威ある『リーズ航海暦』は、「ジャックに掲揚される小さな旗」である場合に限り、それはユニオンジャックである、と厳かに宣言していたが、この年鑑がこの荒れ狂う議論の波に首を突っ込んだのは一九九三年が最後で、それ以降はこの問題については触れないという方針をとっている。

一九三三年には、当時内務相だったサー・ジョン・ギルモアが、「ユニオンフラッグはイギリス国旗であり、イギリス国民は誰でも陸地で掲げることができる」と宣言した。しかし、彼がそう発言しても、それが現実になったわけではなく、これまでユニオンジャックをイギリス国旗として正式に認める法律が制定されたことはない。ただ慣習と実践によって国旗として扱われているだけで、この状況はめずらしいことではあるものの、イギリスに成文化された憲法がないこともその理由のひとつになった。ユニオンジャックに関する議論については、反対の証拠が見つかるまでは、最新の説明を与えているのは（これで終わる可能性は低いだろうが）、国旗研究所の『ユニオンフラッグか、ユニオンジャックか（Union Flag or Union Jack?）』のタイトルの小冊子である。その二ページにこう書いてある。

この件について詳しい者たちの間では、どちらの名前を使ってもいいと一般に受け入れられている。……どうやら政府の一部の部局やＢＢＣなどの一部のメディアではこれに反対する動きがあり、「ユニオンジャック」という名称は正しくないという理由で排除することが提案されているようだ。それによって私たちはまた、ひとりの政治家やニュースキャスターが言論または記事のなかで、あるいは論説で、歴史を振り返って旗の持つ力を議論に持ち込みたいと望むとき、旗の色や個性に何が起こるかを考えるかもしれない。あるいは、その演説や記事を見たり聞いたりした大衆が、ジャックではなくユニオンフラッグと呼ぶことを理解できなければ、あるいはそれを気に入らなければ、何が起こるだろう……どちらの用語も正しいので、どちらも使うことができる、というのが、国旗研究所がよくよく検討した上での見解であることは間違いない。

これは、国旗研究所流の「それぞれが自分で決めればいい」の婉曲的な表現のように思える。あなたが何と呼びたいと思うにせよ、この旗は、複数の色を使い、フィンブリエーション（別色を使った細い境界線）のある、複雑ではあるが明快な、世界中を旅してきた旗、と表現できる。ワーテルロー、トラファルガー、バラクラヴァ（ウクライナ南部の町でクリミア戦争の戦場となった）、ロークス・ドリフト（大英帝国と南アフリカのズールー王国との間の戦争の戦場）、ソンム、ガリポリ、ノルマンディの海岸、フォークランド諸島のグース・グリーン、イラクのバスラ、アフガニスタンのバスティオン基地――これらすべての戦場に、この旗が翻ってきた。また、世界中の国の首都にあるイギリスを代表する壮大な建物や、インド、マラヤ、ビルマ（現ミャンマー）、ケニア、スーダン、オーストラリア、ベリーズほか、地図上でピンク色に塗られた多くの場所にも翻った。大英帝国では太陽が沈まない、と言われていたが、最後には日が没するときが訪れた。

しかし、それ以前には、世界中で目にするグレート・ブリテンの旗は、驚くべき物語を持つひとつの島国を象徴するものだった。この旗はイギリスの海軍力、帝国、科学的発展、探検を象徴した。同時に、一部の人にとっては植民地主義という悪、列強の勢力争いのゲームの参加者であることを象徴するものだった。また、イギリスのために、あるいはイギリスとともに戦った多くの人々――肌の色も信条も異なる人々――から成る連隊の象徴にもなった。

その旗が現在どう見られているかは、誰にそれをたずねるかによって変わる。たとえば、パレスティナ地域では、ユニオンジャックはユダヤとアラブの間での「委任統治領パレスティナ」の分割に果たしたイギリスの役割という否定的な側面と結びつけられる。しかし、インドでは、それほどはっきりと否定的な感情とは結びつかない。確かにイギリスの植民地支配の歴史について考えれば、ある程度の論争は存在する。抑圧や経済的搾取、その結果としての飢饉があり、インドにおける植民地主義の否定的影響を強調する人たちも、とくに権威者には多く存在する。しかし、それが唯一の対英感情というわけではない。私自身も個人的に、イギリスの国旗とそれが象徴するものに対する温かい感情を経験している。インドを旅行中に一般の人たちから何度も聞かされたジョークがあった。「もし、あんたたちイギリス人が戻ってくれれば、状況はもっとよくなるだろう」というものだ。この言葉は真に受けるべきではなく、インドでときおり目にするずさんで混乱したお役所仕事に対する皮肉を込めたコメントととらえるのがいいだろう。かつての植民地主義者に対する大きな敵意があまり感じられないのは、インドが急速な発展により世界の経済大国の仲間入りを果たしたことに自信を強めているからかもしれない。明るい将来への期待から、イギリスとその旗の意味するものがもはや重要ではなくなっているということだ。

最近では、ふたつの形のユニオンジャックを世界中で目にする。ひとつは商品のデザインとして使われるもので、「議会の母」と呼ばれるイギリス議会、産業革命、史上最大の帝国という歴史的栄光のシンボルが、無数のTシャツ、アルバムのジャケット、マグカップなど数多くの製品に使われ、さらには新しい二一世紀のブリタニアを象徴する製品もある。もうひとつは旗そのもので、イギリスの植民地政策の遺産は、ユニオンジャックが今も多くの国で風にはためいていることに表れている。そして、その場合には旗の左上四分の一のモチーフが過去を思い起こさせるとともに、将来も見据えているのが一般的だ。

イギリスのシンボルは、たとえばフィジーの国旗に今も目にすることができる。もっとも、フィジーは現在、国旗のデザインの変更を検討中だ。バイニマラマ首相は「植民地のシンボルと決別してもいい時期である」と述べ、「植民地としての過去を引きずる時代遅れの旗は、現在のわが国を反映するものではなく、新しいシンボルに取り換える必要がある。新しい国旗は世界における現在のフィジーの地位、現代的で完全に独立した国家としてのフィジーを象徴するものでなければならない」と宣言した。この考えには、ほかのイギリス連邦の国々も同意するだろう。五三の連邦加盟国のうち四国（フィジー、ツバル、オーストラリア、ニュージーランド）だけが、国旗に今もユニオンジャックを使い続けている。

オーストラリアとニュージーランドでは、ユニオンジャック以外の新しい旗を考案すべきかどうかがしばしば議題に上るが、これまでのところ答えは否定的だった。二〇一六年のニュージーランドの国民投票では、投票者の五六パーセントが現行の旗を維持することを支持し、銀白色のシダの枝を目立たせた、あまり粋とはいえないダークブルーの新しい旗のデザイン候補を拒否し

フィジー

オーストラリア

ニュージーランド

た。大衆の意見はユニオンジャック存続のほうにあるようだ。多くの国民にとって、この旗は過去と現在のイギリスとの絆を象徴している。おそらくそれは、人口の過半数を超える約六九パーセントがヨーロッパ、おもにイギリスとアイルランド人の祖先を持つこの国では、イギリスの植民地支配の影響が永久に消えることがないからだろう。先住民のマオリ族が人口に占める割合は、約一五パーセントである。時間を重ね、民族構成に変化が生じれば、いつの日か国旗が変更される日がくるかもしれないが、この先一〇年くらいは、ユニオン旗の地位は安泰ではないかと思われる。

ユニオンジャックは世界のいくつかの国の旗にも取り入れられている。ニュージーランドの管轄下にあるニウエ島と、イギリスの海外領土であるバミューダ、アンギラ、ケイマン諸島、モントセラトでは、国旗の左上四分の一にユニオンジャックが使われている。カナダのオンタリオ州やマニトバ州も同じである。ブリティッシュ・コロンビア州はこの伝統から離れ、旗を横にした上部三分の一にユニオンジャックを使っている。その下の三分の二は、太平洋の海原の上に太陽が昇る様子を描いている。ニューファンドランド・ラブラドール州は、州旗の左半分にイギリスの国旗に修正を加えたものを使っている。

あまり知られてはいないが、ハワイの旗にもユニオンジャックが使われている。ハワイの州旗は以前から、アメリカ国旗スタイルのストライプを使い、左上にイギリスの旗を組み合わせている。アメリカに比較的近いものの、イギリスとの伝統的な関係も反映させたデザインといえる。ハワイはイギリスの植民地になったことはないが、イギリスのシンボルがその旗のなかに生き残っている。しかし、その歴史を振り返れば、一八四二年に起こった、ロード・ジョージ・ポーレットによる不幸な「誤解」があった。ポーレットはイギリス海軍の有能な司令官で、自信に満ちた行動の人として知られていたが、当時は電話もツイッターも、ほかの電子的コミュニケーション手段も存在しなかった。状況が違っていれば、彼がイギリス君主の代理として一方的にハワイの支配権を握ろうとすることはなかったかもしれない。イギリス君主は、ハワイはイギリスに従属することはないと認めるところだったのだから。

ホノルルとロンドンの関係は友好的で貿易も活発だった。そのため、一八一六年にカメハメハ一世が国旗のデザインを命じると、現在のシンボルを使ったものが提出され、それが承認された。長男のカメハメハ二世もそれを引き継ぎ、次男のカメハメハ三世もそれを変更する理由は思いつかなかった。これは両国にとって有益な決定だった。しかし一八四二年、ポーレットがハワイ諸島に住むイギリス人に対する不当な行為とみなされるものに怒りを爆発させた。ホノルル港に停泊していたイギリス海軍の戦艦カリスフォートの船上から、彼はカメハメハ王に一連の要求を突きつけ、こう警告した。「閣下、私の指揮下にあるイギリス戦艦カリスフォートは、明日（土

ハワイ

曜日）午後四時までに、この諸島の王に対してなされた要求が満たされない場合には、同時刻をもってこの町をただちに攻撃をする準備に入ることをお知らせいたします」

爆撃開始予定時刻の一時間前に、カメハメハ王は賢明にも〝逃げるが勝ち〟の判断を下して要求をのみ、ポーレットはハワイの島々のすべてに正式にイギリスの旗を掲げた。そして、旗は五か月の間そのままだったが、ポーレットの上官であるトーマス准将がやってきて、ポーレットを叱り飛ばした。准将はハワイ王に謝罪してイギリスの旗を降ろし、ハワイの主権が回復したことを認めた。王は「何ら害はありません」といったような趣旨の言葉を告げた。このちょっとしたいざこざはあったものの、翌年にイギリスが正式にハワイの主権を認めたあとも、旗のデザインは変わらず残った（一八四五年にわずかに変更された）。ユニオンジャックを取り入れているアメリカの州旗はこれが唯一の例で、今でもアメリカ合衆国の小さな土地の上にイギリスの旗が風になびいている。

もちろん、どの国もこれほど寛大だったわけではない。イギリスの砲艦外交だけでなく、もっと長期にわたる植民地支配を経験した国の多くはとくにそうだろう。パキスタン、インド、南アフリカ、ケニア、ナイジェリア、ミャンマーなど多くの国が、独立した国民国家になったとたんに、赤、白、青の旗を捨て去り、独自の色、デザイン、シンボルを使った旗で主権を宣言した。

したがって、現在の二一世紀のイギリスは、世界でも最も古い国民国家の旗のひとつを持つが、その栄光の輝きとともに血にまみれた過去からも逃れることができず、その旗が代表する国民は、自国でも外国でも、イギリスという国のアイデンティティについて、つねに自問している。

政治レベルでは、ユニオンフラッグは今もイギリスが世界の大国であることを象徴する。ただし、ＥＵでの発言権を失いつつある大国だ。この旗の下で戦った軍隊は大幅に縮小したものの、相対的には今も間違いなくヨーロッパで最強の軍隊のひとつに数えられる。経済的には、この旗は世界の経済大国のひとつを象徴し、「ソフトパワー」である科学と文化の輸出に継続的に成功している国のシンボルとなる。

ユニオンジャックはもはや帝国を象徴するものではなくなったが、帝国のイメージが消え去ることはないだろう。たとえそうでも、今でもまだ、この旗に代表される国民からは、あがめられるとまではいかなくても、変わらぬ敬意を持って扱われている。多くのイギリス人は自分たちの旗の上下左右をわかっていないが、それは尊敬の念が欠けているからではなく、おおらかな文化的特性のためだ。しばしば上下逆さまに掲げられることがあるのはそのためだが、本来これは悲嘆を表現するものとされている。

正しい旗の掲げ方は、赤と青の境界線を作る白いラインの幅が広いほうを左上に持ってくる。しかし、王室の結婚式の日にバッキンガム宮殿の外に立つ人たちが、ユニオンフラッグのハンカチか何かの持ち方をチェックし忘れたとしても、大目に見てもらえるだろう。世界的な行事ではもう少し厳密になるが、イギリス政府でさえ間違うことがある。たとえば、イギリス首相官邸での中国との貿易調印の際に、政府高官レベルでも、多くのイギリス人が旗の上下をわかっていないことを露呈した。また二〇一六年には、ＥＵ脱退の是非を問う国民投票を前にＥＵとの交渉に入ったとき、ブリュッセルのＥＵ本部の外に上下逆さまのイギリスの旗が掲げられていた。これが偶然だったのかどうかはわからない。フランス人がイギリスを笑いものにしようとしたのか、それともイギリス人が悲しみを表現したものだったのか。

この旗はどう扱うのが正しいのだろう？　イギリスの旗は「颯爽と掲げ」、「厳かに貢納する」べきとされている。簡単に引きちぎられたり、土で汚れたり、傷めたりするような形で扱うべきではない。しかし、旗を燃やしたり、ほかの方法で損壊したりするのは、違法行為とはならない。アメリカやほかのいくつかの国の伝統とは違って、イギリスの旗は地面に接してもかまわないとされている。一九八〇年にローデシアがジンバブエという国に変わったとき、最後にイギリスの旗を降ろす儀式を報じる映像で、旗は地面まで降ろされてアフリカの土埃にまみれていた。参列していた人たちは、その象徴的意味合いを感じ取ったことだろう。戦没者記念の日曜日には、この旗や女王を象徴する旗はすべて地面まで垂れ下がっているが、これは敬意を表す方法として知られている。

国旗に限らず、ほかのどんな旗でも、それをどのように掲揚するかについては政府が定めた規定がある。そのほとんどは、国民が知らないか、あっさりと無視しているものだ。二〇一二年の以前より緩和された規定によれば、旗が「その場の全体的な見かけを損なわないような状態に維持される」のであれば、そしてもちろん、その場所の所有者から許可を得ているのであれば――これには地域の高速道路管理当局も含まれる――自由に掲げてかまわない。旗は次の三種類に分類される。「地元の計画当局の同意なしで掲げることができるもの」、「追加的な制限に従うものであれば、同意を必要としないもの」、そして、「同意を必要とする旗」である。そのどれに分類されるかが不確かな行事の場合は、「詳細な助言を与えてくれる、地元の計画当局に連絡する」ことがすすめられる。イギリスの役所が「詳細な」助言と言うときには、まさにそのとおりのことを意味している。

たとえば、外国の国旗であれば、どの国の旗を掲揚するのにも同意は必要としない。たとえフランスの旗であっても、である。国連旗はまったく問題ない。実際には、イギリスが加盟している団体なら、どの国際組織の旗も掲揚できる。したがって、国際通貨基金の旗を掲げるのもオーケーだ。しかし、国際クマ会議の旗を掲示したいときには確認する必要がある。イギリスはこの組織に加入しておらず、政府が認めている旗のリストにも含まれていないからだ。「イギリス国内のすべての島、州、地域、行政区、自治都市、教区、市町村」の旗はどれも問題なく掲揚でき、ヨークシャーの地区区分「ライディング」の旗も、イギリス国内の歴史的な地区のどの旗についても同様である。ただし、旗に広告を加えることは認められていない。

しかし、旗によっては、サイズ、文字、数、掲示場所、掲示期間などの制限に従わなければならない。たとえば、二〇一二年以降は個人を表現する旗をデザインして、自分の名前を書き込むこともできるようになり、これを自分の家の屋根の上に立てた旗竿に結びつけることも自由になった。しかし、どんな場合にも、旗は一枚だけに制限される。もし旗竿に何かの旗を掲げているのなら、ほかの旗を屋根の上に掲げる場合には許可が必要になる。幸いにも、屋根と地面に立てた旗竿であれば、その両方に旗を掲げることができ、そのために許可をとる必要はない。この最後のルールについては、ほかの規制も適用されるが、ここでは詳しく述べないことにする。しかし、地元当局に問い合わせれば、喜んで細かく説明してくれるはずだ。「あなた自身の旗」や、この分類のほかの旗は、どんなサイズでもかまわないが、「自然美が際立っている場所、特別な統制下にある地域、ザ・ブローズ（ノーフォークにあるイギリス最大の湿地帯）、保護地域または国立公園に旗を掲げる場合」は例外となる。

イギリス軍には旗の掲揚に関して独自のルールと制限がある。これらも同じくらい細かく規定され、より厳密に従うことが求められる。たとえば、国王や海軍提督が乗船しているときには、船のマストの先端にユニオンジャックを掲げる（ただし、イギリス海軍の船と潜水艦にはつねに白いイギリス軍艦旗が掲げられている）。めったにないことだが船上で軍法会議が開かれているときにもユニオンジャックを掲げるが、マストではなく桁端を使う。一七世紀には、旗を掲揚している海軍の船は港湾税を免除された。そのため、商業船もユニオンジャックを掲げて税金の支払いを避けようとしたという。チャールズ一世は海軍の船だけがユニオンジャックを掲げられることを主張し、その決まりが現在も適用されている。

イギリスは多くのもので成り立っているが、ひとつのシンボルにまとめられる。グラハム・バートラムはこう述べている。「ひとつの旗が国家アイデンティティ全体を象徴するひとつの物になる。もし私が一〇〇人のイギリス人に、イギリスをひとつの物で表現するとしたら何を選ぶかをたずねてみれば、あるいは、イギリスを表現する物をひとつだけ持ってくるように言えば、九九パーセントの人はユニオンジャックを持ってくるだろう。残りの一パーセントの人は、もしかしたらティーポットか何かかもしれない」

あなたがイギリスで、比較的めずらしい、自己嫌悪にかられた欧米人とそれを後押しするメディアに触れることがあったとしても、ユニオンフラッグに対するかつての尊敬の念と、ときには深い称賛の念は今でも感じ取ることができるだろう。しかし、こうした感情の程度は、地域によって大きく異なる。イングランドの多くの民族少数派の間では、イギリスの旗はイングランドの旗よりも魅力的に映る。世論調査の結果から、イギリスの旗はすべての人を代表すると見られているのに対して、イングランドの旗は、一部の人にとっては「白人」を象徴しているように見えていることがわかった。

調査会社ユーガヴによる「イギリスの将来」に関する世論調査（「この王権に統治される島――二〇一二年版」）では、興味深い地域差が浮かび上がった。イギリス人をひとつにまとめる要因は君主制だった。回答したイングランド人の八四パーセントは、旗を君主制と結びつけてとらえ、ウェールズでは八二パーセント、スコットランドでは八〇パーセントだった。イギリス軍を旗と結びつけて考える人も、イングランドでは八〇パーセント、ウェールズでは七七パーセント、スコットランドでは七〇パーセントという数字だった。しかし、「誇り」と「愛国心」という言葉に関しては、分裂がより顕著になる。イングランドの回答者の八〇パーセントが旗を誇りや愛国心と結びつけたのに対し、ウェールズでは六八パーセント、スコットランドに至っては五六パーセントという低い数字だった。全体として、イギリス人の過半数は自分の国の旗に対して好ましい感情を抱いているが、否定的な特性と結びつけられたときには、再び分裂が明らかになる。たとえば、この旗を見て人種差別や過激主義と結びつけるイングランド人はわずか一五パーセントだったが、スコットランド人の二五パーセントは、その結びつきを感じていた。この数字は、イングランド人がほかの国の人たちより、この旗のなかに自分自身の姿を投影して、より愛着を感じていることを証明するわけではないが、その傾向を示唆している。これらの数字はまた、連合王国を構成する国の間にある何世紀も前からの対立感情が、イングランドの外でより敏感に感じられていることを示している。

北アイルランドほど、それが当てはまる場所はない。この問題はEUからの脱退という危機によって、現在再び注目されている。二〇一六年になってもなお、特定の宗教や政党の支持の表明が、掲げる旗だけではなく、舗道の縁石の色にまで表れている地区がある。たとえば、近ごろではそれほど一般的ではなくなったものの、ベルファストのプロテスタント地区の角を曲がると、敷石はユニオンを支持する赤、白、青だが、カトリック地区ではアイルランドを象徴する緑、白、オレンジの三色に変わる場所がある。この町の住民のほとんどは、わざわざペンキ用のはけを持って出かけるようなことはしないが、縁石の色は確かに、そこに住む人々がよく知るシンボルという形で、アイデンティティに関する対立が今もなお継続していることを示している。

アイルランドの三色旗の緑は、カトリック、アイルランド統一主義、革命の象徴で、オレンジはアイルランドのプロテスタントを、ふたつの色を分ける白は両者の間の平和への希望を表す。プロテスタントの色であるオレンジは、一六九〇年のボイン川の戦いに由来する。イングランド、スコットランド、アイルランドのプロテスタントの王であるオレンジ公ウィリアムが、アイルランドのドロヘダ近くのボイン川で、ローマ・カトリックのジェームズ二世の軍勢を破った戦いだ。これでアイルランドのイギリス――プロテスタント――による支配が確固たるものになった。とくに北アイルランドでは、今でも毎年七月一二日にプロテスタントの勝利をオレンジメンズ・デーとして祝う人たちがいる。プロテスタント系団体「オレンジ・オーダー」の行進の間には、イギリスの旗がひときわ目立つ。一二日の夜に燃やされるかがり火では、アイルランドの旗が燃やされることもめずらしくない。他の国の旗を燃やす行為はイギリスのほかの地域には見られないが、それが行なわれるということ自体が、北アイルランドの政治的感情を物語っている。

　政府の建物に旗を掲揚するときには、とくに慎重を期さなければならない。二〇一二年一二月、ベルファスト市議会は市庁舎にユニオンフラッグを掲揚する日数を制限することを決めた。「共生する社会であることを認める」ためだという。ほとんどがプロテスタントの家系であるロイヤリスト（英国連合維持支持者）たちは、これをイギリスの主権を象徴的に希薄化するものとみなした。すぐさま抗議が起こり、それが何か月も続いて、ときには暴動に発展することもあった。二〇一五年、アイルランドの三色旗が一〇分間、ストーモントの北アイルランド議会の建物

アイルランド

の上に翻った。ロイヤリストの政治家たちは、「われわれは深く感情を害した」と抗議し、警察による捜査が始められた。七人の刑事が少なくとも四か月にわたって犯人を捜しだそうとした。その後、親アイルランドの独立系グループ「一九一六協会」が、「イギリスの支配は征服に基づいたものであり、正当性がなく、人民の主権的意志を侵害している」という主張の象徴的行動として旗を掲げた、と声明を出した。このグループの名前は、イギリスによるアイルランド支配に対する一九一六年のイースター蜂起に由来する。この蜂起は五〇〇人もの死者を出した。

アイルランドの三色旗は一八四八年に一般的に使われるようになった。この年、ヨーロッパ全域で起こった共和政移行主義者による革命に触発されたことが、旗が広まった理由のひとつだった。民族主義者のトーマス・フランシス・マハーが一八四八年三月七日にウォーターフォードでの会議でこの旗を掲げたことがきっかけとなった。彼は演説で「真ん中の白は〝オレンジ〟と〝緑〟の間の永続的な休戦を象徴し、この旗の下ではアイルランドのプロテスタントとカトリックが寛大で英雄的な兄弟愛で手を握り合うことを信じたい」と希望を表現した。ベルファストの舗道に表れているように、その希望はまだ実現には至らず、このプロセスは今もまだ進行中で、二〇一六年も違いはなかった。ダブリンでのイースター蜂起から一〇〇周年に当たるこの年は、アイルランド共和国、北アイルランド、スコットランドの一部地域で緊張と衝突が高まった。

北アイルランドにおけるイギリスの旗に対するひときわ過敏な反応が、一九七〇年代後半から八〇年代にかけて、イギリス中でこの旗があまり使われなくなった理由のひとつだったかもしれない。証明することはできないが、「北アイルランド紛争」と呼ばれた武力闘争の映像がテレビ画面にあふれたことで、より多くの人がこの島々とその象徴が多難な歴史を歩んできたことを学んだのかもしれない。広く受け入れられている見解は、同じころ、イギリスとイングランドの旗の両方がイングランドの極右勢力によって私物化されるようになったということだ。どちらもそうだが、とくにイギリスの旗は、極右政党の国民戦線の行進に使われ、文献や討論でも非常に目についた。この党は旗の記章を付けて、イングランドのフットボール場の外やパブの中で支持者をリクルートし始めた。そのため、徐々に旗とファシズムのイメージが重なり合うようになった。

イギリス人はそれ以前から、旗に対する敬礼や、学校での国旗の掲揚を習慣にはしていなかった。毎日の忠誠の誓いも課されない。旗の扱いに関するルールを知る人はほとんどいなかったし、今もそれは変わらない。しかし、この旗は国家の象徴であり、そういうものとして人々が敬意を払うのが普通だった。その後、流行がすたれ始め、イングランドの旗は、極右と結びつけられることに神経質になっている人たちにとっては、距離を置くべき対象になった。イングランドでは国家行事を除き、どちらかの旗を目立って掲示することは、大量移民以前の白人文化を支持する攻撃的な態度とみなされるという暗黙の了解があった。

一部の人にとっては、それは紛れもない事実だった。一九八〇年代半ばのある日、私はオックスフォードの鉄道駅からバスに乗り、オックスフォード・ユナイテッド・フットボール・クラブに向かった。この日の対戦相手はリーズ・ユナイテッドだった。リーズのサポーターで混み合ったバスが、一〇代後半の黒人少年のグループを追い越したとき、バスの二階から繰り返し叫ぶ声が聞こえてきた。「ユニオンジャックに黒はないぞ！　やつらを追い返せ！」こうした悪態をつくことは非難されてはいたものの、お決まりのパターンだった。私はショックを受けはしたが、驚きはしなかった。もしユニオンフラッグに黒が使われていれば、彼らはその代わりに何か同じくらいばかげて攻撃的な揶揄の言葉を見つけていただろう。しかし、興味深いのは彼らが人種分離の武器として旗を使ったことだ。

セント・ジョージ・クロスの旗に対する態度は、一九九〇年代半ばに変化が見え始めた。私を含め、多くの観察者が、転換点は一九九六年のUEFA欧州選手権の決勝だったと考えている。この年の決勝は、ロンドンのウェンブリー・スタジアムでイングランドとスコットランドが対戦した。トニー・ブレアの労働党がすでに地方分権によるスコットランドへの権限移譲を話題にしていた時期のことで、労働党は翌一九九七年に政権の座につく。一九八〇年代後半から九〇年代にかけて、スコットランドとウェールズではナショナリズムが高まっていたが、これは極右感情とはあまり結びついていなかった。権限移譲が取りざたされていたのとまったく同じ時期に、欧州選手権決勝の開催地となり、イングランド人に向けた大々的な商業キャンペーンが始まった。一九六六年から三〇年がたち、イングランドの旗はユニオンジャックではないという認識が強くなっていた。それに、ユニオンジャックにはスコットランドの斜め十字も含まれていたので、イングランド対スコットランドの試合で振るには、ふさわしい旗ではなかった。結局、試合はイングランドが二対〇で勝利した。

それからさらに二〇年後の現在、イングランドのスポーツファンは、セント・ジョージ・クロスがプリントされたシャツを着て、イングランドの旗を振ることを当たり前のように感じている。二〇一〇年のワールドカップでは、イギリスの黒人ラップスターのディジー・ラスカルが自信たっぷりにイングランド代表応援ソングを発表し、背中に自分の名前が入ったイングランドのシャツを着て、「自分はタフだと思うなら、ここにきて勝負してみろ」と歌った。

スコットランド、ウェールズ、北アイルランドへの権限移譲は、イングランドらしさへの深い認識を生み出す助けになった。イングランドの納税者の税金がスコットランドの福祉に使われていることが話題に上ったときなどに、それが感じられる。連合構成国の間の分裂は、二〇一六年の国民投票の結果によってさらに広がった。スコットランドでは過半数を優に超える人々がEUにとどまることに投票したが、イングランドとウェールズでの票によって反対の方向にバランスが傾いた。これによって再びスコットランド独立の問題が表面化し、もしそれが現実のものになれば、残る地域で構成されるイギリスを代表する旗はどうすべきかの問題につながるだろう。たとえば、これまでユニオンジャックの上にシンボルが描かれていなかったウェールズの人々が、これを機にウェールズの竜もセント・ジョージ・クロスと同等の扱いにすべきだと感じてもおかしくはない。

イングランドの旗もユニオンジャックも、ときには気づかれることもなく過ぎていく無数の小さな出来事を乗り越え、極右のシンボルとなることから救われた。一九九二年のオリンピックで、黒人陸上短距離選手のリンフォード・クリスティが、レースに勝ったときに客席から投げ込まれるユニオンジャックをつかんで背中にかけ、称賛を受け入れ、勝利を祝うというスタイルの先例を作った。今ではどんな肌の色の選手も、これをするのがお決まりになっている。それについて何かコメントされることはめったにない。実際にそれが起こった最近の出来事では、ほんの短いコメントが寄せられただけだった。複数の金メダルを獲得したモハメド・ファラーはソマリア出身だが、現在はイギリス国籍を持つ。またひとつ勝利を増やしたあとで、彼は記者に自分の生まれた国の旗を振りたいと思わないか、とたずねられた。彼はこう答えた。「いいかい、イギリスが僕の国なんだ」。ひとつのイメージ、ほんの一文で、ユニオンジャックは過去を呼び覚ます可能性があるが、将来を見据えることもできる。前進した先にあるのは、ユニオンの象徴としてのイメージである。

第３章

十字と十字軍

男たちは光輝く名誉の勲章のために戦場へ向かう

ナポレオン

2016 年３月、スペインのマドリッドで、ＥＵ旗に赤のペンキを塗り、ヨーロッパへの難民の流入に関するＥＵとトルコの取り決めに抗議するデモ参加者たち。ここ数年の移民問題による国内また国家間の緊張が、ヨーロッパ統合の存続、その指導者や住民の決意を試してきた。

ＥＵの旗はヨーロッパの旗だが、そうではないともいえる。それどころか、これが本当に旗なのかどうかさえ確かではない。

旗はどんなときに旗ではなくなるのか？　のちにＥＵとなる共同体の初期の時代、加盟国、とくにイギリスは、この共同体の旗が自分たちの国旗に取って代わることを恐れた。したがって、これは公式には「長方形の布の上に再製されうる紋章」であり、旗であって旗でないという存在で、完全な旗とはやや意味合いが異なっている。

しかし、二八の国だけを〝代表する〟ＥＵの旗は、同時に欧州評議会の旗でもある。こちらにはトルコとロシアを含む四七の国が加盟している（ヨーロッパの国では唯一ベラルーシだけが加盟していない）。したがって、これは旗と呼んでかまわない。しかし、ＥＵ圏内には合わせて五億八〇〇〇万人が住んでいるのに対し、欧州評議会の加盟国の人口は八億二〇〇〇万人になる。したがって、欧州評議会は自分たちだけが唯一本物の旗を持つと主張できそうだが、ＥＵからしてみれば、それはちょっとした拡大解釈だろう。

ブリュッセルの高貴にして善良なる人々のもとには、この問題を明確にしてほしいと訴える数

欧州連合

え切れないほどの電子メールが寄せられる。それに対しては、「欧州連合の公式機関紙に発表された」合意（OJC271, 8.9.2012, p.5）が指し示されるだけで終わる。この文書は官僚にしかわからないような奇妙な言葉遣いで書かれているだけでなく、翻訳されたものでさえ、どの既知の言語にも置き換えられないような代物だ。それでも、次の部分だけは明確に理解できる。「この旗／紋章は、国旗に優先されるものではない。ヨーロッパ諸国のより広範なコミュニティが、共通の価値観と原則によってひとつになることを象徴的に表すものである」

実際がどうであれ、この紋章／旗／旗状のものは、ひとつの考え、ひとつの理想、ひとつの現実を表現するものとなった。ひとつの考えとは、ヨーロッパと同一視されるシンボルを創りだすこと。理想とは平和で繁栄し、統合された大陸になること。そして現実とは、ヨーロッパのこれまでの歴史に照らし合わせてみれば、第二次世界大戦後のこの地域には、その理想がある程度実現した時代が続いてきたことである。この旗がまだ達成可能な夢を象徴していると考える人たちにとっては、旗がヨーロッパ人の生活に意味を持ち続けるようにする戦いがまだ続いている。

青地に一二の星が円環状に並ぶデザインのこの旗は、現在、一国を除きすべてのヨーロッパの国の欧州評議会の建物に掲げられている。この旗が生まれたのは一九五五年のことだ。それまで戦争をしていたヨーロッパの「種族《トライブ》」をひとつにまとめるため、一九四九年に創設された欧州評議会はこの年、数多くの提案を却下したあとで、ようやくひとつのデザインで合意した。いくつかの象徴的な色、つまりソ連の赤、イスラムの緑、降伏の白、追悼の黒、国連のライトブルーなどが混ざり合って、ダークブルーの旗になった。星の円環のアイデアを出したアルセーヌ・ハインツは、ストラスブールの評議会本部で郵便物を扱っていた人物で、数十のデザインを提案していた。

彼の最初のデザインには一五の評議会加盟国を表す一五の星が描かれていた。しかし、星のひとつは、当時はフランスの一部で、それ以前はドイツの一部だったザールラントを表していた。当時の情報室長で最終的なデザインを描いたポール・レヴィはこう説明している。「ドイツ人が一五の星に反対したのは、ザールラントが政治的に独立した国であることを示唆することになるからだ。そのため、一四の星を提案した。ザールラント側はそれを受け入れなかった。フランスは一三を提案したが、イタリア人がこう言った。『でも一三は不吉な数字だ』。そこで彼らは一二の星ですべての加盟国を表すことにした」

こうして合意がなされ、一九五五年に完成した旗には、象徴的な意味合いがふんだんに含まれていた。一二という数字が「完全」の象徴であることは注目される。イエスには一二人の使徒がいた。一年には一二の月がある。黄道には一二の宮がある。さらに、新約聖書の「ヨハネの黙示録」第一二章第一節にある、啓示を受けた女性についての次の描写と類似しているとも指摘された。「また、天に大きなしるしが現れた。一人の女が身に太陽をまとい、月を足の下にし、頭には十二の星の冠をかぶっていた」(新共同訳)

当然ながら、インターネットの時代になると、これを陰謀説だとして広める極端な思想の持ち主たちが現れた。たとえば、ヨーロッパのカトリック勢力による腹黒い世界征服計画とするものさえあった。もう少し深く、ほんの二分でもインターネットで調べてみれば、地球外生物や姿を自在に変えるレプティリアン(ヒト型爬虫類)の話まで出てくるが、重要な事実には行き着かない。たとえば、欧州評議会が旗を承認して署名したとき、トルコは加盟国だったし、今もそうであるということだ。

それでも、インターネット戦士たちは事実によってひるむことはない。そこで、なぜあなたが彼らの説を信じることに時間を無駄にすべきではないか、そのさらなる証拠を私が提供しようと思う。何と言っても、人生の暇つぶしをするなら、ほかにも多くの、もっとばかばかしい理論があるのだから。欧州評議会／EUの旗が、イルミナティ／レプリティアン／カトリックなどの陰謀のシンボルだと信じるためには、世界でも最も退屈なふたつの組織――暇を持てあまして貧乏ゆすりでもしているような組織――が、とてつもなく悪意に満ちた残忍な計画を立てたと確信できなければならない。映画『オースティン・パワーズ』シリーズのドクター・イーヴルが、彼の地下の隠れ家からタイムトラベルをして任務を遂行している間に思いつくような陰謀だ。ところで、組織が退屈なのは悪いことではない。とくに一九三九年から四五年の戦争の時代と比べれば、今のヨーロッパは平和そのものだ。退屈なのはよいことなのである。

欧州評議会のための旗を決めるまでには何年もかかったが、欧州共同体（のちのＥＵ）が一九八五年にやはり旗を作ろうと決定したときには、単純なコピー&ペーストで一二の星のシンボルをそのまま引き継いだ。ふたつの組織は同様の理想——民主主義と人権の促進——を共有しているが、欧州評議会は欧州共同体がつねに掲げていたヨーロッパ統合の理想を採用してはいなかった。たとえば、四七か国で構成される欧州評議会の加盟国であるロシアは、ブリュッセルに本部を持つ政治的統合体にその主権の一部を預けようと考えたことは一度もなかった。

「ヨーロッパとは何か？」という問いがしばしば投げかけられるが、その答えは「誰にたずねるかによる」が正しい。ヨーロッパは地理的な範囲でもあるし、見解によって定義されるものでもある。トルコの大部分はアジアに属するが、人によってはヨーロッパの一部とみなしている。ウラル山脈の東部はアジアだが、もしロシアがヨーロッパなら、シベリアもヨーロッパに含まれるのだろうか？　ジョージアはどうだろう？　アイスランドは？　定義は柔軟に変わる。実際に二〇一六年のユーロヴィジョン・ソング・コンテスト（欧州放送連合加盟局によって毎年開催される音楽コンテストで、各国代表のアーティストが競い合う）では、オーストラリアからの出場者が一三位に入った。

欧州評議会とＥＵは同じ旗を使っているかもしれないが、ＥＵに加盟していない評議会の加盟国は、それぞれの目的のために、この旗が非立法機関である多国籍組織の象徴であることに満足している。ＥＵ加盟国はこの旗がＥＵの象徴として掲げられているのを見ると、各国の主権の一部を移譲した、政治的、立法的な組織を表すものと考えるが、その一体感の深さと広さについては絶えず議論されている。

いずれにしても、一九八五年以降のEUにとって、象徴的な旗を持つという「作業は完了」し、現在は統合という側面に移っている。EUの存在意義としてその核心にあるのは、フランスとドイツの手をしっかり握らせ、互いに対して自由にこぶしを振り下ろさせないようにする、という考えだった。この点では大いに成功を収めてきたが、ヨーロッパの旗に見合うひとつのヨーロッパという国家を創設する夢のほうはどうだろう？　こちらはそれほど成功しているとはいえない。

一〇年ほど前までは、「これまで以上に密接な統合」への動きは、ヨーロッパ文化の均質化につながるという主張を聞くことがめずらしくなかった。もしかしたらヨーロッパ全域がフランス料理に支配されてしまうかもしれない、と。しかし現実に起こった均質化は、私たちがほかのどこでも目にしている種類のもの、すなわち「マックワールド」現象（マクドナルドに代表されるアメリカ文化の世界的な広まり）だった。人は生まれながらにして自由だが、どこに行ってもファストフードチェーンからは逃れられない。しかし、ここでエルベ川（チェコ北部とドイツ東部を流れ、北海に注ぐ川）の向こうからのニュースをお知らせしよう。東ヨーロッパのダンプリング（小麦粉を練って作る小さな団子）は今も健在だ。国や地域ごとの多様性は薄れることなく、人間という厄介な生き物の本質が、政治家たちの仕事を複雑にし続けている。シャルル・ド・ゴールは一九六〇年代にフランスについてこう語っていた。

「二四六もの異なるチーズがある国を、どうしたら統治できるというのか？」

ヨーロッパ諸国の人々はひとつになることを断固として拒否してきた。互いを嫌い合っているからではなく、自分たちの国が好きだからである。どうやら人々の心には偽りのない国民性というものへの憧れがあるらしい。このことは、それぞれの国において国旗の力が維持されていることにも反映されている。比較的新しい概念であるヨーロッパ人というアイデンティティは、国家アイデンティティや、何世紀もかけて形成されてきた国家のシンボルと競い合わなければならないのである。

旗そのものと、旗に対して国や国民が付与する重要性は、アメリカの政治学者フランシス・フクヤマが一九九二年の『歴史の終わり』で紹介した有名な理論が偽りであることを証明する。フクヤマはベルリンの壁の崩壊は「単なる冷戦の終わりではなく、歴史の終わりでもあった。つまり、人類の思想的な進化が最終地点に達し、西洋の自由民主主義が統治の最終的な形として普遍化されたのである」と述べた。この有害な考えが何世代にもわたる外交政策の立案者たちに影響を与え続け、彼らは歴史のパターンも、ロシア、中東、中国、中央アジアという広範な地域の政治的方向性も忘れてしまっているように見える。この考えが有害なのは、一部の人に歴史の終わりというものが現実にあり、人類の「思想的な進化」は自由民主主義で終わらなければならないと思い込ませてしまうからだ。この考え方は、「歴史の法則」によって必然的に共産主義のユートピアにたどり着くと唱えた、マルクス主義の理論と同じくらい間違っている。

フクヤマとマルクス主義の問題は、それらが実在する人々の生活に直接関わるようになるということだ。フクヤマの場合、その理論は自由民主主義の価値観が必然的で永続的であるという自己満足の考え方を促進するのを助けてきた。そして、自由民主主義はあまりに貴重で、あまりに繊細であるため、それを統治するには多大な努力が必要になり、それにはすでにその楽園に住んでいる人々の声を聞かなければならない、という考えも広めることになった。

数十年の間、ＥＵは繁栄という毛布で国家アイデンティティを覆ってきたが、よくも悪くも、それによって国家アイデンティティが消えてなくなることはなく、現在は再び表面に浮かび上がってきている。ＥＵに対してどの程度までの主権の移譲を受け入れられるかについてヨーロッパ諸国が議論を続けるなか、これからしばらくの間はこの傾向がますます強まっていきそうだ。国家の象徴としての旗も、その役割を果たすだろう。

ヨーロッパの多様な王国は、比較的遅い段階で旗をめぐる議論に参加した。しかし、いったんシンボルとしての旗という考えを知ると、抑えがきかなくなった。すでに述べたように、私たちが現在、旗として認識するものは、はるか昔の紀元前一五〇〇年ごろに中国人が最初に使い始めた。絹が発明されると、染色した軽くて比較的大きな布を竿の横に結びつけて、長い距離を移動できるようになった。この習慣はアラブ地域に広まり、預言者ムハンマドの死（六三二年）のころまでには、旗の利用は一般的になっていた。この時代に、ヨーロッパの辺境で初期の旗と呼べるような紋章が現れた例があるが、ヨーロッパ大陸全体にこの習慣が広まることはなかった。

六世紀のビザンティン帝国の軍隊は、ヴェクシロイド（竿の先端に固定していた四角い布）と呼ばれる赤い布を使った。この習慣はハンガリーと中央ヨーロッパに広まり、ヴァイキングもこの時代までには間違いなく、自分たちの船に三角形の布をはためかせていた。「旗」の使用はとくに戦場で習慣化されていった。一〇七七年に作られた「バイユーのタペストリー」は、一〇六六年の出来事をモチーフにしたもので、征服王ウィリアムのすぐ後ろにヴァイキング形式の旗が見える。もう一枚、十字が描かれた旗もある。このことから、十字軍の時代にヨーロッパとアラブ地域が不幸な遭遇をする以前から旗を掲げる習慣があったとわかるが、ヨーロッパの旗、とくにキリスト教の十字架が描かれているものは、十字軍遠征から生まれた可能性が高い。

第一回十字軍（一〇九六〜九九年）に参加するためヨーロッパ各地から集まった軍隊は、戦地で互いを識別できるようにする必要があることに気がついた。状況を考えれば当然のことだが、目印として使われたのはキリスト教の十字だった。ただし色や形はさまざまで、特定の形の十字を一色で描いたものが、地域ごとの軍勢、たとえばフランク人を表した。伯爵個人や王子のものという場合もあった。これらのシンボルが本格的な紋章に発達していき、そのなかから旗に関する複雑なルール——どんな形、どんな色を使い、いつ、どこで、どの順番で掲げるのか——が形成されていった。このシステムは、とくに王室に関しては、地位や血筋を証明したり誇示したりする重要な方法になった。

したがって、フランスの旗について「何」や「なぜ」の疑問があれば、それを簡単に追跡できる道筋があり、実際にたどってみるだけの価値がある。私たちはまず四世紀の聖マルティヌス（サン・マルタン）の外套の青について学び、次に八世紀のシャルルマーニュ（カール大帝）の赤に移り、さらに一五世紀のジャンヌ・ダルクの白へと到達する。しかし、これが物語のすべてではない。第五共和政の象徴的な旗にたどり着くまでの道のりには紆余曲折があり、その大まかな流れのなかの細部にこそ魅力が詰まっている。

聖マルティヌスは現在のハンガリー生まれで、ローマの兵士として徴用されたが、のちにキリスト教に改宗し、信じられない奇跡を一度か二度起こしてトゥールの司教となった。高価な青いウールの外套を半分に切って、物乞いに与えたことでよく知られている。死後になって（死因は風邪をひいたためではない）、フランスにある彼の埋葬場所は祭壇となり、その数十年後、クロヴィスという王（四六六〜五一一年）がその墓を掘り起こしてみると、そこにはあの外套も一緒に埋まっていた！

クロヴィス王はフランク人を最初に統合した王で、それがフランスの始まりになった。聖マルティヌスに心酔する王は、この聖人の外套をほかの旗とともに竿に結びつけて戦場に持っていくのが習慣になった。これが勝利を連想させるものだったからだ。遠征がないときにはテントのような祈禱場所に保存され、それがやがて礼拝堂（chapel）として知られるようになる。chapel は「外套」を意味するラテン語の capella から派生した語である。「フルール・ド・リス」（ユリあるいはアヤメ［アイリス］の花を様式化した紋章）は伝統的に、一三世紀ごろのフランスの王と結びつけて考えられているが、これもクロヴィスから始まったものかもしれず、彼の支配が神に与えられた権利であることを示すシンボルだった可能性もある。

聖マルティヌスの青い外套が青い旗になり、それが一三五六年のポワティエの戦いまでいつも戦場に持ち込まれた。この戦いではイングランドがフランスに大打撃を与えたため、フランス人は青い色を信じる気持ちを失った。このころまでに、フランス軍はシャルルマーニュの赤い旗も持ち運ぶようになっていたが、こちらもまた一四一五年のアジャンクールの戦いでイングランドに手痛い敗北を喫したために、信用を失うことになった。それでも、青と赤はフランスを象徴する色として認められ、一二世紀にはじめて「ロイヤルブルー」の旗が使われた。

その後、ジャンヌ・ダルクによって白の人気が高まる。一四二九年のオルレアンの包囲で、ダルクは白い旗を掲げてイングランド軍の前進を阻んだ。この話を最もよく伝えているのは彼女自身の言葉で、処刑の数か月前に裁判で証言したときの記録が残っている。

「私が持つ旗にはユリの花が描かれていました……〝ボッカシン〟と呼ばれる白い布の旗です。その上には文字が書かれていました。『イエスとマリア』だったと思います。絹の縁取りをしてありました」

彼女は次にこう質問された。「『イエスとマリア』の文字は上に書かれていたのか、下なのか、それとも横だったのか？」

「横だったように思います」

「旗と剣のどちらを大事だと考えるか？」

「旗のほうが剣より何十倍も大事です」

これら三色の旗は（それだけとは限らないが）それからの三五〇年間、たびたび掲げられた。一色だけが使われることもあれば、三色で使われることもあった。白は最も人気があったようだが、国家の公式な旗として使われた例はない。

一七八九年のフランス革命のころには、パリを象徴する色はその何世紀も前から赤と青で、パリの民兵は帽子に青と赤の絹のリボンの帽章をつけていた。これはパリの町ならどこでもすぐに認識される重要な政治的主張が込められた「バッジ」だった。これに純粋さを表す（ジャンヌ・ダルクからの伝統でもある）白が加えられ、この年の終わりまでには、これが公式の帽章となり、三色合わせて国家の色として認識されるようになった。

その後、フランス海軍の水兵が、大部分が貴族だった上官に反抗し、新しい時代を象徴する新しい旗を掲げる権利を要求した。一七九〇年の国民議会での演説で、ミラボー伯爵は彼らの行動をこう非難した。「扇動的な陰謀者たちは古い旗は古い偏見を維持することになると話している……わが同胞の代議士諸君、これは間違っている。トリコロール（三色）の旗は海を渡り、すべての国の尊敬を集め、陰謀者と暴君の心に恐怖を植えつけるだろう！」伯爵は自分の主張を押し通し、その後、赤、白、青のさまざまな旗がさまざまなデザインで現れた。これらが徐々に陸地でも使われるようになり、一八一二年にはフランス軍が三本の縦のストライプを公式のデザインとして採用した。こうして、不運に見舞われたナポレオンのロシア侵略を描いた絵画にしばしばトリコロールの旗を見かけることになった。

フランス

王権の回復、ナポレオンの登場、一八三〇年の革命という混乱の時代には、旗の一般的な使用と公式の掲揚も盛衰を繰り返す。その後、立憲君主制となり、「フランスは国家として再びその色を採用する」と宣言された。第三、第四、第五共和政の間は、現在私たちが目にする標準的なトリコロールが（小さな変化はあったものの）フランスの国旗として使われた。第二次世界大戦中は、対独協調路線のヴィシー政権を率いたペタン元帥の旗に、両刃の斧（Francisque）のモチーフが描かれた。フランク人によって形成された初期のフランスに立ち戻ろうというものだ。それに対して、シャルル・ド・ゴールが結成した自由フランスの旗には、ロレーヌ十字があしらわれていた。しかし、どちらも馴染み深い青、白、赤を使っていることは同じで、この三色はやがて自由、平等、友愛を意味するようになる。

最近では、「トリコロール」と言えば、フランス国旗を意味するとみなされることが多い。この旗は世界的に知られるようになり、単にひとつの国家を象徴するにとどまらず、上記の三つの原則の象徴にもなっている。これらの原則をどう達成するかについては見解が分かれる。また、これらの言葉が何を意味するかについても解釈が異なる。しかし、シンボルとしてのフランスの赤、白、青は、世界中の大勢の人々の願望を体現し、万国共通のアイコンとなっている。二〇一五年のパリ同時多発テロ事件のあと、世界中のソーシャルメディアにトリコロールが現れた。大勢の人が自分のアカウントにこのシンボルを貼りつけた。フランスとの一体感を示すだけでなく、自由という概念を心に描いてのことだ。自由を追求するフランスの歴史は複雑で波乱に富んだものではあったが、この国は今もまだ自由を生み出す力を持つ。

ドイツ

フランスから東へライン川を越えると、また別の三色旗を目にする。ルーツは何世紀も前にさかのぼるが、比較的新しい国であるドイツの国旗がそれで、こちらは黒、赤、金の三色だ。

この三色が国旗に最初に使われたのはそれほど古くはない一九一九年のことで、ワイマール共和国の創設のときだった。それ以前には（実際にはそのあとにも）黒、白、赤の組み合わせが使われた。これは連邦国家が統合されて一八七一年にドイツになったとき、最初に掲げられた旗の色で、ドイツ地域では古くから親しまれていた色だった。タンネンベルクの戦い（一四一〇年）の六〇年後、ポーランドの年代記作者のヤン・ドゥウゴシュが、敗北したドイツ騎士団が使っていた旗について記録を残した。この騎士団は十字軍遠征のなかで生まれた組織である。旗はクラクフのヴァヴェル大聖堂に一六〇三年まで掲げられていた。記録に残る五六の旗のうち、ほとんどが赤または白の旗で、次に人気の色が黒だった。赤が使われたのは、初代神聖ローマ皇帝としてドイツを含むヨーロッパの大部分を統合したカール大帝の影響もあっただろう。

神聖ローマ帝国はその後、黒いワシが描かれた金の楯の紋章を採用した。そして、一八〇六年に帝国が解体されてからも、この色の人気はドイツ地域で存続した。一八一三年、ドイツの再統合を求める人民の声を背景に、ナポレオンと戦うために形成されていたプロイセンのリュッツォウ義勇部隊が、黒い布地、赤い肩章、金のボタンの軍服を採用した。それと同時に、影響力ある学生連盟が形成された。そのメンバーはドイツ全域から集まってきた者たちで、この組織は黒、赤、金を汎ドイツの色と信じて採用した。現在のチェコ、ドイツ、イタリア、オーストリアなど、どこであれドイツ語を話すすべての人々を代表する色だ。一部の人にとって、これは統一と民主主義を目指して前進しようという願望を表していた。

一八三〇年までにはフランスが再びトリコロールを使うようになっていたため、それに刺激された多くのドイツ人が（すべてとは程遠いが）、黒、赤、金を自分たちの「国家」を象徴する色として使うようになった。一八六七年には北ドイツ連邦という形でドイツの原型ができたが、強大な権力を握り、何事にも動じないオットー・フォン・ビスマルクの指示で、国家シンボルとしてこれらの三色を使うことは禁じられた。彼はプロイセン出身で、その旗は黒と白だったので、新しい旗に黒、赤、白を使うように命じた。鉄血宰相と呼ばれたビスマルクはほとんどいつも自分の思いどおりに事を進めた。一八七一年にドイツ統一が完成すると、これが第二帝国の公式の旗の色になった。その旗はそれからほぼ四〇年間使われ続けたものの、第一次世界大戦で敗北したあとのドイツの混乱期を生き残ることはできなかった。こうしてワイマール共和国が生まれ、前の世紀の黒、赤、金が、一部の人にとっては民主主義への期待とともに戻ってきた。しかし、この共和国の旗もまた、アドルフ・ヒトラーとナチスの興隆に耐え抜くことはできなかった。ヒトラーは共和国の色を拒絶し、再び帝国の色に戻した。

一九三三年にナチスが権力を握ってまもなく、ひとつの法令が公布された。これによって二種類の旗を掲揚することが決められた。黒、赤、白の三色旗と、ナチスの鉤十字《スワスティカ》の旗である。この二種類の旗が政府の建物すべてとドイツ船の上に掲げられることとなった。二年後、国家の統制を固めたヒトラーは、鉤十字をドイツの唯一の旗にすると規定し、一九三五年九月のニュルンベルク国旗法によって正式な法律になった。この決定の背景には、ニューヨークで起こった出来事の影響もあったかもしれない。この出来事がドイツとアメリカの間に外交問題を引き起こしていた。

その年の七月下旬、ドイツの旅客定期船ブレーメン号がニューヨーク港を離れようとしたとき、反ナチスのデモをしていた共産主義者数百人が桟橋に押し寄せた。数十人が警官を押しのけて船に乗り込み、鉤十字の旗を引き降ろすと、ハドソン川に投げ込んだ。地方紙の『サンデー・スパルタンブルク・ヘラルド』は当時、おそらくは皮肉を込めて、「ドイツの象徴がハドソン川に放り投げられたとき、それは浮かんだままの状態で回収された。もし川底まで沈んでいたら、ヒトラーが損害賠償を要求していたかもしれない」と報じた。いずれにしても、ドイツの代理大使

ナチス

はアメリカ国務省に抗議したが、この侮辱はナチスに対してであって、国家に対してではないと告げられた。八週間後、ニュルンベルク国旗法が修正され、党の旗が国旗として定められた。

〝千年王国〟の象徴になるはずだったこの悪名高いシンボルは、国旗としては一〇年しか使われなかったが（一九三五〜四五年）、その歴史は数千年前までさかのぼる。考古学者たちはアジア、アフリカ、ヨーロッパの広範囲で、鉤十字を用いた古代のシンボルを発見してきた。一万二〇〇〇年前の石器時代の終わりごろのものとされる「原文字」にこの形のものが使われていたが、それが正確に何を意味していたかは現在に至るまで謎のままである。

その形の起源について最も説得力ある説は、アメリカの偉大な天文学者、故カール・セーガンが唱えたものだろう。著書『ハレー彗星』のなかで、セーガンは約二二〇〇年前に「帛書《はくしょ》」と呼ばれた絹布に書かれた古代中国の書に言及している。この書にはさまざまな形状の彗星図が描かれており、そのひとつの彗星の尾の形がまさに現在私たちが知る鉤十字をしている。セーガンの説明によれば、彗星の急速な回転により「曲線状の尾が形成される。それと同じものは、庭のスプリンクラーの回転によってできるパターンに簡単に見ることができる。……通常、これは鉤十字の形に表される」。もしこの説明が正しいのであれば、人類は有史以前から鉤十字の形を空に見てきたことになる。だとすれば、それに意味を与えるのも自然なことで、それほど飛躍した考えではないだろう。

アジアの一部地域では、今でも宗教的なシンボルとしてこの形が使われている。たとえば、インドのジャイナ教の旗には中央の白い横帯の部分に鉤十字（まんじ）が描かれている。これは存在の四つの状態を表すといわれる。ヒンドゥー教徒にとっては、右旋回のまんじは何よりヴィシュヌ神の一〇八のシンボルのひとつで、多くの寺院のほか、芸術や装飾にもよく見られる。

鉤十字が最も頻繁に使われていたのは古代インドで、それがナチスドイツにまで伝えられた。アドルフ・ヒトラーは人種の純粋性という概念にとりつかれ、ドイツ人こそインダス川流域から移動してきたアーリア人の血筋を引く人種だと信じていた。アーリアという語はもともと根幹となる言語を表すもので、民族を表すものではないが、ヒトラーはアーリア人を卓越した人種だと考えていた。

一九二〇年代のドイツでは、鉤十字は「ハーケンクロイツ」と呼ばれ、民族主義の作家たちが疑似科学を持ち出して、これをアーリア人独自のシンボルだと提唱した。ヒトラーは『わが闘争』（一九二五年）のなかで、ナチスが鉤十字を採用した一九二〇年に、党は「その闘争のシンボル」を必要とし、それは「巨大ポスターのように効果的」なものでなければならなかった、と振り返っている。

ヒトラーはワイマール共和国の黒、赤、金の旗を完全に拒絶したが、赤、白、黒の伝統的なドイツの色には魅了された。党員はさまざまなデザインを提出した。その多くには、鉤十字がどこかに含まれた。ヒトラーはそのうちのひとつに最終的な旗のデザインによく似たものがあったと認めはしたものの、実際に採用したデザインは自分自身が考案したものだと主張した。「数多くの案が出されたが、私自身が最終的な形を考えた。赤地に白の円、その中央に黒の鉤十字を描いた旗である。長い試行錯誤のあと、旗のサイズと白い円のサイズ、そして鉤十字の形と太さの完璧な比率も見つけた」。彼はまた、自分のデザインの意味も次のように説明している。「赤はこの運動を支える社会的思想を表現した。白は国家としての思想。そして鉤十字はわれわれに与えられたミッションを象徴している。すなわち、アーリア人種の勝利のための闘争である」

「われわれに与えられたミッション」という言葉のなかに、ヒトラーの神秘主義的な思考パターンを読み取ることができる。ナチスの霊的な世界への関心は一般には知られていないが、多くの党員が神秘主義思想とシンボルの力に夢中になっていた。彼らは鉤十字のデザインのなかに、神がかり的に大衆を引きつける何か不可思議なものを見いだしていた。それが結果的には、彼らと何千万もの人たちを破滅への道に引きずり込むことになる。

それが、西洋世界がこの古代のシンボルに見ているものだ。そのため、ドイツを含むいくつかの国では、現在はこのシンボルを使うことが禁止されている。また極右勢力が現在、このデザイン、あるいはこれを意図的に模したデザインを使い続けているのも同じ理由からだ。歴史に詳しくない教育レベルの低い人たちにさえ、目にしたとたんに衝撃を与えるこのシンボルが、人々の心に痛みと怒りを引き起こすことがわかっていて、意図的に使っているのである。しかし、そもそもは古代の正統なシンボルだったこのモチーフは、ナチス時代の乱用を生き残り、世界のほかの地域では否定的な意味合いを持たないまま、無傷で使われ続けている。

第二次世界大戦の恐怖とドイツの完全降伏の直後には、鉤十字の旗が使われ続けるなどまったく考えられないことだった。ヨーロッパは自らを再建する必要があり、ドイツはその評判を回復したかった。その癒しのプロセスのひとつが、鉤十字を禁止し、古代から近代にかけての黒、赤、金のドイツの歴史を取り戻すことだった。西ドイツも東ドイツも民主主義のワイマール共和国の旗を再導入し、どちらも自分たちこそが真に民主的なドイツであると主張した。両国の旗は一九五九年まではまったく同一だったが、この年、東ドイツは麦の穂、槌、コンパスから成る共産主義思想からインスピレーションを得た紋章を加え、農民、労働者、知識人を表すことにした。

ふたつのドイツは一九五六年のオリンピックに合同選手団を派遣したが、このときには両国の旗は同じだったので、旗に関する問題は生じなかった。しかし、次の大会では状況が変わった。幸いにも両国は互いに譲歩し、合同選手団は黒、赤、金の旗とともに行進するが、赤の部分にオリンピックの五輪をあしらうことで合意した。一九六〇年と一九六四年のオリンピックはこの旗を使った。一九六八年には別々の国の選手団として入場したが、それまでの合意に従い、その後はそれぞれの国旗を使った。一九八九年のベルリンの壁崩壊とその翌年のドイツ再統一によって、旗の問題は解消した。

壁の崩壊後のめまぐるしい変化の日々に、多くの東ドイツ人が旗から紋章を切り取ることで、感情をあらわにした。彼らの行動はかつてのハンガリー人を手本にしたものだった。ソ連の占領に対する一九五六年の蜂起の間に、ハンガリーの人々も同じことをしていた。ルーマニア人も一九八九年末にこの例にならった。

再統一されて間もないドイツでは、人々が新しく再導入された色に共感を寄せるまでにしばらく時間がかかったが、これはナチス時代の経験のために、旗を振ることへのためらいが消えなかったからだ。それでも、二〇〇六年のドイツ開催のワールドカップのころには、ドイツ国民はヨーロッパ大陸で最も成功した民主国家のひとつとして自信を深め、黒、赤、金の旗が準決勝までずっと振られ続けた。旗は単なる飾り以上のものになった。歴史の浮き沈みを経験し、将来に自信を持つ国家のシンボルだ。ドイツの若い世代にとって、戦争ははるか昔の出来事で、壁の崩壊でさえすでに歴史の一ページになっている。彼らはその歴史をよく知っているが、親や祖父母の世代のようにこだわりは持っていない。移民流入への反対に見られる、ゆっくりと高まっていくナショナリズムは、戦前の残忍なヒステリーとは違う種類のもので、旗にくるんで表現するようなことはしない。ドイツ人が戦争の時代を現在と切り離して考えられるようになるにはまだ数十年はかかるだろうが、ヒトラーの影はゆっくりと薄れていき、それとともにドイツは強固な民主制度を築き、黒、赤、金の三色が大衆文化に返り咲くのが許されるほど、世界に称賛される国に変わった。

さて、ここで一息入れ、イタリアの旗に話を移そう。私たちにはランチの時間が必要だ。まず、アボカド、モッツァレラ、トマトのサラダから始めるのがいいだろう。アボカドが嫌いな方もご心配なく。代わりにバジルを使うこともできる。どちらにしても、これでイタリア国旗の三色を使ったトリコローレ・サラダができ上がる。

この華やかで美しく生き生きとした緑、白、赤の旗を見ると、私は食べ物のことを考えずにはいられない。世界中の無数のイタリアンレストランから、「ピザ！　パスタ！」と訴えかけてくるこの旗は、この国の料理と旗が密接に結びついていることの証《あかし》だろう。中華料理のレストランは、鎌と槌を描いた赤い旗を店の外に出して客を呼び込むことはあまりしない。また、どこかで

イタリア

チュニジアの旗を見かけても、家に帰ってこの国の伝統料理のクスクスを作ろうと思う人はいないだろう。

この三色がどんな記憶を呼び起こすか、もう何秒か考えてみて私の頭に思い浮かぶのは、ＡＣミラン対インテル・ミラノの〝ミラノ・ダービー〟を観戦するために、ピアッジオがデザインしたヴェスパのスクーター（一九六七年モデル）に乗って、サン・シーロ・スタジアムに向かう自分の姿だ。何人か仲間がいればフィアット５００を繰り出すが、運転役になってしまうと、モンテプルチャーノ（イタリア産のワインの銘柄）のほんの小さなグラスしか飲めないので、自分のくじ運に懸けるしかない。

このどれも、イタリアの国家シンボルをけなすことが目的ではない。この旗がじつに見事にソフトパワーを投影していることを強調するには、この国の製品のクオリティを通して語るのが一番だと思うからだ。本当の意味での統一をなかなか実感できずに、分離主義運動の高まりや北と南の分裂を経験してきたこの国で、シンボルの色は国民の気持ちをひとつにする役割を果たした。

一八世紀の終わりまで、アペニン半島（現在のイタリア半島）とその周辺地域や島々では、それぞれの都市国家や王国を象徴する旗作りの伝統が受け継がれていた。しかし、一七九六年の春、ナポレオンがアルプスを越え、小さな絶対主義の都市国家群の古い秩序に混乱をもたらした。フランス軍はミラノを首都とするロンバルディアに攻め入り、そこはトラスパダーナ共和国になった。当時のミラノの民兵は緑と白の軍服を着ていたが、その民兵組織が共和国の国民軍に再編成されると、それまでの軍服にトラスパダーナの赤が加えられた。ロンバルディア軍も同じ色を使っていた。その年の一〇月、ナポレオンはパリに、「この国の色として、緑、白、赤を採用した」と書き送っている。

フランス軍は隣のモデナの古い体制も転覆させ、そこは短期間ながらチスパダーナ共和国となった。新しく創設された民兵は自らを「イタリア軍団」と呼び、やはり緑、白、赤を軍服に使った。この三色は共和国の横ストライプの旗の色でもあり、上から赤、白、緑の順だった。

一七九七年、この二国が合併してチザルピーナ共和国を形成し、一七九八年には同じ三色を縦のストライプにしたデザインの国旗を採用した。これが、現在イタリアの旗として知られているものである。フランスの国旗に影響されたことは間違いない。フランス支配下で生まれた新しい「国家」はイタリア共和国となり、その後、イタリア王国となった。その後、ナポレオンの失墜によりイタリア統一への動きは中断したが、その思想と国家統一を象徴する色は決定した。

一八〇〇年代には、三色旗がイタリア半島のさらに広範囲に広まった。「リソルジメント」と呼ばれる国家統一運動によるナショナリズム再興の勢いは止まらず、ジュゼッペ・マッツィーニやジュゼッペ・ガリバルディらが率いた運動は、どちらも同じ三色を使った旗の下で戦った。

一八六一年、ついにイタリアの統一が実現してひとつの国となり、ヴィットーリオ・エマヌエーレ二世が初代国王となった。旗の色については何の問題も生じなかったが、国王のサヴォィア家の紋章が加えられ、一九四六年まで使われた。

ベニート・ムッソリーニはシンボルに対してファシズム的なこだわりを見せるのが普通だったが、旗には手をつけなかった。変更されたのはイタリアが第二次世界大戦後に共和国になったときで、サヴォィア家の紋章が取り除かれた。旗は国の施設に誇らしげに掲げられているが、国民は必ずしも同じだけの誇りを国の機関に対して感じていない。イタリアは地域色の強い国のまま変わらず、多くの国民は地方レベルで強いアイデンティティを持ち、州の旗を見かけることのほうが多い場所もある。それでも、ときには国がひとつにまとまることがある。とくに「アズーリ」の愛称で知られるサッカーのイタリア代表チームの試合ではそれが顕著で、観衆はイタリアの「トリコローレ」の下に、はっきりと目に見える形で団結しているのがわかる。

旗に使われている三色は見たところ平凡な色だが、人によってさまざまな価値が加えられる。赤はよくあるように独立のために流された血、緑は自然豊かな風景、白はアルプスの山並み、といったものだ。このどれも公式の説明ではなく、どれも歴史的意味合いは持たないが、いつもながら意味は見る人が自由に決められるので、私ならこの三色にアボカド、モッツァレラチーズ（当然、水牛のモッツァレラだ）、トマトという意味を見いだす。イタリアンカラーに乾杯！

さて、この太陽のまぶしいヨーロッパ南部を離れて北に向かい、スカンディナヴィア諸国とフィンランドのある北欧へ行くと、合言葉は「スコール！」に変わる。

ここには、ヨーロッパにいくつかある旗のグループのひとつが見つかる。スカンディナヴィア十字を使った旗のグループである。ほかのグループには、たとえばオランダ、ドイツ、オーストリアから、さらには南のブルガリアでも使われている横ストライプの三色旗がある。しかし、これらの旗には特別な結びつきはほとんどなく、三色旗は世界の至るところに見られる。これに対してノルウェー、デンマーク、スウェーデン、フィンランド、アイスランドの旗に使われるスカンディナヴィア十字は、青か赤の違いはあるものの、形が同じなのですぐに認識できる。どの国のものも十字の交差位置は少し旗竿側に寄っていて、右側の〝腕〟のほうが長くなっている。

このシンボルがこれほど長く生き残ったのは少しばかり皮肉といえるかもしれない。というのも、この地域は現在では西ヨーロッパで最も宗教色の薄い地域で、スペインやイタリアのような熱心に教会通いをする人の多い国の旗には、キリスト教のシンボルが使われていないからだ。

五か国のスカンディナヴィア十字は、すべて赤地に白い十字のデンマークの旗がもとになっている。「ダンネブロ」と呼ばれるこの旗は、一二〇〇年代初めからこの国のシンボルとされてきたもので、世界最古の国旗とみなされている(正式に国旗となったのはずっとあとのことだ)。デンマーク人なら誰もが知る伝説によると、旗の起源は一二一九年に起こった異教徒のエストニア人との戦いだった。ヴァルデマー二世がこの戦争で苦戦しているのを見て、同行していた司教が祈りを捧げると、それに神が応えて空からダンネブロを投げて寄こしたという。ヴァルデマーはこれが地面に落ちる前につかみ、この奇跡に奮い立ったデンマーク軍がみごと戦いに勝利した。この出来事に関する歴史的証拠はあったとしても疑わしいものだが、伝説となって何世紀も語り継がれている。言ってみればイギリスのアーサー王と円卓の騎士たちの物語と同じで、国をひとつにまとめる心理的効果のある「真実」を確立することに価値があった。

この同じ旗がそれ以来、あらゆる冒険に付き従ってきた。一五〇〇年にはゲルマン人の国のひとつに奪われるが、一五五九年に救出され、のちにデンマークに持ち帰られた。さらに一世紀が過ぎたころに、ぼろぼろになって、ちりと消えた……と伝えられている。

デンマークの旗が姿を消したのは、これが最後ではない。二〇〇六年、ダンネブロはこの年に最も燃やされた旗になった。二〇〇五年九月、『ユランズ・ポステン』紙が預言者ムハンマドを描いた一二の風刺漫画を掲載し、そのなかの一枚が、ムハンマドが爆弾の形をしたターバンをかぶり、そこから火のついた導火線が延びているものだった。イスラム教徒の多くがこれを侮辱とみなした。単に漫画の描き方だけでなく、イスラム法の解釈のほとんどは預言者を描くことを禁じているからだ。

当時、この件はデンマークで小さな騒ぎを引き起こしただけだった。しかし数か月後、これを侮辱と感じた人たちの代表が中東を回ってこの漫画を公表したために、さらに多くの人々の怒り

ノルウェー

デンマーク

スウェーデン

フィンランド

アイスランド

を掻き立てた。これがデモに発展し、イスラム世界で数十人が殺された。ダマスカスにあるデンマークとノルウェーの大使館が放火され、それとともに数百のデンマーク国旗が燃やされた。

デンマーク政府が漫画を発表したわけではないのだから、これはデンマークにとって少しばかり公平ではないと論じることもできるかもしれない。しかし、スイスやサヴォワ地方の善良な人たちのほうが、それ以上に気の毒だった。燃やされた旗の多くは手製のもので、もっともなことながら、それを作っている人たちは赤地の旗のどこに白い十字を描くべきかをいつも厳密に考えているわけでも、その比率を研究しているわけでもない。十字の中心を旗竿側にずらす代わりに、真ん中に配置することもよくあった。そのため、スイスとサヴォワのたくさんの旗が、「デンマークに死を！」の罵声とともに炎に包まれた。ヨーロッパに対する理解の欠如は明らかで、ヨーロッパの中東に対する理解の欠如を鏡映しにしていた。

ダンネブロは現在、精肉店の天井からぶら下がるハムやベーコン、ビール瓶、チーズなどにも見られる。実際、売り物のほとんどにこの旗のマークが入っている。デンマーク人は自国の旗を誇りに思っているが、通常はそれが何の上に表示されようとあまり気にしない。ただし、例外がひとつある。極右勢力がそれを使うと、とたんに不快なさざ波が立ち、国民の大部分がこれらの勢力によって旗が悪用されることを心配している。何世紀も前から生活の一部になってきた旗なので、今も愛国心のシンボルであることは変わらないが、過度に民族主義的なものではない。その商業利用は個人が使うのと同じくらい一般的で、一般市民の家の多くに旗がはためいている。「メイド・イン・デンマーク」は幸せな生活のシンボルで、ダンネブロがその幸せなデンマーク的生活の一部になっている。

デンマークからさらに北へ向かい、オーレスン橋を渡ってスウェーデンに入ると、人々はそうした旗の扱いに対して少し軽蔑的な態度を見せる。スウェーデンでは国旗を使う習慣があまり広まっておらず、イギリスと同じように、国内の極右勢力からこの旗を助け出さなければならなかった。一般の人々がスウェーデン国旗を掲げることも、商業目的でこの旗を使うことも少なかったため、一九九〇年代には役所以外で旗を掲げているのを見かけると、ネオナチに結びつけられるようになった。その後、適切な使い方をするように正されはしたが、今でも国旗を使うのは慎重を要する行為で、ヨーロッパでは最も「振ることが少ない」国旗のひとつとなっている。例外だったのは二〇一六年のサッカー欧州選手権だ。この大会中には男女問わず、ほとんどの観客がシャツや帽子の上に旗を「はためかせて」いた。しかし、それ以外の場所では、スウェーデン民主党のような右派で愛国主義の政党がこの旗を使うことが多くなり、『青と黄色の疑問（Blue-Yellow Questions)』と呼ばれる極右の雑誌も発行されて、再び問題視されつつある。

スウェーデンに対する一般的なイメージは、文化的には超リベラル、経済的には「第三の道」政策を掲げる天国というものだ。この見解は少なくとも二〇年は時代遅れで、移民が大量に押し寄せるスウェーデンではなく、ポップグループ「アバ」が人気を集めた時代のスウェーデンにふさわしい。一九九〇年代以降、市場経済がゆっくりと国家の領域にも入り込んできた。福祉と教育への支出は大幅に削られ、民営化された学校さえある。警察と情報機関による厳しい監視法が何代かにわたる政府で制定されてきた。都市部には民族少数派が集まる地域がいくつもでき、とくに非白人の失業率が高い。ＯＥＣＤ（経済協力開発機構）の発表した数字によると、スウェーデン人の五分の一は外国で生まれたか、少なくとも片方の親が外国生まれの人たちだ。これが国旗と社会におけるその位置づけについての議論の背景にあり、スウェーデン人は新しい状況に適応しようとしている。

スウェーデン国旗のデザインはデンマークの「ダンネブロ」を手本にしたものだが、色は青地に黄色の十字を使っている。調査によると、スウェーデン人は早くも一四〇〇年代には青地に金の十字の入った旗を国家のシンボルとして使っていた。青と黄色はスウェーデン王室の公式な色になった。

ノルウェーの旗ができたのは一八二一年で、やはりダンネブロの十字をもとにしている。一三八八年からスウェーデンに割譲された一八一四年まで、ノルウェーはデンマークに支配されていたからだ。赤と青の色はフランス革命とトリコロールに影響されたものだが、デンマークとスウェーデンとの関係を反映したものでもある。スウェーデン王は陸の上でこの旗を使うことを認めたが、海上での使用は認めなかった。旗の人気が広まり、ノルウェーのナショナリズムが高まるのを防ぐためだった。ノルウェーがこの権利を与えられるのは一八九八年まで待たなければならなかった。このときには、ようやく訪れた機会と権利獲得のための運動によって、実際にスウェーデンからの分離を早めることになり、一九〇五年に独立が実現した。

ノルウェー人は現在、自分たちの国旗、国土、通貨、そしてひとつの独立国家の国民であることを、過剰なまでに誇りに思っている。それに加えて、海底油田と天然ガスの存在が世界最大の政府系ファンドに勢いをつけ、ノルウェーがＥＵの外にとどまることを選んだ大きな理由となっている。

フィンランドも一一五〇年ごろから一八〇九年までの長きにわたり、やはりスウェーデンの支配下にあった。一八〇九年はスウェーデンがロシアとの戦争に敗れた年で、フィンランドはロシア軍に占領された。しかし、それまでの主人がスウェーデン語をフィンランドの公用語として押しつけ、この国を完全な統制下に置いたのに対し、ロシアはかなりの自治を認めた。

この（比較的）自由な新しい体制はフィンランドのナショナリズムを刺激し、ロシアが革命後の混乱に陥るのを見ると、一九一七年一二月六日に一方的に独立を宣言し、一二月末にはレーニンがそれを認めた。それによって新たに国旗が必要となり、有力な候補はふたつあった。独立を宣言した日、フィンランドの上院に「獅子の旗」として知られる旗が翻った。赤地に金の獅子が描かれたものだ。しかし、このころには青と白の旗が人気で、多くの船にフィンランドの色として掲げられていた。青と白はフィンランドの詩人、作家、歴史家のサカリアス・トペリウスが一八六二年にすでに支持を表明している。彼は、青はフィンランドに数多くある湖を表し、白は豊かな雪を表す、と述べた。

議会は別の旗を選ぶメリットについて熱のこもった議論を始めたが、一九一八年にはフィンランド内戦という形で、さらに激しい意見対立が生じた。レーニンはフィンランドの自決権についての論文を書き、したがって独立に同意したとみなされるかもしれないが、そこまで寛大だったわけではなく、彼が考えるフィンランドの自決権とは、モスクワと、事実上は共産主義者によって導かれるものという定義だった。そのため軍の一部の部隊にフィンランドの国民義勇軍から分離し、「赤衛軍」を形成するように促した。それから五か月間続いた戦闘で、「白軍」として知られる部隊が「赤衛軍」を破った。これで赤が支持を失ったため、旗についての決定がいくぶん簡単になった。翌年、フィンランド共和国は白地に青のスカンディナヴィア十字が入った国旗を誇らしげに掲げていた。

最後に、ノルウェー海を渡ると、大西洋にアイスランドが見えてくる。ヨーロッパ本土からは約一六〇〇キロ離れているが、その文化と歴史のため、この国もスカンディナヴィア地域に加えられる。青地に白い縁取りのある赤いスカンディナヴィア十字の国旗は、いくつかのものを表現している。キリスト教の遺産、北欧諸国の人々とのつながり、一三八〇年から一九四四年までの、最初はノルウェーによる、次にはデンマークによる支配、そして、ノルウェーとの密接な関係などである。アイスランド人の多くはノルウェー人を祖先に持つ。

スカンディナヴィア諸国の五つの旗は、ヨーロッパの旗文化からは逸脱している。ほかのどこにも、これほど明らかな旗のグループを形成しているところはない。そのひとつを見た瞬間に、正確にどの国の旗かはわからなくても、どの地域に属している国であるかはわかるはずだ。十字を使うのも、ヨーロッパのほかの地域の基準とは異なる。スイス、ギリシア、マルタ、スロヴァキアなどの国もすべて旗に十字を使っているが、どれも北欧の国旗とは形が異なっている。

しかし、ヨーロッパの旗にはキリスト教と関連したほかのシンボルが使われている。たとえばポルトガル国旗の緑は、ポルトガルの騎士修道会が使った緑色のアヴィス十字に敬意を表したものだ。この十字はテンプル騎士団と十字軍の時代から使われていた。赤は別の紋章で知られるキリスト騎士団に由来する。一九一一年にポルトガルが共和国になると、新しい国旗の色を考えるための委員会が創設された。委員たちが赤という色に強い共感を覚えたのは間違いない。旗には赤がなければならなかった。なぜなら、赤は「戦闘的で、ほとばしる情熱や力強さを表すきわめて優れた色であり、征服と笑いの色でもある。歌うように朗らかで、情熱的で、喜びに満ちた色……われわれに血を思い出させ、勝利へと奮い立たせる色」とされているからだ。

さらに興味深いのは、この旗の中央にある紋章の背景としてアーミラリ天球儀が描かれていることだろう。航海に使われたこの道具は、大航海時代のシンボルだ。当時はポルトガルの船が、ヨーロッパ人がまだ発見していなかった土地への新しい貿易ルートの開拓で最先端を走っていた。紋章のもとになったデザインの由来は一一三九年にさかのぼり、これもまたキリスト教が深く関わっている。五つの青い楯の上にある五つの白い点は、ポルトガルが戦場になった一一三九年のオーリッケの戦いを意味する。この戦いでアルフォンソ一世が「キリストの五つの聖痕の名において」ムーア人の五人の王に大勝した。そのため、五つの楯に五つの点が描かれている。

スイス

ポルトガル

この旗については、ポルトガル国歌にも歌われている。

無敵の旗を広げよ
まばゆい空の光のなかに
ヨーロッパと全世界に向けて叫べ
ポルトガルは滅びていない
この幸せな土地は
愛をささやく大洋の口づけを受ける
そして武器をとるその腕が
世界に新たな世界を与えた

オーストリアの赤、白、赤の横ストライプの旗もキリスト教に起源があり、国家の建設者たち、またその人民にも愛されてきたもうひとつの建国神話に語り継がれてきた。伝説によれば、オーストリア公レオポルト五世は第三回十字軍のアッコンの包囲戦（一一八九〜九一年）で、必死になって敵に切りつけているうちに、外衣《サーコート》（長くて袖のない、通常は白いチュニックで、鎧の上に着た）が完全に血まみれになった。丸一日続いた激しい戦闘のあとにベルトを外すと、血がついていない白い部分が帯状にできていたという。この話が真実かどうかはわからないが、それから数十年後、皇帝ハインリヒ六世はまれに見る勇敢な働きをした騎士たちに赤と白の楯を贈った。

オーストリア

そして一二三〇年には、赤と白がこの地域に結びつけられた。しかし、シンプルな赤、白、赤の紋章なしの横ストライプのデザインがオーストリアの正式な国旗になるのは、第二次世界大戦後になってからのことだ。

ワシントンDCのピュー・リサーチ・センターによれば、世界の国旗のおよそ六分の一にキリスト教のシンボルが含まれている。もしそうなら、どういう基準を使うかにもよるが、私の計算ではそのおよそ三分の二に相当する三二ほどの旗がヨーロッパにある。ヨーロッパ人の多くはこうしたシンボルをそれほど意識していない。たとえば、私たちが見るのはスウェーデンの国旗としてであって、旗の上にあるキリスト教の十字ではない。しかし、人々の歴史認識が深まるにつれ、またヨーロッパにおけるイスラム教の広まりのため、これらのシンボルが極右勢力に利用される可能性が増している。この大陸を彼らの考えるとおりに定義し、彼らの考えに反するものに抵抗するのがその目的だ。イスラム諸国の旗には宗教的シンボルがよく使われ、そこに住む人々も、それが伝えようとする意味をよくわかっている。トルコのエルドアン大統領は、トルコが公式には世俗国家であるにもかかわらず、「イスラム教徒が多数を占める国」であるという理由で、

ＥＵがトルコの加盟に否定的であることを非難してきた。おそらく宗教が大きな障害であることはこれからも変わらないだろう。オスマン帝国から引き継がれた三日月と星のシンボルは、何世紀も続いた対立を今もまざまざと思い出させる力がある。

ここまで述べてきた例のほかには、ヨーロッパの旗に明らかに宗教的な図像が描かれているものはそれほど多くない。これはひとつには、ヨーロッパ各地の王朝とその紋章を一掃した共和主義の急成長のためだ。

かつてのオランダの旗はオレンジ、白、青で、プロテスタントのオレンジ公ウィリアム（オラニエ公ウィレム、寡黙公ウィリアムとも呼ばれた）のシンボルだった。彼は八十年戦争の初期にカトリックのスペインに対する反乱部隊を率い、その結果オランダのいくつかの領地がまず独立し、やがて全地域が独立してオランダ共和国が形成された。「プリンスの旗」としても知られるこの三色旗は、スペインからの独立を象徴する初期のシンボルになった。王室の色が国旗に使われたのは自然な選択だったが、一七世紀半ばまでには、オレンジが赤に変わっていた。オレンジの染料は色あせしやすく、海上であまり目立たなかったからだ。そのためオランダ王室は赤、白、青の旗を採用したものの、王室の公式行事の際には三色旗の上にオレンジの三角旗が取りつけられる。

オレンジ色は今もこの国を支配している。とくにサッカーのオランダ代表チームの試合があるときには、大部分の観衆がチームの愛称である「オレンジ軍団（オラニエ）」に敬意を表してオレンジのシャツを着る。公式な国家の色は赤、白、青で、実際に第二次世界大戦中のドイツ占領の間には、一部の住民が洗濯物を赤、白、青の色が並ぶように干していた。しかし、どの色が最もオランダを連想させるかは、オランダ人自身にとっても外国人にとっても明らかだ。めずらしいことだが、この国では国家の色とみなされるものが国旗に使われていない。

ロシアの三色旗もある意味、興味深い。ソ連時代の槌と鎌のデザインは消え、それどころか共産主義以前の時代の古い旗に逆戻りしている。白、青、赤の横ストライプはピョートル一世が導入したものと一般には考えられている。皇帝は一六〇〇年代後半にヨーロッパを広く旅して回り、オランダの三色旗に魅了され、自国の国旗を考えるときの参考にしたという。

彼の死後、この旗にちょっとした競争相手が現れた。一八五八年、アレクサンドル二世が黒、黄、白の旗にしたいと考えた。皇帝が好んだ旗だったので多くの場所で使われはしたが、オリジナルを越えることはなかったようだ。一八八一年、サンクトペテルブルクでイグナツィ・フリニェヴィエツキという若い男が皇帝を爆弾で吹き飛ばしたことで、最近の非主流派のロイヤリストと極右グループを除いては、それが黒、黄、白の旗を見る最後となった。白、青、赤の三色旗は、一九一七年にボルシェヴィキが「赤旗」に代えるまでは、新たなライバルが現れることもなく使われ続けた。

オランダ

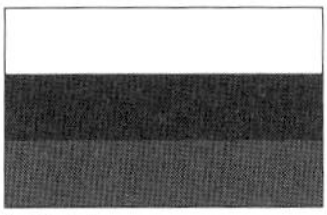

ロシア

ソ連

ソ連の槌と鎌の赤旗は、何千万という墓の上に立てられた、二〇世紀を象徴するもうひとつの紋章ではあるが、西洋人の心のなかではナチスの鉤十字ほど邪悪さと結びつけられてはこなかった。もっとも、多くの国であまりにも多くの人を殺してきた体制のシンボルであったことは間違いなく、とくにロシアと中国では数百万人が餓死に追い込まれた。今でも槌と鎌の信奉者はいて、これを希望のシンボルとして見ている。

強制労働収容所とその恐怖を見て見ぬふりをし、「全体として見れば」共産主義はよい体制だったと言うには、かなりの精神鍛錬が必要になるだろう。しかし、記録が公開された今でも、自分たちが一生しがみついてきた信念が大量殺戮につながったことを受け入れられない人は大勢いる。完全雇用とアウトバーン（高速自動車道路）敷設を達成したナチスが、「全体として見れば」ドイツにとってよい体制だったと論じる人はほとんどいないが、槌と鎌のシンボルのこととなると精神鍛錬がものをいう。旗の背景にある考えがひとつの説明を与えてくれるかもしれない。

ナチスは彼らの旗が象徴するものについて非常にオープンだった。優れた人種、強さと弱さ、純血性について彼らが信じていたものの象徴で、その見解はヨーロッパの崩壊とともに粉砕された。しかし、槌と鎌は共産主義の実践においてはどうかわからないが、少なくとも象徴的意味合いとしては、世界的な結束、都市のプロレタリアートと地方の農民の団結、労働の尊厳という考えを表す。「赤旗の歌」のなかでさえ、「来たる平和の希望を与える」ものとして語られている。したがって、その擁護者は巨大な犯罪がなされることに目と耳をふさいでいるか、あるいは、たとえそうした理想が現実には裏切られたとしても、旗が象徴するものはそのまま残ると論じることができる。ソ連の国歌にはこんな歌詞があった。

友情と労働による永遠の団結で
我らが全能の共和国は未来永劫栄える
偉大なるソヴィエト連邦は時代を越えて存続する
人民の夢を守る砦となる
栄えあれ、ソヴィエトの母なる大地よ
人民の意志によって築かれたこの国
栄えあれ、我らが人民よ、団結と自由を得て
友情の強さは炎で試される
栄えあれ、我らが深紅の旗よ
栄光に輝くその旗を万人が目にできるように

槌と鎌で共産主義を象徴する赤旗は、その創始者であるカール・マルクス（一八一八〜八三年）の存命中には存在しなかった。このシンボルが徐々に使われ始めたのは、一九一八年にボルシェヴィキがロシアで権力をつかんでからだ。革命ではめずらしくないことだが、シンボルは何より重要とみなされた。旧体制のシンボルは破壊され、新しい時代にふさわしいものに置き換えられた。赤はすでに革命の色とみなされており、とくに一八七一年のパリ・コミューンの蜂起と

それに続く社会主義政権で使われたことで、その印象が深まった。ほとんどの旗がそうだが、この旗の赤も大義のためにすべてを捧げた人たちが流した血と結びつけられた。

ボルシェヴィキの指導者ウラジーミル・レーニンは、槌と鎌の上に赤い五稜星が描かれた赤旗のデザインを承認した。星は農民と工場労働者が同じ目的を共有し団結することを象徴する。また、プロレタリアートが共産党に導かれることを表すものでもあった。ところで、ロシア人は「鎌と槌」と呼ぶが、どういうわけか欧米では逆の順番で言うのが一般的になった。

革命後の最初の数年は、槌と鎌を穀物のリースで取り囲んでいたが、一九二三年一一月に旗が正式に採用されたときに穀物が取り除かれ、私たちが現在知るデザインに近いものになった。鎌の形と槌の長さにわずかな修正がなされ、一九八〇年には赤の色が少し明るくなったが、それを除いては一九二三年に導入された旗が一九九一年一二月までクレムリンの上にはためいていた。

この旗が今もなお、世界中で共産主義のシンボルとなっている。国家レベルでは、そのひとつのヴァージョンが今も中国で使われているが、党は共産主義を標榜することすらほとんどやめている。その代わりに、冷酷な資本主義の独裁体制を築き、人民を統制するために共産党の機構とシンボルを使い続けている。

ソ連——実質的にはロシア帝国——の支配に苦しんだいくつかの国は、槌と鎌の図柄を使うことを禁止している。それが残忍さ、拷問、貧困、植民地主義、全体主義を表現するものだからだ。これらのシンボルの下で行なわれる専制政治のもとで暮らした人たちの多くは、この旗を見ただけでその記憶に震える。しかし、その支配を受けたことのない国の一部の若者にとっては、この理想は今でも魅力的に映る。彼らにとって、赤い色と労働の道具は階級意識、反逆、平等主義を表すための役立つ記号として今も効力がある。いくぶん時代遅れに見えるかもしれないが、反抗的な若者たちは現代的な旗のデザイン、たとえば白いキーボードや蛍光色のジャケットなどを描いた旗の下には集まらない。

もっとも、この旗はロシアではもうそれほど誇らしげに掲げられることはない。というのも、実質的に共産主義は冷戦に敗れ、リーバイスがレーニンに勝利し、NATOがワルシャワ条約機構を屈服させたからだ。今でもデモ行動の間にこの旗を見ることはあるが、好んで掲げているのは、国家計画と大国だった時代をなつかしく思う、それほど裕福ではない高齢者が多い。どうやらこの旗が返り咲きを果たすことはなさそうだ。

ロシアの三色旗はすべてのロシアの共和国で使われ、今では事実上モスクワの支配下にあるジョージアとウクライナの一部でも見かける。クリミア併合はロシアでは大きな支持を得た。プーチン大統領がロシアの色をどれだけ広範囲の土地に植えつけようとするのか、私たちはまだその最終形を目にしていないのかもしれない。

ロシアの影響力の大きさのため、赤、白、青はその並び順は別として、汎スラヴの結束の象徴ともなり、さまざまなスラヴ民族がこれらの色のもとでオーストリア・ハンガリー帝国やオスマン帝国の支配を打倒しようとしてきた。スラヴ人は緩やかに結ばれた民族グループとして、約一五〇〇年前に現在のチェコ共和国からウラル山脈を越え、バルト海から南のマケドニアにまで連なる地域に出現した。彼らの話す言語の起源をたどると、原スラヴ語に行き着く。地理と言語と宗教を通じたロシアの影響は、セルビア、スロヴァキア、チェコ共和国、スロヴェニアの国旗にも見ることができる。

セルビアとスロヴェニアを含む六つの共和国が、かつてユーゴスラヴィアを構成していた。セルビア人、クロアチア人、スロヴェニア人の王国が一九一八年に建設されたとき、この国はスラヴの色を採用したが、青、白、赤の横ストライプで、ユーゴスラヴィアと改名されたときに赤い五稜星を旗に加えた。一九九〇年代初めにユーゴスラヴィアが分裂すると、六つの（最終的には七つの）新しい旗が必要になった。セルビア、スロヴェニア、クロアチアはいずれも、赤、白、青を使ったものを選んだ。モンテネグロは一九世紀後半にさかのぼる双頭のワシをあしらった赤い旗を再び導入した。そして、マケドニアはもっと古い旗にインスピレーションを求めた。

マケドニアの旗はヨーロッパでは特異なものだ。パッと目を引く黄色い太陽から八本の光線が赤い背景の上に延びている。一九九一年に独立したとき、最初に考案された旗は現在のものと似ていたが、太陽はもっと小さく、光線は一六本あった。当初のデザインは「ヴェルギナの太陽」として知られ、古代から一六、一二、あるいは八角の星として芸術作品のモチーフになってきたが、一六本の光線を使うことが最も一般的で、それがマケドニア国旗のデザインにも選ばれた。

しかし、そのシンボルはマケドニアのアレクサンドロス大王とその父親であるフィリッポス二世が紀元前四世紀に使っていたもので、このふたりの歴史的人物については、マケドニアとギリシアの両方が自分たちの祖先だと主張してきた。ギリシアは、アレクサンドロスとフィリッポスはギリシア人だったと言い張っている。さらに重要なことには、ギリシア国内にはマケドニアと

セルビア

スロヴェニア

マケドニア

呼ばれる地域があり、そこは隣のマケドニアの国とはまったく関係がない土地だったため、ギリシアのシンボルとみなすものをマケドニアが使うことに対して、激しい憤りに駆られてきた。

これは考古学者の間のささいな論争ではなく、現在も進行中の領土問題に発展している。マケドニア（国）には、マケドニア地方（ギリシア）がもっと大きな国の一部で、テッサロニカがその首都だと主張する人たちがいる。これを機にマケドニアがさらにギリシアの領土に対する主張をすることを恐れ、ギリシアは経済封鎖を実施した。さらに国連とＥＵの友好国からの支持を求め、世界知的所有権機関に対して不満を訴えさえした。それが効果を発揮した。一九九五年、マケドニアは国旗のデザインを八本の光線のある太陽を描いたものに変更しただけでなく、国連とＥＵではマケドニアを「マケドニア旧ユーゴスラヴィア共和国」（ＦＹＲＯＭ）と呼ぶようになり、自分たちの国の地域と同じ名前を持つ国に対するギリシアの懸念を和らげた。しかし、個々の国はこの国を「マケドニア共和国」として認識しているため、ギリシアの頭痛の種はまだ消えていない。

古い旗が公の場から消えるまでには数年がかかった。そして、マケドニアで自分たちの国を

FYROMと呼ぶ人はいない。この論争についてのマケドニアの公式見解は、首都スコピエの空港に着陸したとたんにわかる。この空港は二〇〇六年に「アレクサンドロス大王空港」の名前になった。空港から外に出てタクシーをつかまえるときには、到着ロビーにそそり立つ彫像を見逃さないようにしてほしい。馬に乗ったアレクサンドロス大王の彫像だ。そして、タクシーに乗ったら、運転手に町の中心部まで主要ルートを通るかどうかたずねてみてほしい。この道路はアレクサンドロス大王ハイウェイと呼ばれている。

問題は現在もまだ解決していない。二〇一五年から一六年にかけての難民危機でギリシア・マケドニア国境の緊張が高まり、ギリシアは今でもマケドニアのNATO加盟交渉を妨げようとしている。これもまた、国家の方針が汎ヨーロッパの理想よりも優先される例である。しかし、少なくともこうしたアイデンティティの問題は、外交によって解決されてきた。一方、ユーゴスラヴィア解体で生まれた残りのふたつの国の旗は、戦争から生まれた。

コソヴォはその二国のうち、より単純でわかりやすいほうといえるだろう。ユーゴスラヴィアのセルビア共和国の一地域だったが、ユーゴスラヴィアの解体でセルビアの一部になった。人口の大半はアルバニア人とイスラム教徒で、この地域にはコソヴォとマケドニアの一部は「大アルバニア」に属すると信じる人たちがいる。

一九九九年、コソヴォ紛争を終結させるため、NATOがセルビアを空爆して降伏させ、兵を撤退させた。その後、コソヴォの何万ものセルビア人が多数派であるアルバニア人から民族浄化の波に対する報復を受け、今度は自分たちが逃亡を余儀なくされた。

二〇〇八年、コソヴォは一方的に独立を宣言した。この動きは今では国連とEU加盟国の大部分から承認されたが、すべての国が認めたわけではない。もちろん、セルビアは独立を認めていない。コソヴォの旗は青地の中央にこの国の形が黄色で描いてある。その上にある六つの白い星は、コソヴォを構成する民族グループを表す。星を使ったところは気が利いていて、手を取り合い結束しようという努力の表れだが、一九九九年の紛争以来、これまでのところはその計画にほとんど進展は見られない。

一方、ボスニア・ヘルツェゴヴィナは何世紀もの間、オスマン帝国、その後はオーストリア・ハンガリー帝国に支配され、のちにユーゴスラヴィアの一部になった。ボスニアの少数派のセルビア人の不安をよそに、この国は一九九二年にセルビア人が支配するユーゴスラヴィアからの離脱を決定した。すぐさま最悪の形でユーゴスラヴィア戦争が勃発し、ボシュニャク人（ボスニアの「ムスリム」の言い換えとして使われるようになった）、ボスニアのクロアチア人、ボスニアのセルビア人の間で三つ巴の戦争となり、クロアチアとセルビアがそれぞれの民族を支援した。

三年におよぶ戦争の間、ボスニア政府はその旗として、一四世紀にボスニアとダルマティアを

コソヴォ

ボスニア・ヘルツェゴヴィナ

支配していた王朝の旗のデザインを使った。白地に青い楯があしらわれ、六つの黄色い「フルール・ド・リス」を加えたものだ。これは中立を意味するシンボルのはずだったが、おもに紛争のムスリム側と結びつくものとみなされた。アメリカの国際政治学者サミュエル・ハンティントンは、論争を巻き起こした一九九六年の『文明の衝突』のなかで、サラエヴォ包囲の間にボスニアの首都に住むムスリム住民が、サウジアラビアとトルコの旗の隣にこの旗を掲げ、紛争に対する両国の外交姿勢と人道援助に対する感謝の気持ちを伝えた、と記している。一九九五年に戦争が終結したときには、新しい旗が必要であるのは明らかだった。

サラエヴォの議会はデザインで合意できず（ほかのことでもほとんど合意できなかった）、戦争中の大量殺戮のときと同じくらい分裂が激しかった。そのため一九九八年、国連上級代表のカルロス・ウェステンドルプが現在の旗を強行的に選んだ。宗教的、歴史的シンボルを一切使わないものだ。大部分が青の背景で、中央に黄色い三角形がある。これは国の形を表すもので、三つの角が主要三民族グループを想起させる。青と黄色はEUの旗を意識したものだ。三角形の斜めの辺に沿って、九つの星が平和の色である白で描いてある。

このデザインを発表した記者会見で、ウェステンドルプの広報担当を務めるダンカン・ビーユヴァンは、ある記者からこの旗がコーンフレークの箱のラベルのように見えると指摘された。そうした見方は主観的なものだとわかっていたビーユヴァンは、この件を深く追求せず、その代わりに旗の上下の端にある星がなぜ途中で切れているのかを説明した。「この旗をデザインした専門家によれば、星は無数にあるので、旗の上の星が切れているのは、有限ではない継続性を反映しているからです。それを理解すれば、あなたたちは私よりも優れた人間です」。彼はさらにこう言った。「この旗は未来の旗です。分裂ではなく結束を表現しています。これはヨーロッパに属することを表す旗です」

この旗はいつの日か、EUの家族の旗に加わるかもしれない。ボスニアは二〇一六年にEU加盟を申請したが、認められるまでにはまだ一〇年はかかりそうだ。その間にはEUも変化しているだろう。イギリスのEU離脱に関する国民投票の余波は続き、二〇二〇年代半ばにEUがどうなっているかは予想できない。EUの現状と将来はどうあるべきかについての議論が延々と続いている。その問いへの答えが、「よりヨーロッパ的に」であると信じる国もある。その一方で、私がそうであるように、よりヨーロッパ的になることのリスクが、逆に現在ある形のEUの分裂を加速すると信じる人もいる。加盟国それぞれのなかに、EUからの脱退を積極的に求めるグループが存在する。難民危機も共同体にさらなる重荷を負わせた。EUは当初、大量の移民の流入に対して準備ができていなかったため、多くの国が自力でこの問題に対処しようと国境の通過を制限した。なかには物理的な障壁を建てたところもある。それぞれの国の受け入れ人数について、ハンガリーなど東ヨーロッパ諸国のいくつかは、ヨーロッパ各国で重荷を分かち合おうというEUの方針に抵抗を示した。こうした亀裂がさらにEUに試練を与えている。人々は移民の増加という脅威から自分たちの国家アイデンティティを守ろうとしている。

かつてはEUの旗は何よりも統合を象徴するものだったが、一部の人々にとって、今は別のものを意味している。ボスニアの多くの人はまだこれを希望の旗として見るかもしれない。彼らを平和で繁栄した地域に招き入れてくれるもののシンボルとして。しかし、ギリシアの一部の人たちにとっては、それは経済的、政治的抑圧の旗かもしれない。フランスとドイツの政府はどちらもこの旗を、両国を結びつける接着剤として見ている。彼らは一〇年後の共同体がどんな形をとろうとも、フランスとドイツが引き離されないように懸命に努力している。

一九五〇年代にまだ生まれたばかりのヨーロッパ統合計画を推進した知識人たちの信念は、今はもうそれほど広く信じられてはいない。かつてEUの旗が翻っていたところで、今ではその旗が、風がどちらの方向に吹いているのかわからずに、不安げに揺れている。しかし、地球のもっと南には、ヨーロッパよりさらに不安定な地域がある。

第4章

アラビアの色

白はわれわれの行動、黒はわれわれの戦い、緑はわれわれの剣

サフィ・アルディン・アルヒリ
（1278～1349年）

2011年5月、エジプトの首都カイロのタハリール広場で、アラブ諸国の旗を広げるデモ参加者たち。2011年1月、ホスニ・ムバラク政権が倒れてからの市民暴動の波で、コプト派教会への襲撃が続き、国家の団結を求める抗議運動が起こった。1948年のイスラエル建国の際に起こった「ナクバ」（大厄災）を経験したパレスチナ人との結束も訴えていた。

もしアラブがひとつの国家なら、多くの旗を持つ国になる。これほど多くの旗が同じ色を共有しているという事実が、アラブの同質性を物語る。しかし同時に、その旗の多様性がこの概念上の国が多くの面で分裂していることを教えてくれる。新たに生まれた国のいくつかは深いルーツを持っておらず、今後一〇年の間にも、また別の新しい旗がアラビア半島に吹く強風にはためいているのを見るかもしれない。

中東と北アフリカには、アラブの国と表現できる国が二二か国ある。そのすべての人口を合わせると三億人を超える。地理的には大西洋岸のモロッコから、地中海沿岸のエジプトへ、さらに東のクウェートから南のオマーンを経て、アラビア海に達する。地域内には民族、宗教、言語の異なる多くのコミュニティがある。クルド人、ベルベル人、ドルーズ派、カルデア人などがその例だが、アラブを特徴づけるふたつの決定的要因は言語と宗教だ。これら三億人の大多数がアラビア語に属する言語を話し、イスラムのいずれかの宗派に属している。

このことが、汎アラブ主義運動――第一次世界大戦中の中東でオスマン帝国の支配を打倒しようとした運動――の旗が、白、黒、緑、赤を使った理由を説明する。この四つの色はどれもイスラム教では重要な意味を持っていた。政治思想としての汎アラブ主義は失敗したが、この大義を信じる人たちはまだ残っている。多くのアラブ国家の色に、まだその大義を目にすることができる。シリア、ヨルダン、イエメン、オマーン、アラブ首長国連邦（UAE）、クウェート、イラク、そして、将来は国家になるかもしれないパレスティナがその代表だ。これらの色はイランやアフガニスタンなど、さらに東にあるイスラム教が主流の非アラブ諸国の旗にも使われている。

一九一六年のアラブ反乱の指導者で、ヒジャーズ地方の太守《シャリフ》フサインが考案し掲げていた旗が、これらの色を組み合わせたものだった。フサインはアラブの多様な部族をひとつの旗の下に統合し、オスマン帝国の支配からの独立を目指そうと考えた。歴史家のなかには、実際に旗をデザインしたのはイギリスの外交官マーク・サイクスだったと主張する者もいる。どちらにしてもイギリスが関与していたことは間違いなく、アラブの統一は当時この地域に関心を持っていたイギリスにとっても好都合だった。

この旗は大きなアラブ国家の象徴となることを意図して作られた。それまでは、部族の旗とイスラム王朝の旗があるだけだった。アラブ反乱旗は三本の横ストライプで、上から黒、緑、白の

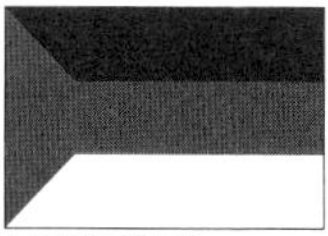
アラブ反乱旗

順だった。左三分の一は赤い三角形で、先端が右を向いている。オスマン帝国の旗にあったイスラムの星と三日月を含めてしまうと、過去との決別を象徴することにはならない。そのため、基本的なデザインはヨーロッパの三色旗を模し、イスラムとアラブを象徴する色を組み合わせた。

白はウマイヤ朝を象徴する色で、紀元六六一年から七五〇年までダマスカスから支配したこの王朝は、イスラム帝国を西はポルトガル、東はサマルカンドまで広げた。ウマイヤ朝は預言者ムハンマド（五七〇～六三二年）が最初に挑んだ大きな戦いであるバドルの戦いを想起するものとして、白を王朝の色に選んだとされる。しかし、七五〇年には、第二の勢力であるスンニ派イスラム王朝のアッバース家によって倒された。アッバース朝は新しい時代を特徴づけるため、カルバラの戦いで犠牲になった預言者の親類への追悼の色として黒を選んだ。黒はムハンマドが掲げていたとされる旗の色でもあり、それに加えて、イスラム以前の時代には、部族が戦いに向かうときに着けた頭飾りの色でもあったようだ。それがこの色にさらなる意味を与えている。緑は、北アフリカに建設され、九〇九年から一一七一年まで続いたシーア派イスラムのファーティマ朝を表すが、もっと広い意味でイスラムの色とみなされている。なぜなら、預言者が好んだ色といわれているからだ。伝説によれば、彼が着ていた外套が緑で、メッカ征服のときには、彼の信奉者が緑の旗を掲げていたらしい。現在でも世界中のモスクの尖塔の多くが、夜になると緑の光でライトアップされている。赤が象徴するものはあまり明確ではないが、多くの研究者はこの色がアラブ反乱旗に含まれたのは、赤が太守フサインの部族、ハシミテ族の色だったからだと考えている。

世界中のほとんどの旗にもいえることだが、この四色の結びつきは見る人によって意味が与えられる。したがって、たとえその起源の詳細が知られていなくても、重要な意味を持たせることができる。アラブの著名なジャーナリストのミナ・アルオライビがこの本のための取材で私にこう語った。「一九一六年の旗はアラブ人のほとんどが知っています。誰もが親近感を持っています。この色の歴史についてはすべての詳細とまではいかなくても、一般の人によく知られていますが、アラブ人がすぐに思い浮かべるのは汎アラブ主義との結びつきです」

太守フサインが反乱旗を作ろうと思いついたとき、彼の頭にはほかのデザインも浮かんでいた。彼の息子のひとりが（短期間ながら）ヒジャーズの王になり、ほかのふたりの息子は、ひとりはヨルダン王に、もうひとりはシリアとイラクの王になった。当初の考えでは、すべての旗を基本的には同じにして、ヨルダンは星ひとつ、イラクはふたつ、シリアは三つにして違いを出そうと思っていた。

フサインはメッカのハシミテ族の最後の首長でヒジャーズの王だった。ヒジャーズは現在のサウジアラビア西部に位置する地域で、メッカとメディナがここにあった。彼は自分が預言者ムハンマドの直系の子孫であると主張し、彼の王朝は七〇〇年間とぎれることなく権力を維持していた。その野心の絶頂期に彼が思い描いたのは、シリア北部のアレッポからアラビア海に面するイエメンのアデン港にまで延びる広大なアラブ国家である。

これを達成するため、彼はアラビアに駐留していたT・E・ロレンス大尉と手を組み、巧みにオスマン帝国軍と戦った。その後もイギリスが自分の大義の追求を助けてくれることを期待したが、彼がロレンスとどんな合意に至ったと考えていたにせよ、現実政治はそううまくはいかないものである。フサインにはひとつの考えがあり、イギリスとフランスには別の考えがあった。フサインは自らをアラブ諸国の王と呼び始めた。しかし、イギリスは彼をヒジャーズの王としか認めようとしなかった。彼らが知っていて、フサインが知らなかったのは、一九一六年にフランスとイギリスがサイクス・ピコ協定に合意し、汎アラブの統一とアラブの独立を助ける代わりに、秘密内にこの地域を両国で分割しようとしていたことだ。その前に、アラブの部族を利用してオスマン帝国を滅ぼす手伝いをさせたのだった。フサインの世界は彼の周りで崩壊しようとしていた。それとともに、ひとつの国のひとつの旗という期待も消えていった。

フサインはまず、一九一九年のヴェルサイユ条約の受け入れを拒否した。次に、一九二四年に批准される予定のイラクに関するアングロ・ハシミテ条約に署名しなかった。どちらの条約も、アラブ地域に関するサイクス・ピコ協定を正式に文書化したものになるはずだった。それはフサイン、そして独立の野心を抱くほとんどのアラブ民族にとっては受け入れがたいものだった。この時期にフサインがイギリスを味方につけたままでいたなら、現在の中東の境界線はまったく別の場所に引かれていたかもしれない。結局、アラブの隣人たちはこの地域を誰がどのように治めるかについて別の考えを持ち、フサインの権力が弱まっていると見るや、行動を開始した。

その隣人たちとは、アブドゥル＝アジィーズ・ビン・サウード・アルサウードが率いるアルサウード族で、アルサウードはアラビア半島東部のナジュド地域でワッハーブ軍の指揮をとっていた。彼はアラブ反乱には参加せず、すでに湾岸と境を接する、のちに石油の埋蔵量が豊富だとわかる地域を征服し、さらに西を照準に入れていた。イギリスがフサインを支持しているかぎり、アブドゥル＝アズィーズは彼に戦いを挑もうとはしなかったが、一九二四年になるころには、ロンドンがハシミテ族の指導者と彼の汎アラブの夢にうんざりしていた。イギリスのフサイン支援が断ち切られ、さいは投げられた。ロレンスはのちに、フサインは「悲劇的な人物で、自分のやり方に固執し、勇敢で、頑固で、救いようのないほど時代遅れだった」と書いている。

　アブドゥル＝アズィーズはフサインに対する周辺部族の不満を煽るという方法で、フサインの敵を増やしていった。たとえば、ナジュドの部族がメッカに巡礼に行くのをフサインが妨げていると訴えた。それを口実にアブドゥル＝アズィーズの軍隊が侵攻し、数週間のうちにメッカを攻略した。彼の軍隊が町の門まで到達すると、フサインは退位してキプロスに亡命し、一九二五年の末までにはアブドゥル＝アズィーズがヒジャーズ全体を占領していた。より過激な野心を持つ彼の信奉者の何人かは、トランスヨルダン、イラク、クウェートまで進軍することを望んだが、アブドゥル＝アズィーズは国際的なパワーゲームにフサインより通じていて、無謀な進撃はイギリスとの直接の対決につながるとわかっていた。一九二七年、彼はロンドンと取引し、ヒジャー

サウジアラビア

ズとナジュドの王国の独立を宣言した。それからわずか五年後の一九三二年、彼は新しい国の樹立を発表する。ふたつの王国はサウジアラビア王国として統合されることになった。

新しい国には新しい旗が必要だ。しかし、ハシミテとサウード家の一筋縄ではいかない関係を考えれば、サウード家が建てた家に反乱旗と似たものを使うことはむずかしかった。彼らはそれとはまったく反対のものを必要とし、緑こそ自分たちの色だと主張した。一九三二年の時点で、ワッハーブ派は少なくともその一〇〇年以上前から、緑の旗に「シャハーダ」、すなわち信仰告白を書き込んでいたと考えられている。そこで、基本的なデザインは、緑の無地に「アッラーのほかに神はなし。ムハンマドはアッラーの使徒である」という信仰告白の言葉を白いアラビア語の手書き文字で書き記すことにした。アブドゥル＝アズィーズは一九〇二年にこのデザインに一本の剣を加え、サウード家の象徴としていた。彼はこのデザインをとても気に入っていたので、ヒジャーズ王国を表すものが何も含まれていないにもかかわらず、新しく統一された王国の国旗として使い続けることにした。

一九三四年に出版されたE・H・バクスターの『国旗（National Flags）』には、「この旗は一〇〇年ほど前に現在の王の祖父が考案したとされる」と書かれている。また、CRWフラッグズという旗販売会社のウェブサイトには、「この旗が一九一一年に使われていたことは、歴史家ロバート・レイシーの『王国（The Kingdom）』の一九〇～一九一ページに掲載されている当時の写真から明らかだ」と説明されている。アブドゥル＝アズィーズはこのデザインにあれこれ細かい変更を加えた。ときには剣が二本になることもあれば、旗竿側に縦の白い帯が入ることもあった。しかし、一九三八年までには、現在私たちが目にしているヴァージョンがある程度の支持を集め、一九七三年に公式の国旗になった。大きな違いは、公式の旗は剣がまっすぐに近くなっていることだ。

サウジの旗は「シャハーダ」が右から左へ正しく読めるように作られる。どちらから見ても、剣はつねに文字と同じ方向を向いていなければならない。これは旗竿に取りつける位置を下にずらして半旗にすることがない数少ない旗のひとつである。半旗にすることは神への冒瀆とみなされる。同じ考え方として、Ｔシャツや短パンなどの洋服にこの旗が描かれることはめったにない。また、広告に旗を使用することはとくに問題とみなされる。一九九四年、マクドナルドがその年のワールドカップ決勝に先立ち、参加したすべての国の国旗をテイクアウト用の袋に印刷したため、多くのイスラム教徒の怒りを買った。サウジアラビアは、「神聖な教義のひとつをくしゃくしゃに丸めてゴミ箱に放り捨てるのは、あまり趣味のよい行動とはいえないのではないか」と指摘した。その後、何千、何万という袋が回収された。

二〇〇二年のワールドカップでは、ＦＩＦＡ（国際サッカー連盟）がその年の大会に参加したすべての国の国旗をプリントしたサッカーボールのライセンスを取得したいと考えた。サウジアラビアは自分たちの国旗の絵が蹴り回されるところが世界中のテレビに映るのは好ましくないという理由で、苦情を呈した。何より国旗にはシャハーダが書き込まれているからだ。そして二〇〇七年には、米軍がまったくの善意から、アフガニスタン上空のヘリコプターから大量のサッカーボールをホースト州の村に落とした。子どもたちに遊び道具をプレゼントするためだ。しかし何たることか、そのうちのいくつかがサウジの国旗で飾られていた。開催されていた試合はすべて中止され、アメリカの無神経さに対する抗議デモが組織された。その結果は？ 米軍は謝罪し、これを教訓として受け止めた。また、イギリスのパブの店主がスポーツイベントの間にサウジの旗を掲げたために、苦情が寄せられたこともあった。この問題を避ける方法は、シャハーダの書かれた国旗の代わりに、この国の公式の国章である二本のクロスさせた剣とヤシの木の図柄を使うことだろう。

それでは、旗を掲げることは？ それなら問題ない。それどころか、大きければ大きいほどよく、高ければ高いほどいい。世界中の旗竿のなかで、支えなしで最も背の高いものは、サウジアラビア第二の都市ジッダのキング・アブドゥッラー広場にある。その旗の大きさは、あなたが想像できるかぎりの最大のものを思い浮かべ、それをもう少しだけ大きくしたくらい、と考えてほしい。あるいは四面のフットボールのピッチを四角に配置し、中央に高さ一七〇メートルの旗竿を立て、その先端に長さ四九メートル、幅三三メートルの旗を取りつけたところを想像してほしい。旗の重さは五七〇キロあり、象の赤ん坊五頭分といったところだ。ジッダの旗竿は二〇一四年にタジキスタンのドゥシャンベにある旗竿（一六五メートル）から、高さ世界一の記録を奪い取った。それ以前にはアゼルバイジャンの一六二メートルの旗竿、その前は北朝鮮の一六〇メートルの旗竿、さらにその前にはトルクメニスタンの一三三メートルの旗竿が一位だった。この競争はまだ終わりそうもない。

旗にこだわるサウジの指導部は、イスラム国際化の先駆者になろうとしている。しかし、一九三〇年代でさえ、サウジの指導部はアラブのほかの国々との協調よりも、サウジの権力と原理主義のワッハーブ派によるイスラムの解釈を拡大することに関心があった。今日に至るまで、アラブ世界のほかの地域は、サウジアラビアが二聖モスク（メッカとメディナ）の守護者であると主張していることに、いくらかの反感を持っている。征服によって生まれたリヤドの正統性と、サウジアラビアのイスラム信仰は、シーア派からも、ほとんどのスンニ派のイスラム教徒からも支持されていない。ワッハーブ派のイスラムは宗教的寛容を拒絶し、あらゆるレベルで宗教を政治に持ち込み強化しようとする。このイデオロギーがアルカイダとイスラム国（ＩＳ）の両方に影響を与え、サウジアラビアにしっぺ返しを食らわせることになった。厳密にいえば、ワッハーブ派は国民国家という原則を受け入れていない。しかし、サウジアラビアは二重の権力構造の上に築かれている。サウード家とワッハーブの聖職者だ。両者は一八世紀に手を結び、今日まで続くその盟約は、大ざっぱにいえば、「君たちは政治をする、われわれは宗教面を牛耳る」というものだ。国家が聖職者の権力を奪い取ろうとしないかぎり、ワッハーブ派のエリートの大部分は政府を転覆しようとはしない。しかし、彼らが想定していなかったのは、国家についての彼らの考えがオサマ・ビン・ラディンなど多くのテロリストの革命論者を生み出すきっかけになるということだった。

ヨーロッパによる植民地支配が終わりに近づいていた時代に、イスラム教徒が多数派を占める新しい国のなかで、サウジの例にならって国旗にシャハーダの文字を使う国はほとんどなく、緑を主要な色として選んだ国もひと握りだけだった。新しいアラブ諸国のリーダーたちは信仰心の深さでは知られていなかった。何人かはイスラムを実践していたものの、大部分はそれとはいくぶん矛盾する社会主義思想にも感化されていた。とくにシリアとイラクで権力を握ることになるバース党の指導者たちにそれが顕著だった。強大な国家になることを目指す彼らは、自国の旗の主要な色をイスラムの色にすることをためらった。

新たなサウジアラビア王国の樹立が宣言されるころまでには、ヨルダンはすでに太守フサインの汎アラブのデザインに基づいた国旗を定めていた。ハシミテの赤い三角形のなかに星を含めたデザインだ。七角の星は、首都アンマンの七つの丘と、コーラン冒頭の章の最初の七節をイメージしている。神と人間、国家精神、謙遜、社会正義、美徳と大志を語っている部分である。ヨルダンではまだフサインの子孫が王位についていたので、赤い三角形はハシミテ王朝の象徴を引き継いだものだったが、人口の約半分はパレスティナ人なので、王家への深い忠誠を知らない人たちも多い。ヨルダン国旗はもともとパレスティナ地域も含むものと考えられていた。したがって、現在のパレスティナの旗はヨルダンの旗から星を取り除いたものだ。一九三〇年代には、イラクとシリアはまだイギリスとフランスから独立していなかったが、両国の旗も反乱旗をもとにしている。

しかし、いくつかの国家はオスマン帝国にならい、さまざまな背景に星と三日月のデザインを採用した。このモチーフはイスラムより数世紀早く生まれたものだが、やがてイスラムと結びつけられるようになった。ビザンティウム（のちのコンスタンティノープル、現在のイスタンブール）の町は、三日月をシンボルにしたことで知られる。これがいつのことだったのかは明らかではないが、伝説によれば、紀元前三三九年にこの町が決定的な戦いで勝利したとき、夜空に見事な三日月が輝いていたのだという。当時、三日月はアルテミス神のシンボルだった。その数世紀後にビザンティウムを征服したローマ人は、アルテミスをディアナ神と呼んでおり、したがってこの町のシンボルとして三日月を使う伝統を引き継ぎ、旗のデザインにも使った。一四五三年に、すでにコンスタンティノープルの名前に変わっていたこの町を征服したテュルク人もこのシンボルを維持し、自分たちの旗に付け加えた。それ以来、三日月はイスラム世界と結びつけられるようになった。伝えられるところによれば、オスマン帝国を建国したオスマン一世は、あるとき夢のなかで三日月が全世界を覆うのを目にしたという。

　オスマン帝国は当初、緑の地に三日月を描いた旗を掲げていたが、一七九三年にこれを赤に変更した。現在のトルコの旗は、三日月と月がトルコ兵の血の海に映り込んでいるところを表現したのだともいわれる。星の五つの角はイスラムの五つの原理（五柱）――信仰、礼拝、喜捨、断食、巡礼――を表すものと一般には考えられているが、最初からそう意図されていたかどうかは疑わしい。一七九三年に導入されたときには、八稜星が使われていて、五稜星になったのは一八四〇年代半ばのことだからだ。

ヨルダン

トルコ

二一世紀に入った現在、トルコ国旗のイスラムの三日月は多くの人の注目を集めているように見える。トルコがヨーロッパに属すのかどうかについての議論が絶えない。興味深いことに、ヨーロッパのキリスト教色は薄れていく一方なのに、その文化がユダヤ・キリスト教の価値観に基づいたものかどうかが重視されるようになっている。このことが移民・難民危機と、トルコのEU加盟についての終わりの見えない議論に影響を与えている。宗教とEUは互いに何の関係もない、と力強く主張することはできるし、実際に、その国の宗教はEU加盟の基準ではない。それにもかかわらず、議論に宗教が持ち込まれる。正しいかどうかは別として、ヨーロッパの一部の人は、三日月を見ると、古代から続いてきた戦いと、オスマン帝国が一六八三年にウィーンを包囲したときの集団記憶を呼び覚まされるようだ。

トルコの三日月と星はブリュッセル郊外のNATO本部の外にも誇らしげにはためいている。しかし、そこから数キロ離れたEU本部では、ほかのEU加盟国の旗とトルコの旗が並んでいるところを想像できない人たちもいる。もちろん、NATOは地球の半分に広がる軍事同盟で、EUは政治的な、そして(反論もあるだろうが)文化的な同盟だ。それでも、どちらも一定の価値観に基づいていることは間違いない。トルコの古代のシンボルはイスラムを想起させ、ウィーン包囲から三世紀以上が過ぎても、新たな政治的闘争の一部に組み込まれ、この闘争は今後数十年は続きそうな気配だ。

トルコの国旗は二〇一六年七月中旬に起こったクーデター未遂の間も、その後の混乱の間にも注目を集めた。トルコ政府は国民に向けたソーシャルメディア上のメッセージで、通りに出てクーデターへの反対を訴えるように呼びかけた。その後、モスクの尖塔のスピーカーから「セラ」の祈りが流された。この祈りは通常は葬儀のときに使われるが、ときには人々に団結を呼びかけるためのものとしても理解されている。人々はその呼びかけに応じて大挙して通りに向かい、多くがトルコ国旗を振りながら、クーデターをもくろんだ軍の部隊に詰め寄った。また、長引く暴力の間に犠牲になった人たちの遺体を覆うためにも国旗が使われた。最終的にクーデターが失敗に終わると、再び数万人が通りに出て、エルドアン大統領を支持する集会に参加したり、軍の反逆分子に対する抵抗と反対の意志を示したりした。集会は赤と白の波となり、男性も女性も三日月と星の旗を振り、自分たちの身を国の色で包み、あるいは数十メートルもの長さのある大きな旗を持ち運び、人々の間を縫って歩いた。サッカーファンが振る旗のように、夜通し国旗が赤い炎のようになって、暴動の色を加えた。誰もがエルドアン大統領を支持していたわけではないが、団結のシンボルとして国旗を使ったことからわかるのは、もし国民全体が合意できることがひとつあるとすれば、それは自分たちの国を何年も苦しめた軍事クーデターへの反感だったということだ。

アルジェリア

チュニジア

アルジェリアとチュニジアの国旗も、オスマン帝国の影響を受けている。アラブ反乱旗をモデルにしたものを選ぶこともできたはずだが、北アフリカではアラビア半島ほど「アラビア」への思いが強くはなかった。アラブの侵略により大部分がイスラム教徒となり、アラビア語を話す社会になってはいるが、北アフリカのアイデンティティとこの地域の独自の文化も色濃く残っている。アルジェリア国旗は三日月の「先端」部分が通常よりずっと長い。アルジェリア人はこの形が幸運を呼び込むと信じている。チュニジア国旗はトルコの旗とよく似ており（赤地に白い円があり、そのなかに赤い三日月と星がある）、そのため二〇一四年には、トルコのムスリム同胞団支持に抗議していたエジプトの政府支持者が、ときおり間違ってチュニジア国旗を燃やすことがあった。

これらアラブ諸国のイスラムの色とシンボルのすべては、イスラム教と同じくらい遠くまで広まり、非アラブ文化圏にも深く浸透した。イランがその好例で、国旗にはアラビア文字さえ描かれているが、同時に、ペルシア的で革命の精神も深く刻み込まれている。イラン国旗はシンプルな横ストライプの三色旗で、上から緑、白、赤の順に並んでいる。考案されたのは一九八〇年で、この前年のイスラム革命によりイランのシャーが追放され、アヤトラ・ルーホッラー・ホメイニ率いる原理主義者たちが権力の座についた。緑はイラン文化では幸福や活力など、いくつかのことを意味する。すでに述べたように、伝統的にイスラムと結びつけられてきた色でもあり、シーア派勢力の強いイラン・イスラム共和国では、シーア派のファーティマ朝への敬意を表すものともみなされる。白は伝統的に自由の色で、赤はイランでは殉教、勇敢、火と愛と結びつけられる。

これらの色、そしてそれが意味するものはじつに興味深いが、イランの旗をほかにはないものにしているのは、中央にあるモチーフだ。イスラム共和国はシャーの時代と決別するシンボルを必要としていた。しかし同時に、これが「ゼロの年」ではなく古代文化を受け継いでいることを示す必要もあった。イランの伝統文化は確かに長く続いた（そして今も続く）恐怖の時代を生き残ってきた。しかし、聖職者の絶対的な権力に挑むような問題、たとえば女性の衣服などについては、ホメイニ流のイスラム主義の鉄槌が振り下ろされた。

共和国の旗のデザインを考案するうえでの解決策は、革命前の旗の色を使うことだった。しかし、中央の獅子と太陽の紋章は取り除いた。これは少なくとも一五世紀にまでさかのぼるモチーフで、もっと古いものだと主張する研究者もいる。獅子と太陽はもともと占星術のシンボルだったが、王族と結びつけられるようになったため、排除しなければならなかった。

新しいデザインを考案したハミド・ナディミは、テヘランのシャヒード・ベヘシュティ大学の建築学准教授だった。彼は人々の心をつかむ旗にするには、どの感情のボタンを押すべきかをよく理解し、見事に図案化されたデザインでそれらのボタンを押した。歴史、文化、宗教によく通

イラン

じていたナディミは、旗の中央のモチーフとして、その三つのすべてを含み、新しい指導者たちにも好まれそうなデザインを思いついた。外国人が見れば、イラン国旗の中央のモチーフは意味を成さないシンボルかもしれない。イラン人の目には、これは「ラレー」――チューリップ――を連想させる。

はじめてテヘランを訪れた人は、首都のあちこちにあるこのモチーフに気づくまで少し時間がかかるかもしれない。しかし、いったん目に留まると、あらゆる場所に見つけるようになる。とくにジャーナリストに対しては、「観光監督当局」が一〇回のうち九回までは（私の場合は四回中四回だったが）、ラレーホテルに泊まるようにしつこくすすめてくる。以前はインターコンチネンタルだったが、革命後に名前が変わった。ラレーホテルの情報収集設備は超一流だと考えてまず間違いない。あなたが自分で予約するホテルよりはるかに優れているはずだ。

チューリップとイラン文化は切っても切り離せない関係にある。イラン人がチューリップから連想するものはたくさんあり、死、殉教、永遠の愛、最近ではシーア派指導者への反対まで意味することがある。チューリップは春に咲く花で、春はペルシア暦の新年「ノウルーズ」の到来を告げる季節でもある。三〇〇〇年以上の間、このふたつは結びつけられてきた。毎年春の新年の祝いの席で、イラン人はこんな歌を歌う。「この春があなたに幸運をもたらしますように。チューリップ畑があなたの喜びとなりますように」

旗とシンボルに関してはよくあるように、チューリップにもそれにまつわる伝説がある。時代は六世紀、ファーラドという王子が最愛の人シリンが殺されたと聞き、すぐに自分も崖から飛び降りて後を追った。しかし、数世紀後のロミオとジュリエットの物語のように、シリンは本当は何事もなく生きていて、恋のライバルが広めた悪意あるうわさの犠牲者だったのだ。この物語はあまりにも悲劇的だったので、王子が飛び降りたまさにその場所に、彼の血から栄養を得たチューリップが育ち始めたという。

同じ時代に、預言者ムハンマドの孫で偉大なるシーア派の英雄フサインが、ウマイヤ朝との戦いで現在のイラクにあるカルバラ近くで殉教した。さて、フサインの血から育った花は？　答えはご想像どおり。そのチューリップは現在、シーア派の殉教のシンボルになっている。フサインに付き従ったのはわずか七二人の信奉者と自分の家族だけだったが、数千人の敵兵を相手にしたといわれている。この物語から得られる教訓は、「戦いを賢く選べ」ということかもしれない。しかし、フサイン一行は預言者ムハンマドの家族だけがイスラムの新しい宗教を率いることができると信じていた。そして、不正のもとで生きるくらいなら正義のために戦って死んだほうがいいと思っていた。このシーア派の信条がスンニ派とシーア派ムスリムの間の大きな分裂の根にあり、それ以来、自己犠牲がシーア派の中心的な教義となっている。一九八〇年から八八年まで続いたイラン・イラク戦争の間、イラン政府は若者たちを戦場に駆り立て、数万人が死亡した。殉教者を称えるポスターや屋外看板にはチューリップが描かれた。戦場でのときの声のひとつは「すべての土地がカルバラだ」だった。これが、ハミド・ナディミが新しい旗を考案したときの国内の雰囲気だった。

旗の緑の帯の下部と赤い帯の上部の端に沿って、図案化された「アッラー・アクバル」のアラビア文字が、イラン暦のバフマン月二二日に敬意を表して、二二回繰り返されている。一九七九年のこの日、イラン全土で暴動が起こり、何百万もの国民が通りに出た。国営ラジオがパチパチ音を立てながら、「テヘランからイラン・イスラム共和国の声を伝えます」と叫んでいた。中央の白い帯の真ん中にある赤いチューリップは、複雑なひとつのシンボル、あるいは一連のシンボルを組み合わせたものともいえる。四つの三日月と中央の茎で構成され、アッラーという文字を幾何学的に対称に表したものにも見えるが、イスラムの五柱も象徴している。茎の部分は国家の力を表す剣でもある。ホメイニ師はこの象徴的意味合いすべてを気に入った。したがって、一九八九年の彼の死後、信奉者によって墓が七二枚のステンドグラスのチューリップで飾られたのも驚くことではない。七二という数字は殉教したフサインとともに最後まで戦って殺された人たちの数にちなむ。

しかし、チューリップは革命の支持者だけでなく、すべてのイラン人にとって意味を持つ。そのため二〇〇九年に再選されたマフムード・アフマディネジャド大統領に対する反対運動が勃発したとき、何人かのデモ参加者がこの花を抵抗のシンボルとして使っていたのも理解できる。激しい暴力が吹き荒れたある日、私はラレーホテルを出て、デモを取材しようとラレー公園を歩いていた。そこで、数人の若者がオートバイの後ろに乗った平服の警備員にめった打ちにされているのを目撃した。若者たちのなかには「ラレー」を手にしている者もいた。警備員の乗ったオートバイは舗道に乗り上げて、彼らを追い回していた。私は機動隊の何人かとの小競り合いでけがをし、医者の手当てを受けた。この本のための調査を通して、その医者が働いていたのはラレー

レバノン

病院だったかもしれないとわかった。
　宗教的モチーフがこれほど鮮やかに、人々の生活のこれほど多くの場面で使われている例はめずらしい。歴史、宗教、神話、伝説、さらには国家の詩までひとつにまとめることで、イラン国旗はシンボルがどれほど高らかに主張するかを証明する類まれな例となっている。
　ほとんどの国が宗教的モチーフを国旗に使わない理由は、いくつかある。なかでも大きな理由は、もし国家が信仰に基づいて建設されたのではないのなら、あるいは複数の宗教が混在しているのなら、宗教的な旗のデザインは国を統一するより分裂に導く可能性があるからだ。それが、レバノンの旗の説明になる。この国は民族と宗教のパッチワークキルトのようなもので、しばしばバラバラになる。スンニ、シーア、ドゥルーズ、アラウィ、カトリック、マロン派など、四五〇万の人口を構成するグループのすべてを旗の上に表そうと思えば、少しばかり乱雑なデザインになってしまうだろう。多くのレバノン人は（冗談半分に）、自分たちはフェニキア人で、アラブ人ではないと考えることも好む。したがって彼らが一九四三年に独立したときに汎アラブの色を選ばなかったのも驚くことではない。その代わりに新しい国は、そのシンボルとしてスギの木を選んだ。この木ははるか昔、三〇〇〇年前のソロモン王の時代からレバノンと結びつけられてきたものだ。聖書にはレバノンのスギに触れている箇所がたくさんあるが、旧約聖書の「ホセア書」（一四章六節）もそのひとつだ。「露のようにわたしはイスラエルに臨み、彼はゆりのように花咲き、レバノンの杉のように根を張る」（新共同訳）

イラク人とエジプト人にはアラブとイスラムとの結びつきに関して、そのような不安はない。どちらも一九一六年のアラブ反乱旗の赤、黒、緑、白を使い、エジプトは一九五二年の革命を機にそれを「解放旗」と呼ぶことで新たな力を与えた。黒は植民地主義の抑圧の経験を表す色にもなり、赤はアラブを植民地主義者から解放するために必要だった犠牲を表し、白は独立したエジプトの平和と明るい未来を表す。しかし、汎アラブの夢はまだ死に絶えたわけではなく、エジプトとシリアが短命に終わりはしたものの一九五八年にアラブ連合共和国の形成を試みたときには、その旗は赤、白、黒の三色旗で、緑の五稜星ふたつが加えられた。これはふたつの国とイスラムを象徴するとともに、かつてのアラブ反乱旗に敬意を表するものでもあった。

一九七二年、エジプトは再び実験に乗り出し、今度はシリアとリビアとともにアラブ共和国連邦を形成した。その旗には星の代わりに預言者ムハンマドが率いた部族を象徴する「クライシュのタカ」が使われた。この実験もまた失敗し、一九八四年にエジプトは現在使われている旗に戻したが、その白い帯には図案化した金の「サラディンのワシ」をあしらっている。サラディンはカイロまで進撃して、一一七六年にそこに要塞を建設した偉大なイスラムの戦士である。ワシのシンボルはその要塞の西壁にも見つかっているので、彼の個人的なモチーフだと推測されているが、はっきりしたことはわからない。中東では旗、印章、公式文書によく見かけ、たとえばパレスティナ自治政府の紋章にも使われている。

サラディンの生涯には一〇〇一の魅力的な物語がある。なかでも興味深いのは、アラブの最も偉大なこの戦場の英雄が、クルド人だったらしいことだ。少なくとも大部分の専門家はそう考えている。しかし、彼はクルド人社会よりもアラブのイスラム文化圏でのほうが敬われている。クルド人の国家アイデンティティにはほとんど何の貢献もしていないからだ。そのため、イラン、イラク、トルコ、シリアのクルド人地域にあるクルドの旗には、ワシはほとんど描かれていない。イラクのクルド自治政府やほかの地域の紋章には確かにワシが使われているが、サラディンのワシとはみなされていない。

二〇一一年のエジプト蜂起で軍がムバラク政権を倒したとき、エジプト国旗があらゆる場所に現れた。どの勢力も国家のための行動だと主張していたからだ。引き続き起こった暴動やデモ行動で、さまざまな党派が無数の旗を振っていたが、国旗が冒瀆されるようなことはなく、本当の意味での革命が起こったわけでもなかった。エジプトは長くそうだった状況に戻ったにすぎない。

エジプト

軍の独裁と民主主義のハイブリッドである。エジプトやその周辺地域で起こっていたことを理解しようとするときに、「アラブの春」という言葉を使うのがいかにばかげた言葉の選択なのか、その理由は数多くあるが、これもそのひとつである。

一方、すでに述べたように、イラクはまず黒、白、緑を基本に、アラブ人とクルド人を表すふたつの星、そしてアラブ反乱旗の赤い三角形をアレンジしたデザインを選んだ。王族のハシミテ家が政権の座についたからだ。しかし、一九五八年のクーデターでハシミテ家が倒されると、イラクは共和国となって、ハシミテの赤い三角形は消えた。一九六三年には社会主義思想に影響を受けたバース党が実権を握り、旗を赤、白、黒の横ストライプの三色旗に変えた。エジプトとシリアとの結束を固めたいという願いから、白い帯の部分には三つの星を描いた。しかし、その団結は実現することなく、イラクのサダム・フセインがクウェートに侵攻した翌年の一九九一年、アラブのふたつの兄弟国はアメリカが先導する対イラク戦争の支持に回った。このころまでにはシリアのバース党員の多くがイラクのバース党と決別し、エジプトのアメリカとの同盟関係は揺るぎないものになっていた。国家間の対立は汎アラブのナショナリズムに勝り、イラクが一方的にアラブの同胞国家との国境を越えたことにすべてのアラブ諸国が警戒を強めた。

サダム・フセインはこの新時代を告げる日々を使って、国旗に自らの手書きで「アッラー・アクバル」の言葉を加えた。二〇〇三年に失脚したあとは、手書きの文字は取り除かれた（数年後には星も同じ運命をたどる）。文字自体は残っていたが、古典的で装飾的なクーフィー体が使われた。イラク人のミナ・アルオライイビは、これには問題があると考えている。

イラク国旗はこの数十年間、政治的に利用されてきた。「アッラー・アクバル」を加えたのは、サダムが一九九一年の戦争を「イスラムの防衛」のための戦争にしようとした計略の一部だった。多くのイラク人はこれを加えたことを不満に思った。それが、フセインが宗教を政治目的に利用するための操作だとわかっていたからだ。驚いたことに、二〇〇三年の戦争後、イラクの政治家たちは国旗から三つの星を取り除き、「アッラー・アクバル」の文字は残すことを決定した。これに対して、多くのイラク人は不快を覚えた。自分たちのアイデンティティは宗教ではなく国家に基づいていると思っているからだ。イラク国旗は私にとって、イラクのシンボルを意味する。しかし、本来あるべき結束のシンボルではなく、イラクが直面している問題と、宗教の政治的操作のシンボルになっているように見える。

国旗の上のアラビア語は、イラクのクルド人を不快にさせる要因にもなった。これは彼らの言語ではないし、イスラムの呼びかけは、この国のキリスト教徒の耳にも届かない。とくに大勢の

イラク

キリスト教徒が国から追放されているときには。

イラクのイスラム教徒の間でも、そのアイデンティティはバラバラに分裂している。国軍は国旗を掲げてイスラム国との戦いに向かうが、それとともにさまざまな民兵隊――おもにシーア派、ときにはスンニ派――の旗も掲げられる。彼らはイラクのシーア派またはスンニ派の目的のために戦うのであって、統一された国家のためではない。たとえば、バドル軍団（バドル旅団から改称）はもともとイラン亡命中に形成されたシーア派民兵組織だ。この組織はテヘランとの密接な関係を維持し、戦旗のいくつかはイランの革命防衛隊のものや、イランが支持するレバノンのシーア派ヒズボラの旗に似ている。ほかにも、シーア派の殉教者フサイン・イブン・アリーに敬意を表した旗もある。

ピュー・リサーチ・センターによれば、一九三の国連加盟国の三分の一は、国旗に宗教的シンボルを含めている。その六四か国の旗のうち、約半数がキリスト教のシンボル、二一がイスラムに関連したシンボルだ。当然のことながら、イスラエルはユダヤ教のシンボルを使っている唯一の国である。

イスラエルは比較的新しい国だが、その国旗の正確な起源ははっきりしていない。確かに、近代シオニズムの創設者のひとりであるテオドール・ヘルツルは、一八九六年にこう書いていた。「われわれには旗がない。それを必要としている。もし多くの人々を率いることを望むのであれば、その人々の頭上にシンボルを掲げなければならない。私は白い旗に七つの金の星を描いた旗を提案しようと思う」。このアイデアは実現しなかったが、そのころまでには私たちが現在知る旗の原型が、すでにパレスティナ、アメリカ、ヨーロッパで開かれた政治会議に提出されていた。それから数年後に、そのいくつかのヴァージョンがシオニズムのシンボルとして受け入れられた。しかし、一九四八年五月にイスラエル国家が建設されたときには、どのような国旗にするかはまだ合意されていなかった。「ダビデの楯」（「ダビデの星」とも呼ばれる）、「燭台」（メノーラー）、「ユダのライオン」のそれぞれに支持する人たちがいた。

五か月後の一〇月、国民から旗のアイデアを募集した結果、政府は一九世紀のシオニストの旗に似たリチャード・アリエルのデザインを選んだ。青と白はユダヤ教徒が礼拝のときに使う肩掛けを表し、ダビデの星はユダヤ教のシンボルとして認識されている。ダビデの星はそれほど古いものではなく、中世になってからユダヤ教との結びつきが強くなったシンボルだ。メノーラーは国璽の公式なデザインになり、ユダのライオンはエルサレムのシンボルになった。

イスラエルの国旗は、イスラムのシンボルを掲げる国々が大きな弧を描くように連なる地域の真ん中に、ときには居心地悪そうに収まっている。アジア太平洋地域、中東、北アフリカにはイスラムの国が集まり、サハラ以南にもインド洋に位置するコモロ（アフリカ東岸とマダガスカル島の間にある島国）がある。驚

イスラエル

くにはあたらないが、これらの地域はイスラム教が伝播した範囲と一致し、マレーシア、ウズベキスタン、パキスタン、リビアなど広範な土地を含む。

数十年の間、リビアの旗はシンプルな緑の地で文字もモチーフも入っていない、めずらしいものだった。これはカダフィ大佐と彼の「大リビア・アラブ社会主義人民ジャマーヒリーヤ国」の時代に作られたものだ。カダフィ大佐は自身を「アラブ指導者の長」であり、哲学者で偉大な文筆家でもあるとうぬぼれていた。緑はもちろんイスラムの色だが、彼が執筆した『緑の書』も表している。この本は年月を重ねるにつれ不安定になる男によるとりとめのない話をまとめたものだ。カダフィ大佐はリビア人がこの書のような「機知に富む言葉」に導かれるべきだと訴え続けた。「女たちも男たちと同じ人間だ。これは議論の余地のない真実である……女たちは雌であるという点で男たちとは異なる。植物や動物の世界の雌が、それぞれの種の雄とは異なるのと同じである……婦人科医によれば、女は男と違い、毎月月経がある」

このような珠玉のごとき知恵も、二〇一一年の革命とＮＡＴＯの空爆から彼を救うことはできず、彼は砂漠で群衆の手により殺された。暴動が国中に広まると、多くの抗議者が独立時の古い旗を掲げ始めた。赤、黒、緑の横ストライプの三色旗の中央に白い三日月と星が入っているものだ。これがすぐに勇気ある抵抗のシンボルとなり、カダフィ大佐の死後、公式な国旗として採用された。国名もリビアと改称された。

この旗は、一九五一年にイタリアから独立したかつてのリビア王国で使われたものだった。もとになったのはエジプトと国境を接する東部のキレナイカ地方にあった宗教集団サヌーシー王朝の旗で、黒地に星と三日月が描かれていた。これに人々の血を表す赤の帯が加えられたが、赤は南部のフェザーン地方の色でもあった。緑はチュニジアと接する西部のトリポリタニア地方の伝統の色だった。一九五一年、これらの色を組み合わせることで、これまで独立したひとつの国として統治されたことのなかった三つの特徴的な地域が統合されたことを象徴した。二〇一一年の旗は再び三つの地域を表現したが、今回はそれらを結びつけるものはほとんどなかった。

トリポリの名前は、三つの町を意味するギリシア語 tripolis に由来する。オエア、サブラタ、レプティス・マグナがその三つで、そのためこの地域はトリポリタニアと呼ばれるようになった。のちにギリシア人が六五〇キロほど東の海岸沿いの地域に入植し、キレネという町を建設した。その町がキレナイカと呼ばれるようになる地域の中心になる。ギリシア人はふたつの地域とフェザーンを地理的、政治的、民族的にまとまったひとつの土地として認識することはなかったし、この地方を征服したローマ人もそのようには見なかった。その後アラブ人がやってきて、さらにオスマン帝国が君臨し、最後に二〇世紀に入ってイタリア人がやってきた。イタリアは最初のうちこの地域を「イタリア領北アフリカ」と呼び、のちにふたつの植民地に分割した。イタリア領

リビア

トリポリタニアとイタリア領キレナイカである。一九三四年には二〇〇〇年前にギリシア人がエジプトを除く北アフリカ全体に対して使っていた呼び名――リビア――を復活させた。第二次世界大戦後、トリポリタニアとキレナイカはイギリスの統治下に入り、フランスがフェザーン地方を管理した。そして、一九五一年にイタリアがこの地方全体の領有権を手放し、リビアという国が生まれた。三地域の住民は「あなたたち全員がこのひとつの国の国民となる」と言われた。

国家として独立してからの五五年のうち、その半分以上は独裁政権下にあり、ひとつの国としてまとまることはなく、国旗の上の三つの色は再び分裂を象徴するものとなっている。本書執筆の時点で、リビアが統一された国として成功する可能性は短・中期的にはありそうもない。ＩＳの旗が海岸線のいくつかの町に現れ、これはトリポリで政府として通っている機関（と地中海のもう一方の側の政府）の注意を引いているものの、ときおり国家として失敗に向かいそうになる国の不安定さを増している。将来は過去の繰り返しになるかもしれないが、緩やかな連邦体制が築かれる可能性もある。

それでは、アラブの国とは何か？　もし言語がアラブをひとつにまとめるのであれば、基礎は整うことになるが、アラビア語にはたくさんの方言がある。もしそれが人民を意味するのであれば、足場が揺らぐ。アラブは多くの異なる人民から成るからだ。その代わりに一九七〇年代半ば以降、着実に育ってきているのは政治的イスラムだ。イスラム思想の多くの宗派が政治、宗教、国境による分け方を認めないのであれば、ＩＳのような旗（第五章で取り上げる）は少なくとも汎アラブで、大きく考えればグローバルにもなる。確かに宗教は別のカード、たとえばナショナリズムや政治哲学を打ち負かす。しかし、イスラム過激派の暴力性とユートピア思想は、おそらく最終的には彼らの崩壊につながるだろう。とはいえ、それまでは何世代にもわたって続く戦いになる。二〇一六年の夏、チュニジアの主要イスラム主義政党であるアン・ナハーダ運動（選挙後に自発的に権力を放棄した）は、モスク（宗教）と国家の分離を認め、「われわれは政治的イスラムを離れ、民主的イスラムに移行する」と宣言した。もしこの党が本当にそう考えているのなら、「民主的イスラム」はひとつの実験であり、ＩＳやアルカイダの世界観に反対するものになる。完全に民主的な世俗国家としてのトルコのイスラムモデルは、苦戦を強いられているように見える。そうしたなかで、チュニジアモデルは注目するだけの価値があるだろう。チュニジアは国旗に汎アラブの色を使うことを拒絶した。ほぼ同質的な北アフリカ人の国民から成るこの国は、現在、東に起源がある政治的イスラムのどの部分がうまくいくかを明らかにし、どれを使い、どれを捨て去るかを実験している。

エジプトの外交官で知識人のタフシン・バシルは、一九六〇年代のアラブを表現する「旗を持つ部族」というフレーズの考案者とされる。彼はこの地域で唯一本当の国家といえるのは、自分の国だと言い切った。それは彼の同胞の多くが用いるカイロ中心の古い世界観を反映しているのかもしれない。それ自体がエジプトのことわざ「Masr Om Al Dunya」――「カイロは世界の母」に反映されている。彼の言葉を嫌うアラブ人もいるかもしれない。イスラムの外の世界で取り上げられ、使われることに反感を覚えるのだ。しかし、バシルが意味したのは、国家として統合された地域が民族的、文化的な一体感を持つには、植民地主義者が砂の上に引いた境界線や、いくつかの国旗だけでは足りないということだ。その境界線内に暮らす人々すべての心のなかに、これらがシンボルとして存在するわけではない。いくつかの国旗は引き降ろされ、地中海からアラビア海、ペルシア海へと渦巻く砂に埋もれてしまうおそれがある。

　イラク、シリア、イエメンの行く末が、連邦制なのかどうかはまだわからない。新しい連邦制の現実を象徴する新しい旗が生まれるのだろうか、それとも新しい国家の新しい旗だろうか。もしそうなら、いくつかの国はアラブ人が馴染んできた緑、白、黒を使うだろうが、赤も使う可能性が高い。新しい国境の線引きのために多くの血が流されるだろうからだ。殉教のシンボルが彼らの文化から消え去ることはありそうもない。

第５章

恐怖の旗

名前を恐れていると、そのもの自体への恐れも大きくなる

J・K・ローリング

イスラム国が発表したプロパガンダ写真

何か邪悪なものがこちらに近づいてくる。何か本当に邪悪で、私たちの理解を越えているもの、中世に置き去りにしたと思っていたものだ。イスラム国（ＩＳ）が私たちの集合意識にその存在を焼きつけている。極端な行動に走るこの集団は、ぞっとするような方法で世の中に見せつけるように人を殺し、その死を宣伝に使う。そのプロパガンダは容赦なく、無慈悲で、恐ろしいほど効率的だ。そうした活動を自分たちが創りだしたものではない旗の下で行ないながら、その旗を邪悪な行為の同義語にしようとしている。そうすることで、その大義のために行動していると彼らが主張する宗教それ自体を傷つけている。

この章の大部分は、国家以外の集団が用いる旗を取り上げる。中東を拠点とした、イスラムと関連した集団だ。ただし、さまざまな信条を持つ過激な武装集団がひしめく世界で、イスラムだけを選び出すことが目的ではない。それよりも、ひとつの重要なポイントに焦点を当てたいと考えている。これらの集団の多くが日常的にニュースで扱われ、彼らのシンボルが多くの人々に語りかけているだけでなく、イスラムを象徴する図柄は中東の社会の底流と結びついていることを理解する必要があるということだ。ペルーの武装組織「輝ける道」（センデロ・ルミノソ）や、ウガンダの「神の抵抗軍」の紋章に一章を割けば、多くの興味深い詳細が明らかになるだろうが、前者は一部地域の問題であり、後者は狂気に走っている集団で悪意に満ちている。危険すぎて知るだけの価値もないし、行き着く先は絶滅以外になく、それとともに彼らの「思想」も消滅するだろう。しかし、この章で論じる旗を理解すれば、毎日の夕方のニュースで目にする出来事を理解するのに役立つ。これから数十年はなくならないだろう出来事だ。

ＩＳは「メッセージを送る」ことに関しては、独自の手法を使っている。その目的を理解するために、彼らの卑劣な行為の詳細を知る必要はない。そう、この集団の構成員は自分たちのサディスティックな行為を楽しんでいるように見えるが、その狂気は冷酷なまでにきわめて論理的だ。私たちを心底震え上がらせるのが、ねらいなのだ。その代表的な例は、二〇一四年六月にこの組織がイラク第二の都市モスルを制圧したときのものだろう。この町には一八〇万人が暮らし、三万のイラク兵が守っていたが、ＩＳの狂信者たちによる常軌を逸した蛮行——焼き討ち、拷問、殺人——を目にして兵士たちは逃げ出した。ＩＳはこの町への進軍を続けるなかで奇妙で歪んだ殺戮におよび、その様子を映像に収めて宣伝することに異常なほど熱心だった。そして、そのプロパガンダ映像には、彼らが選び出した旗が掲げられていた。これがＩＳの旗として知られるようになる。

私たちにとっても、これは見慣れた旗になってきた。黒地に白い円があり、そこにアラビア文字で「ムハンマドは神の使徒である」と書かれ、旗の上部には「アッラーのほかに神はなし」のフレーズもある。このふたつのフレーズが「シャハーダ」、つまりイスラムの信仰告白を構成する。ＩＳ旗の上の文字はわざと稚拙な文字にしていて、サウジアラビア国旗のシャハーダに使われている飾り文字とは対照的だ。これは、イスラムの原点と考えるものに回帰しようというメッセージを意図したものかもしれない。この点で、ＩＳはサウジアラビアと思想競争を繰り広げている。どちらも厳格なスンニ派信仰であるワッハーブ派の教義を信奉していて、どちらもこれをすべてのイスラムを代表する正統性の根拠としている。サウジアラビアにはＩＳを支持する勢力が存在するが、国家レベルではアルカイダの創設に部分的に手を貸したことが裏目に出た苦い経験を忘れていない。アルカイダはのちに王国を揺り動かし乗っ取ろうとして、一連のテロ攻撃を仕掛けてきたのだ。

ＩＳは二〇〇七年にこの旗を標準旗にすると宣言したが、黒とシャハーダは汎イスラムのシンボルで、必ずしもテロと結びつけられるべきではない。ＩＳの狡猾なところは、彼らがこの旗をまさにそのテロと結びつけたことだ。国際テロ組織捜索研究所（ＳＩＴＥ）のウェブサイトによれば、ＩＳがまだイラク・イスラム国と呼ばれていた二〇〇七年、ＩＳのメディア部門が「イスラムにおける旗の合法性」と題した声明書を発表した。そのなかで、なぜこの組織がその旗を使うのかについて、イスラムの古くからの伝説を引き合いに出して、「預言者の旗は（彼に平和と恵みあれ）、羊毛で作った黒い四角い旗だった」と説明している。ＩＳが掲げる旗のほとんどは正方形に見える。白い円の部分は預言者の印章を表すとされる。イスタンブールの古代のトプカプ宮殿に展示されている手紙に、預言者ムハンマドが書いたとされるものがあり、その上にこのシンボルがある。声明書はまた、預言者のものとされる次の言葉を引用している。「黒い旗がやってくるのが見えたら、すぐにそこに行くように。たとえ氷の上を這ってでも。なぜならそこにカリフがいるからだ」

「世界の終末」を表すこれらの言葉は、特定のものの見方をする若いイスラム教徒の心に響く。もし彼らがキリスト教徒であれば、タンバリンで武装した「救世軍」に参加し、恍惚感に浸りながら、道行く人たちに手遅れになる前に悔い改めるように促すタイプの若者たちだ。ときおりタンバリン隊は彼ら自身の「世界の終末」に迷い込み、生存主義の運動を始める。おもにアメリカの中西部を拠点とする運動だ。しかし悲しいかな、このイスラム少数派の教えにはタンバリンは含まれず、その信奉者たちは剣と目出し帽で武装している可能性が高い。

ＩＳはシリアのアレッポに近いダービクの町も重視している。ＩＳのオンライン機関誌にこの町の名前をつけているほどだ。ＩＳの「終末は間近」理論はムハンマドによるものとされる預言を繰り返す。それによれば、世界の終末には、ローマ軍（この部分は西洋／アメリカ／トルコなど、好みの敵の名に置き換えて読んでほしい）とイスラムの軍隊が、ダービクに面した平原で相まみえるという。ＩＳは人々の心に訴える言葉の引用を好む。声明書は別の「ハディス」、すなわち預言者の言葉にも言及する。「東に黒い旗が現れ、その者たちはかつて一国がなしたことのないような方法でおまえを殺すだろう」。これは、ＩＳの敵にとっては少し不安になる言葉だ。何といってもＩＳが実際に一連の陰惨な殺人で預言を現実のものにしていることが、詳しく報じられてきたのだから。それが、人々の心に恐怖を植えつけるという彼らの目的に役立ってきた。

ここで言及されている黒い旗とは、イスラムの救世主とされるマハディのもので、したがってこの物語では当然ながらイスラムがダービクで勝利し、イスタンブールへと進軍する。そのすべてが終末の引き金となる。この時点で反キリストのダジャルが現れ、マハディ軍を押し戻す。残党はエルサレムまで撤退し、少しばかり雲行きが悪く見えるが、そこへ預言者イエスが天から降りてきてマハディ側に加わり、ダジャルが殺される。それが世界の終末と審判の日の到来を告げる。このとき、異教徒たちは永遠の罰という形でいくらか手荒い扱いを受けるのではないかと私は思う。要するに、キリスト教原理主義者たちの話の結論とそれほど違いはない。

私はシリア内戦の最初の数年にジャーナリストとしてダマスカスからレポートしながら、よくこの物語について考えていた。最後にイエスが降りてくる場所は、ダマスカスにある息をのむほど美しいウマイヤド・モスクの、東の角の「イエスの塔《ミナレット》」だといわれる。ポスト・キリスト教時代に入ったと言ってもいい西洋とは違い、中東のイスラム教信者は自分たちの聖典の言葉を文字どおりに受け取っている。このことを理解しておくことは重要だ。「イエスの塔」を前にして、遠くダマスカス郊外から聞こえてくる爆撃の音を聞き、ほんの数キロ先に大勢の聖戦《ジハード》の戦士たちがいるのだとわかると、「彼らは本当にこうした話を信じている」のだと心しておく必要があった。熱と土埃、煙と殺戮のなかで、ISやほかの組織に洗脳された若い戦闘員たちは、預言が現実になるという証拠を自分の周囲に見つけ出していく。

二〇一四年にISがアメリカの救援活動家ピーター・カッシグの首を切り落とし、その映像をこれ見よがしに公表したとき、ナレーターはこう言った。「われわれはここに、ダービク最初のアメリカ人十字軍兵士を埋める。残りの軍が続けてやってくることを心待ちにしている」。これは、前述した物語に直接つながるもので、ＩＳが外国の軍隊を引き寄せ、終末をもたらそうとしている例だ。ＩＳがダービクを制圧したときに戦闘員が真っ先にしたことのひとつは、数百の黒い旗を町中の建物の屋根に掲げることだった。彼らの頭のなかでは、預言のなかの黒い旗が「東から」現れるという部分が、これで現実になったことになる。

ＩＳの戦闘員と支持者は既定路線に忠実に従う傾向がある。ときには黒ばかりの旗の海のなかにひとつだけ黄色い旗がある写真を見かけることがある。黒い旗の縁に金の房を飾ることもある。しかし、たいていはいつも同じ飾り気のない黒い旗に執着し、その見せ方と連想させるものを通して、私たちの脳裏にそのイメージを焼きつけている。

この旗を目にする大勢の人が、そこに邪悪な狂信主義を見てとる。旗としてこれほど〝異質〟なものはほかにないだろう。しかし、これは信奉者にとっては、どんな犠牲を払おうとも神の意志を地上で達成しようという英雄的な勇気のシンボルだ。「メッセージ」という観点からは、見てすぐに認識できるのが効果的だ。しかし、これをもうひとつの同様の目的を持つ旗、つまり国際共産主義の旗と比べてみてほしい。赤旗を見た瞬間に、その旗を持つ人々の価値観についてメッセージが伝えられる。その価値観の細かい違いは、それが毛沢東主義であろうと、マルクス・レーニン主義であろうと、あるいはトゥーティング人民戦線やユダヤの人民戦線（前者はイギリスのコメディドラマ、後者はイギリス映画に登場する、いずれも架空の組織）であろうと、共産主義という大きなメッセージに比べれば二次的なものとなる。その価値観に同意するかどうかは別として、共産主義は少なくとも私たちの理解できる範囲内の思想といえるだろう。概念的には、全世界の人類の兄弟愛（と姉妹愛）とすべての人にとっての正義が主張されている——たとえそこから連想されるものと最終的な成果が、その理想とは程遠いものであっても。一方、ＩＳの旗はといえば、排他主義と、何が受け入れられるかについての非常に狭い定義を叫ぶだけだ。それは、自分たちが神の意志を実行に移すのだと信じている人たちによる定義でしかない。赤旗が象徴するものは、もしその支持者にあなたが捕らえられたとすれば、どこかとても寒いところにある再教育キャンプで長い時間を過ごしているうちに、彼らの思想を受け入れられるようになる可能性を残す。対照的に、ＩＳの旗は究極の「われわれ対彼ら」の旗である。それが意味するのは、「もしおまえがわれわれの仲間でないなら、おまえは薄汚いカーフィル（信仰を拒絶する者）であり、即刻の死に値する。しかし、必ずしも即死である必要はない」というものだ。

ふたつの旗に類似性が見られるとすれば、その唱道者の能力を感動的なほど信じていることと、たとえいくらかの犠牲を払うことになっても、勝利が確実に得られると信じていることだろう。興味深いことに、「赤旗の歌」（一八八九年）の歌詞は、いくつか言葉を変えればＩＳの黒い旗のことを言っているようにも聞こえる。たとえば、次のような歌詞がある。

民衆の旗　赤旗は
戦士の屍《かばね》を包む
高く立て　赤旗を

その影に死を誓う
われらは死すまで赤旗を
掲げて進むを誓う　（赤松克麿訳）

それぞれの集団の真の信奉者は、どんな質問に対してもそれが答えだと信じている。そして、どちらの集団も、シンプルで簡単に認識できるシンボルを持ち、その下に参集する。

自分たちのメッセージを売り歩こうとする組織は、さまざまな方法でシンボルを使うかもしれないが、商品による宣伝に関しては、ＩＳは禁欲的な世界観を維持している。「イラクとレヴァントのイスラム国」を宣伝するようなＩＳのマグ、ペン、コースターをシリアのラッカの町で見つけるのは苦労するはずだ。英語ではこの名前はＩＳＩＬに短縮されるが、アラビア語でレヴァントは「アルシャム（al Sham）」（「左手の土地」の意）とも呼ばれるので、このグループはＩＳＩＳとも呼ばれるし、ただＩＳとされることもある。「左手」とは、メッカで東を向いたときに、自分の左側にある土地のことを指す。この組織には「ダーイシュ（Daesh）」という名前もある。「イラクとレヴァントのイスラム国」を表すアラビア語の頭文字をとったものだ。アラブの敵対者たちはこれがアラブ文化であざ笑われている動物――ロバ――を表すアラビア語の単語に音が似ているため、喜んでこの語を使っている。

シリアのＩＳがライバル視している聖戦士集団のひとつは「ジャブハト・ファタハ・アルシャ

ム」（シリア・レヴァント征服前線）で、かつてはジャブハト・アルヌスラまたは「アルヌスラ戦線」と呼ばれていた。最近まではアルカイダ傘下にあった組織だ。この組織も黒い旗を使ってきた。長方形の旗で、古典的なアラビア文字のシャハーダと、その下にこの組織の名前が書かれている。ジャブハト・ファタハ・アルシャムは有力組織で、二〇一二年ごろに頭角を現し始めたときには、短期間ながらシリア内戦の影の勢力になった。しかし、すぐにＩＳの勢いに押され、戦場だけでなくＰＲ戦争にも敗れる。ＰＲ戦争もまた重要な戦争なのだ。世界がジャブハト・ファタハ・アルシャムではなくＩＳの旗のほうをよく知るようになった理由のひとつは、ＩＳがグロテスクで大掛かりな殺戮を行なうこともそうだが、同じくらい重要なこととして、そうした殺害の映像をマルチメディアで宣伝しているからだ。そして、名前が認識されるようになると、潜在的な支持者も生まれる。世界中の若いイスラム教徒が使い捨て要員としてやってくるだけでなく、世界規模の聖戦を手助けしようとする裕福な支援者から、寄付という形での援助も手に入る。

アメリカ、ＥＵ、その他の国が定義する「テロ指定組織」のリストは長くなる一方で、世界中に広まっている。リスト上のすべての組織は自分たちを何かのシンボル、通常は旗で定義しようとする。ほかにも、ソマリアのアル・シャバブ、ガザのアル・タウヒード・ワル・ジハード、そしてチェチェンの少なくともひとつのジハード組織が黒いＩＳスタイルの旗を採用している。ナイジェリアのボコ・ハラムも同じような旗を使っているが、それが「公式」な標章かどうかは明らかではない。アル・シャバブの旗は戦争のシンボルとして使うときには黒だが、〝統治〟目的のときには色を反転し、白地に黒い文字が入ったものを使う。これはシンプルなメッセージで、戦いの起こっている場所と時間、あるいは平時であることを伝える明確な手段になる。当然ながら、このような組織は、たびたびショッピングモールや市場や学校を爆破し、人々を捕らえて拷問したり殺したりしても、自分たちをテロ組織とは考えていないかもしれない。

ＩＳやジャブハト・ファタハ・アルシャム、その他のジハード組織の旗が似ているのは、互いに他の組織の真似をしようとしているからではない。それぞれがイスラム組織としての正統性を主張しているからで、どの組織も預言者の旗を掲げる権利を主張する。第一次世界大戦中の中東でオスマン帝国の支配を打破しようとした汎アラブ運動の旗は、白、黒、緑、赤でデザインされていた。どれもイスラム教では重要な色で、それ以来、この地域の多くの国旗に影響を与えてきた（第四章参照）。しかし、ジハード組織は国家というものを信じていない。そのためアラブ反乱旗から借りてきたデザインを使うことを嫌ってきた。中東のほかの非国家組織も、支持を得ようとしている聴衆に語りかける個々のシンボルを選んできた。その例となる五つの組織に、レバノンのヒズボラ、ガザのハマスとその軍事部門であるイザディン・アルカッサム旅団、ヨルダン川西岸のファタハとアルアクサ殉教者旅団がある。

アルヌスラ戦線

ヒズボラはイランと密接な関係にあるシーア派組織で、レバノン南部、ベッカー渓谷、首都ベイルートの南部に勢力を広げている。一九八二年のイスラエルによるレバノン侵攻がきっかけとなって生まれた組織で、反ユダヤ感情が強く、イスラエルの破壊とエルサレム占領を目指し、シーア派によるカリフ制を訴えている。おもにアメリカを標的にした数多くの爆破事件の背後にはこの組織の存在があり、アルゼンチン政府は八五人の犠牲者を出した一九九四年のブエノスアイレスのユダヤセンター爆破事件にもこの組織が関与していたと考えている。ヒズボラは年月とともに成長し、多宗教社会のレバノンで最も強大な武装勢力となり、実質的に国家内の国家を形成している。その民兵はレバノンでまた新たな内戦が起こればおそらく優勢に立つだろうし、大量の長射程ロケット砲でイスラエルを脅かす能力を高めている。学校や病院の運営、慈善事業に参加してはいるものの、ヒズボラは現在、シーア派イスラムの利益を促進することにのみ関心を持つ派閥運動と見られている。二〇一二年にヒズボラ軍が大々的にシリアのアサド大統領の政府軍側に加担し始めると、中東のスンニ派イスラム教徒の多くは、ヒズボラのことを「神の党」ではなく「悪魔の党」と呼ぶようになった。

ヒズボラの旗にはさまざまな色が使われるが、最も一般的な組み合わせは黄色の地にヒズボラのモチーフを通常は緑であしらったものだ。地元の民話によれば、黄色はアッラーとシーア派のために戦うヒズボラの意志を表す。ロゴには地球（ヒズボラは世界中で活動している）、七枚の葉をつけた枝、コーラン、カラシニコフ（AK）自動小銃を握る手が描かれ、目的を達成するためには暴力の行使もいとわないことを表現している。

ヒズボラ

　ヒズボラが一九八二年に最初に結成されたとき、その思想的なルーツには社会主義思想も含まれていた。カラシニコフは当時の左翼革命のシンボルとして馴染み深いものだ。イタリアの「赤い旅団」やドイツの「バーダー・マインホフ・グルッペ」（ドイツ赤軍）のような武装組織が、かつて使っていたものと似ている。銃の下にはこぶしを握った腕がある。腕に見える部分は実際にはアラビア文字の「Ｌａｍ」だ（アッラー Allah の最初のＬに使われる文字）。このロゴは右から左へ読むと「ヒズボラ」と綴っていて、最初のＬａｍの上にこぶしがきている。旗のいちばん下には「レバノンにおけるイスラムの抵抗」の文字がある。この旗はヒズボラの最大のスポンサーであるイラン革命防衛隊のものと非常によく似ている。一九七九年のイラン革命のあとに、ヒズボラより六年早く創設された軍隊である。レバノンの組織は明らかにイランのエリート武装組織に触発されたはずだ。現在もこのふたつの組織は密接な共闘関係を維持し、シリアでともに戦っている。

　シーア派が支配するベイルート南郊の中心に、ダヒヤ地区がある。ここは国の役人が立ち入らない地域で、ヒズボラが警察、軍隊、宗教的権威、政府のすべてをひとつにした権力を握っている。このあたりの地域に行って驚かされることのひとつは、イランのホメイニ師と、現在のヒズボラの指導者ハサン・ナスラッラーを称えた巨大なポスターが目に入ることだ。一面に単色の旗が並ぶ場所もあり、赤、黒、緑の伝統的なイスラムのモチーフの色がヒズボラの黄色とともに使われている。黄色はときには金色に近くなることもあり、これはしばしばシーア派の神殿で見られる色だが、それがこの色を使う理由だとする決定的な証拠はない。

ヒズボラの民兵が旗とともに行進するときには、しばしば膝を曲げずに足を高く上げて歩き、ファシスト流の敬礼をする。彼らの擁護者はファシズムとの結びつきはないと装っているが、党上層部の理論的指導者たちは、自分たちの行動がどんなメッセージを送っているかをしっかり理解している。批判されることがあれば、ヒズボラの同調者は、台湾でも「ファシスト式敬礼」が使われている、と指摘したりもする。台湾ではこれが「宣誓するときの規定」の一部であるという事実は完全に無視している。また、台湾での敬礼はイスラエルと国境を接する国で行なうときとは意味合いが異なるという事実も無視している。さらには、レバノンにはファランヘ党という有力なキリスト教系の政治運動組織があり、この党は一九三六年にファシストの原則に基づいて創設され、ヨーロッパのファシスト党を手本にした敬礼を使っているということも。

ヒズボラの思想に関して混乱が生じないように、ナスラッラーは二〇〇二年の演説でわかりやすい指針を与えた（音声の記録が残っている）。「ユダヤ人は世界のあらゆる場所からパレスティナの占領地に集まるだろう。反キリストと世界の終末を呼び込むためではなく、栄光に包まれた至高のアッラーが、あなたたちを世界の終末に向かうことから救いたいと望んでいるからだ。両者がひとつの場所にやってきたことで、そこで最終的な決戦が行なわれるだろう」。ヒズボラの旗を見るときには、国家のなかの国家（レバノンのシーア派）への忠誠を求める過激な革命組織のメッセージを見ていることになる。この組織自体も宗教のなかの宗教――イスラムのなかのシーア派――に忠誠を示している。

中東がひどい混乱に陥り、部族回帰型の政治が支配的に見えるなか、ヒズボラはレバノンのシーア派多数派からの大きな支持を維持してきた。しかし、イスラエルと戦うアラブの英雄とみなされていたその最盛期は過ぎたように見える。シリアの内戦の核心には党派間の争いがあり、その結果、ヒズボラはアサド大統領の軍隊と協力しておもにスンニ派の反体制派と戦った。この行動が、スンニ派が支配する中東のアラブ世界で気づかれないはずがなかった。ほとんどの国と民衆は反体制派の側についた。

国境を越えてガザ地区まで南下すると、ハマスがその評判――イスラエルを暴力で苦しめたいのなら、ハマスこそ頼りになる組織という評判――にしがみついている。ここは一〇〇パーセントがスンニ派イスラムの地域なので、ハマスはスンニ派の各派閥から一定の支持を維持している。しかし、この一〇年のアラブ世界での大混乱がパレスティナとイスラエルの抗争から人々の注意を逸らしてきた。人々はほかの土地でのはるかに規模の大きい死と破壊を目にし、ガザでの問題の解決は必ずしももっと広い範囲での中東の問題の解決にはつながらないと考えるようになった。

一九八七年に創設されたハマスは、ガザ地区に押し込まれたパレスティナ人の数――二〇〇万人になろうとしており、現在も急速に増えている――と同じくらい多くの困難に直面している。アラビア語での正式名称は「イスラム抵抗運動」を意味するハラカット・アルムカワマ・アルイスラミヤといい、頭文字をとってハマスと呼ばれるが、ハマスにはアラビア語で「熱意」という意味もある。この組織は思想的にはふたつの課題に直面している。第一はパレスティナの内でも外でも、ハマスの過激さや暴力が十分ではないと見る人たちがいること。第二はあまりに過激で暴力的すぎると見る人たちがいることだ。もしイスラエルとの戦いを続けなければ、もっと過激なイスラム組織、たとえばイスラム聖戦機構、さらにはISなどに支持者を奪われるリスクを抱えている。しかし、もし本当にそうすれば、ガザはたたきつぶされることもわかっている（市街戦で死亡率が高くなるはずだ）。ガザに破壊をもたらしているのはハマスだと非難されることも多い。そうした状況のなかでバランスを保たなければならず、そのためにはイメージ、メッセージ、シンボルが重要な役割を果たす。

ハマスの公式の旗は緑の地に白い文字でシャハーダを記したシンプルなものだ。すでに述べたように、緑はイスラムの色と見られることが多い。そのため、これを「ハマスの旗」と呼ぶのは適切ではないかもしれない。その構成要素はいずれのイスラムの宗派の旗にもなるからだ。しかし、ガザ市で開かれるハマスの集会で最もよく目にするのがこの紋章で、ガザに残る数少ないキリスト教徒を除き、人々をこのひとつの旗の下に集結させることができる。たとえガザで活動しているイスラム聖戦機構などほかの組織のシンボルが同時に掲げられていたとしても。ハマスは今では国際的な活動になったムスリム同胞団から枝分かれした組織である。同胞団はエジプトに生まれた組織で、今もエジプトとは密接な関係を保っている。ISとは違い、この組織は自分たちがイスラムを代表する唯一正統な組織だとは主張していないが、ハマスが一般的なイスラムの

ハマス

ハマス

アルカッサム

旗を自分たちの旗として使っていることを不満に思うパレスティナ人もいる。

ガザで目にするもうひとつの旗は、ハマスの軍事部門であるイザディン・アルカッサム旅団のものだ。これはシャイフ・イザディン・アルカッサム（一八八二〜一九三五年）にちなんだ名前で、イスラム教指導者の彼はフランスとイギリスの植民地主義と戦った聖戦士だった。イギリスとの銃撃戦で死亡し、今はイスラエルの一部になっているハイファのイスラム墓地に埋葬されているが、その死の状況が彼をパレスティナの英雄にした。そして、彼を象徴するものがハマスにとって意味あるものとなり、アルカッサム旅団はイスラエルに撃ち込む手製のミサイルに「カサム・ロケット」の名をつけた。旗にはクーフィーヤと呼ばれる頭巾をかぶった男性が、エルサレムの岩のドームの前に立ち、一方の手でM16ライフルをつかみ、もう一方の手にコーランを持っている姿が描かれている。その左にはシャハーダが書かれた緑の旗がある。

ハマスの政治部門には第二の旗があり、そのデザインはしばしば印章に使われるが、旗に描いて緑の旗と一緒に振られもする。いちばん上にイスラエル、ヨルダン川西岸、ガザ地区を描いた地図があるが、国境は引かれておらず、東はヨルダン川から西は地中海沿岸まで、この地域全体をひとつのイスラム国家にするという目標を象徴している。その目標はハマスの憲章にも残っている。この概念はヨーロッパの親ハマスの集会で、英語で叫ばれる掛け声にもまとめられている。「川から海へ、パレスティナは自由にならなければならない」。そうした集会ではしばしばハマスの旗が目につく。

地図の下には岩のドームの絵にクロスさせた剣を重ね合わせ、両サイドのパレスティナの旗がそれを囲んでいる。ドームに覆われている石は、預言者ムハンマドが彼の有名なメッカからエルサレムへの夜の旅で、翼のある馬に乗って天国に昇った場所だといわれている。この建物はイスラムでは三番目に重要な聖地となっている。学者たちは、岩のドームの建物がモスクなのかどうか、また、ここが正確な昇天の場所なのかどうかを議論しているが、信者たちにとって非常に神聖な場所であることは変わらず、アルアクサ周辺では誰にとっても最も視覚的に感動を与える建造物である。ここはユダヤ教の聖地でもあり、アブラハムがイサクを犠牲に捧げようとした石の祭壇の場所として、また世界の基礎となった場所ともみなされている。

旗の図柄のなかでドームの右側にある旗は、「アッラーのほかに神はなし」と宣言し、左側にある旗には「ムハンマドは神の使徒」と書かれている。神殿の下には「パレスティナ」という言葉、その下には「イスラム抵抗運動」と読める巻き物がある。このハマスの旗の意味は明らかだ。ハマスは二国家解決案を拒絶し、パレスティナの勝利は武力によってのみ達成されるとほのめかしている。アルカッサム旅団はあからさまにイスラエルの破壊を誓っているのに対し、ハマスの政治部門は――まったく別個の組織であることを強調し――イスラエルが存在する権利を認めるように憲章を書き直したかどうかについて、意図的にあいまいな言葉遣いをしている。

ハマスはパレスティナ全域で活動しているが、拠点はガザに置き、そこで二〇〇七年にファタハを武力で倒して権力をつかんだ。ファタハはパレスティナ解放機構（ＰＬＯ）内部の主力グループだったが、現在は実質的にヨルダン川西岸でのみ勢力を維持している。二〇〇七年の抗争では五日間に一〇〇人を優に超える犠牲者を出し、数百人のファタハの戦闘員がイスラエルへ逃亡した。ハマスは捕虜の多くをガザの高層の建物の屋上から突き落として殺した。ふたつの党派は最近になって部分的に和解したが、両者の違いは大きく、どちらも権力を分かち合う気はない。ハマスは宗教的情熱に突き動かされた党で、妥協する気持ちはあまりない。どちらの党も民衆を手荒く扱い、拷問や処刑が日常的に起こっている。しかし、ファタハとパレスティナ自治政府はイスラエル政府と共同で、ハマスが決して考えないような方法でさまざまな問題に取り組んでいる。これによって、パレスティナ人は、海岸部のガザと内陸部のヨルダン川西岸の間の四〇キロという距離だけでなく、政治的にも思想的にも分裂が解消されないままの状態が続いている。

ファタハはハマスとは違って表向きは世俗の政党だが、宗教的な要素を抱え、宗教的シンボルも利用している。正式名称は一九五〇年代に故ヤセル・アラファトによって創設された当初の組織の名にちなむ。アラビア語で「パレスティナ民族解放運動」(Harakat al-tahrir al-watani al-Filastini)を意味し、それを逆から読んだときの頭文字をとって、ファタハとした。「ファタハ」という言葉はアラブのイスラム教徒の間でも使われる。宗教的な文脈では、この言葉は預言者ムハンマドの死後にイスラム教が急速に広まったことを表す。

ファタハの旗は通常は黄色だが、白が使われることもある。旗の上にはパレスティナの旗の色（黒、白、赤、緑）で二本の前腕が描かれ、それぞれの手に握られたM16ライフルが西岸、イスラエル、ガザを描いた地図上でクロスしている。この地図には国境は引かれていない。ライフルの下に手榴弾、図柄の真ん中を横切るように「ファタハ」の文字がある。上部には赤い文字で「アル・アシファ」（嵐）と書かれ、モチーフの下には党名が入っている。そして、旗のいちばん下には「革命は勝利まで続く」の文字がある。

ファタハの主要民兵組織は「アルアクサ殉教者旅団」だが、これに対してファタハがどれだけの統制力を持っているかは明らかではない。ヨルダン川西岸で見かけるアルアクサ旅団の黄色い旗の上に見られる紋章は、エルサレムのアルアクサ・モスクの上に立つ岩のドームの神殿の絵で、その周囲を長いパレスティナの旗ふたつが取り巻いている。その上にはクロスさせたライフルと手榴弾が描かれ、さらにその上にコーランの次の一節が書き込まれている。「戦いなさい。そうすれば神は、彼らがあなた方によって苦しめられ、卑しめられるようにするだろう。そしてあなた方が彼らに勝利するようにし、敬虔な人間の心を癒すだろう」。旗のいちばん下には旅団の名前が入っている。

多くの人が、旗に描かれているモスクはアルアクサという名前だと信じている。しかし、パレスティナの傑出した知識人であるマフディ・F・アブドゥル・ハジ博士を訪ねたところ、事実が明らかになった。ハジ博士は東エルサレムにあるパレスティナ国際問題研究学術協会（PASSIA）の会長である。彼のオフィスは古い写真、資料、シンボルの宝庫だ。とても親切な人で、私に数時間を割いてくれた。エルサレムの旧市街の地図を大きなデスクの上に広げた博士は、「嘆きの壁」の上に位置するアルアクサ施設を指さして言った。「アルアクサ［殉教者旅団］の旗にあるモスクは岩のドームです。誰もがアルアクサ・モスクだと思い込んでいますが、間違いです。この場所全体をアルアクサといい、その上にふたつのモスク、キブラ・モスクと岩のドームがあります。アルアクサ旅団とアルカッサム旅団の両方の旗に描かれているのは、岩のドームです」

　知識人でもありパレスティナ人でもあるハジ博士は、政治運動にシンボルがいかに重要かを理解している。彼は何十年もシンボルをめぐる訴訟を戦ってきた。一九四八年、ガザのパレスティナ国民評議会（PNC）がアラブ反乱旗をパレスティナ政府の旗として採用した。しかし、一九六四年にPLOが自分たちの旗に変えた。一九六七年には、PLOによる度重なる攻撃に対して、イスラエルはPLOの旗をテロリストの旗と呼んで非難し、使用を禁止した。ハジ博士はこれを受け入れなかった。

「私は法廷へ行き、多くの弁護士とともに、これはPLOの旗ではなくパレスティナの旗だと証言しました。しかし、イスラエルは旗の禁止を撤回しませんでした。一九九三年のオスロ合意でよう

ファタハ

アルア

やく使用が認められたのです。このことがパレスティナ人の意識に深く刻まれ、デモ行動のときにはグループのほかの旗ではなく、この旗だけを使うように呼びかけられます。しかし、ファタハは自分たちの黄色い旗を振ると言って譲らない。おそらく支持を大幅に失っているからだと思います」。博士はファタハの旗については、こう述べた。「ルーツもないし、歴史もない。彼らはただの党派で、自分たちのアイデンティティを確立するために旗を必要としているにすぎません。自分たちが政府なのだから、自分たちの旗を掲げることができると言っていますが、誰もがこの考えを受け入れるわけではありません。パレスティナのシンボルはパレスティナの旗だからです」

アルアクサ旅団の旗は宗教的なモチーフを使っているので、ファタハとは少し距離ができる。ファタハへの支持が失われても、おそらく単独で機能し前進を続けることができるだろう。こうしたすべてのこと、またそのほかの要因もからんで、この地域に吹き荒れる変わりやすい風に乗って、微妙な、あるいはもう少しあからさまなメッセージが旗という布片を通して送られている。

細かい部分に目を向けることは重要だ。すべての文化がシンボルを持ち、その意味を解き明かせる人たちに語りかける。これはその土地特有のユーモアとともに、ある場所について本当に理解するためのひとつの方法になる。イギリスでは、ジーンズをはき、『サン』紙を丸めて後ろポケットに突っ込んでいる男性は、正しいかどうかは別として、労働者階級とみなされる。同じようにに中東のイスラム文化では、男性のあごひげ、あるいはそれがないことが、その男性についていくらかの情報を与えてくれる。たとえば、きれいにあごひげを剃っていれば、その人はそれほど信心深くないかもしれない。エジプトでは豊かなあごひげを生やし、ただしきれいに整えられていると、穏健派のムスリムであることを示す。長くて手入れされていないあごひげは、その人物がおそらくは宗教的保守派であるしるしで、あごひげはあるが口ひげを剃っている人は、原理主義寄りであるという確かなしるしになる。もし口ひげがなく、手入れされていないあごひげを生やし、それをオレンジ色に染めている男性に会ったときには、通常は超保守派のイスラム教徒に大当たりしたことを意味する。

このすべては、相手に理解されることを意図した情報を伝える。同様に、パレスティナ人は旗が伝えるもっと深いメッセージも理解する。たとえばファタハの旗は、彼らが主流派を占めるパレスティナ自治政府の立場とはわずかに異なることを伝える。この旗は、目的を達成するためには暴力の使用もいとわないという考えを暗に示し、境界線のない領土が描かれているのは、それが目指す目的であることを表す。しかし、自治政府の公式の政策は二国家解決案を平和的に交渉するというものだ。ファタハは旗からライフルと手榴弾のモチーフを取り除くこともできるだろうが、もしそうすれば、パレスティナ社会で武装闘争を支持している人たちを遠ざけることになる。その人たちの多くはファタハを見捨てて、もっと好戦的なグループに参加するだろう。

ハマス、ファタハ、アルアクサ、アルカッサムのメッセージは地方色が強く、ヒズボラも多少その傾向がある。しかし、ＩＳにもう一度目を向ければ、そこには汎アラブのイスラム主義のメッセージだけでなく、汎イスラムのシグナルを「ウンマ（イスラム共同体）」と呼ばれる全世界のコミュニティに送っていることがわかる。この旗はオスマン帝国が崩壊してから一〇〇年近くたった今、カリフ制度を再び実現しようという目標を象徴する。たとえ一時的なものであってもカリフ制度の再生に成功したことが、このジハード組織をますます勢いづかせ、世界中から戦闘員を集めてきた。アルカイダが理論を唱えるだけで終わったことを、ＩＳは現実のものにした。しかし、アルカイダと同じ道をたどり、やがて勢力が縮小すれば、今度は「ＩＳの息子たち」が取って代わるだろう。そもそも、ＩＳ自体がそうしたアルカイダの弱体化によって生み出されたのだ。どのシンボルを使い、それが何を意味するかの戦いは、今後も続くだろう。

二〇〇七年、ＩＳは〝彼らの〟旗についての宣言を祈りの言葉で終えた。「われわれは神に祈った。この旗をすべてのムスリムの唯一の旗にしてくれるようにと」。理屈のうえでは、旗にはすべてのムスリムのための願いを込めることができる。しかし、それがＩＳへの支持の目印になるときには、幸いなことにこの旗の下に集まる人たちの数はそれほど多くはない。

第6章

エデンの東

あなたは長い栄光の旅を無事に終えるだろう
あなたの旗には繁栄の風が吹くだろう

ヘンニング・ハズランド『蒙古の人と神』

2008年5月、北京の天安門広場で毎日行なわれる国旗掲揚の儀式。中国の国旗は共産主義革命のためにデザインされたものだが、そのシンボルはこの国の歴史に深いルーツがある。現在は、世界を視野に入れてますます強大になるポスト共産主義の中国の象徴となっている。

エデンの東ではイスラムの三日月が薄れ始め、中国の星が昇り、やがて沈むことのない日本という太陽にたどり着く。

聖書分析者のほとんどが、エデンの園があったのはイラクのウル地方だったと考えている。その根拠のひとつとされるのが「創世記」二章一〇〜一四節で、エデンと四つの川――ティグリスとユーフラテスを含む――に言及している。直解主義者（聖書の言葉を一字一句事実だと信じる人たち）でないかぎり、この記述の正確さは、スコットランドのアンガス王が九世紀に聖アンデレの十字を空に見たという話と同程度だろう。つまり、事実という可能性はあまり高くない。重要なのは事実かどうかよりも、どう認識するかであって、ときおりその認識が現実をつくりだす。

本書のテーマとの関連でもっと重要なのは、このあたりが偉大なるアブラハムを起源とする三つの一神教が生まれた地域とみなされていることだ。神はカルデアのウルに住んでいたアブラムにささやき、もし彼が放浪の旅に出るなら、きっとよいことが起こるだろうと助言した。遠回りをしたアブラムは現在のイスラエルとパレスティナに達した。そのころまでに神は彼の名前をアブラハムに変え、「多くの国の父」になるだろうと告げていた。その国のひとつが――この国ではアブラハムをイブラヒムと呼んだ——イスラムを創出し、すでに本書で見てきたように、その信仰は急速に東西に広まった。

　イスラムが西洋のどのあたりまで伝播したかがわかるぼんやりとした境界線が浮かび上がるのは、ヨーロッパの旗に十字が現れ始めるときだ。国の紋章に含まれる三日月やその他のイスラムのシンボルは、アゼルバイジャンから東に向かい、国名が「スタン」で終わる中央アジアの国々を経て、マレーシアへ至る。ここを越えると三日月は減少し始めるが、ブルネイのような飛び地や、一部の国の地域の旗にまだ見つかる。私たちが東に向かう旅で出合う旗の万華鏡は、思想、人々、宗教がこの広大な大陸を驚くほどの速さで移動し、伝わっていったことを表している。多くの場合に、その伝播の時期がひとつの国のアイデンティティの転換点になる。たとえば、共産主義や帝国主義の影響による転換期といったものだ。これらの旗のなかには文化や歴史の幅広さを見いだすこともでき、近代国家の旗のルーツに古代文化があることがわかる。

　中央アジアの五つの「スタン」国のうち、国旗に三日月を使っているのは二国しかない。どの国も人口の半分以上をイスラム教徒が占めるが、非イスラムのロシア系少数派のコミュニティもかなり規模が大きい。どの国も古代文化を受け継いでいるが、国家としては一九九一年のソ連崩壊後に生まれた新しい国だ。ソ連の共和国としての歴史があまりに長かったため、かなりスピーディーな国家建設が求められた。強大なソ連による抑圧から解放されると、すぐさまエリート層が今度は自らが地域の抑圧者となる体制の確立に乗り出した。ほかのほとんどの地域と同じように、「ソヴィエト人」は不死だという伝説が表の文化から消し去られると、「地元の人間」が長い悪夢から目覚め、かつての役割を取り戻そうと再び歩み始めたのだ。しかし、ソ連時代の人口移動のため、新しい国家群の境界線では地域間の緊張という複雑な状況をもたらした。その最も顕著な例がフェルガナ盆地で、タジキスタン、ウズベキスタン、キルギスの間にソ連が一方的に引いた国境線があり、いつ衝突が起こってもおかしくない。テュルク系の人々がウズベク人、タジク人、キルギス人とぶつかり、しばしば土地だけでなく水に関するもめごとが起こり、民族間の対立が生じている。

トルクメニスタンの旗はまさにシンボルの宝庫で、ほとんど芸術作品の域に達している。ソ連時代と関連したものはいっさい排除することで、モスクワからの独立を強調した。緑の地の左上に白い三日月と白い星五つがあり、その左側には模様入りの赤い縦の帯が入っている。

緑と三日月は明らかにイスラムのシンボルで、八世紀からこの地域の支配的な宗教だったが、三日月と星の白は静穏を伝えもする。五つの星はトルクメニスタンの五つの主要地域――アハル、バルカン、ダショグズ、レバプ、マル――を表す。伝説によれば、星の五つの角は物質の五つの状態を象徴する。固体、液体、気体、結晶、プラズマである。それだけでは足りないとでも言うかのように、旗の左側の赤い縦の帯の模様が別の五つのものを象徴する。こちらはトルクメニスタンの伝統的な絨毯作りで使われる「ギュル」と呼ばれる左右対称のメダリオンで、この国の遊牧民の祖先の文化に敬意を表している。絨毯織りの伝統は今も続いているが、現在は国民のほとんどが定住民だ。ただし、大人数が外国に出稼ぎに行っている。

トルクメニスタンは天然ガス産業が発達しているが、パイプラインは北に向かっている。つま

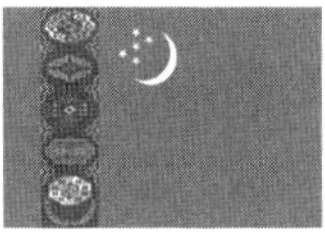
トルクメニスタン

り、政府はロシアとの良好な関係を保とうとしている。しかし同時に、その地理的な位置づけと民族構成は、イランとトルコとも良好な関係を維持していることを意味する。旗の赤い帯のいちばん下には、オリーヴの枝二本を組み合わせたモチーフがある。これは一九九五年に発表した中立政策を反映したもので、法律にも次のように明記されている。「トルクメニスタンの国旗は国の統一と独立のシンボルであり、国の中立性のシンボルでもある」

　国連もこの「永世中立」を認めている。国民はこのことに強い誇りを感じているが、政府の中立の定義には、外国人の一部に対して国を閉ざし、同時に人々の行動を監視することも含まれているように思われるので、その誇りの度合を確かめるのは必ずしも簡単ではない。当然ながら、この側面は国歌には取り上げられていないが、言葉で中立性を強調している。「わが土地は神聖なり、わが旗は世界にはためく」。締めくくり部分にも、「トルクメニスタンに長寿と繁栄を」という記憶に残るフレーズを使っている。これはおそらく、国歌で偶然にも『スター・トレック』に言及することになった唯一のものだろう（『スター・トレック』に登場する異星人が、「バルカン人の挨拶」として「長寿と繁栄を（Live long and prosper）」の決めゼリフを使っていた）。

　トルクメニスタンから北東の国境を越えると、内陸の国ウズベキスタンがある。その旗は詩的なシンボルという点で、トルクメニスタンのものと互角の戦いをする。ウズベキスタンは中央アジアの「スタン」国では最大の三〇〇〇万の人口を持つ。ソ連解体後に最初に独立を宣言した共和国で、一九九一年八月三一日に新しい国の樹立を宣言し、その二か月半後に新しい旗を採用した。

パッと見るかぎりでは、横ストライプのシンプルな青、白、緑の三色旗だ。左上に白い三日月と一二の星がある。青が使われているのは、ウズベキスタン人がその近隣諸国と同じようにテュルク系の人々で、これが彼らの伝統的な色だからだ。また、青は一四世紀のテュルク＝モンゴルの戦士ティムール（タメルラン）の旗の色でもあった。彼の生地はこの国の第二の都市サマルカンドの近くで、当時この地域はトランスオクシアナと呼ばれ、現在のウズベキスタンとほぼ一致する領域を占めていた。彼の遊牧民の軍隊はインドからロシアまで広大な地域を支配し、征服した土地から莫大な富がサマルカンドに送られた。それはティムールの壮大な墓を造るためにも使われ、現在はイスラム芸術の宝のひとつとなっている。

青い帯の下に白い帯、その下に緑の帯がある。白は平和を、緑は自然を表し、また人口の大半がイスラム教徒であることも表す。大部分は主流のスンニ派で、ソ連が残忍なやり方で迫害しようとしたが、イスラム信仰は生き残った。しかし、近隣諸国と同様、この国もイスラム過激派の問題を抱え、緊張状態にある。国内の過激派分子の一部は外国に出てアルカイダやＩＳのような組織に加わることを選んでいる。旗に美しさを与えているのが、二本の細い赤の境界線（フィンブリエーション）だ。一本は白い帯の上に、もう一本は白い帯の下にある。赤い線は「生命のすべての活力となる流れを象徴」し、青い空と緑の大地を平和の色である白と結びつけている。

　ウズベキスタン政府によれば、月はイスラムとの結びつきを表すものと見ることもできるが、この旗にあるのは公式には「新月」で、「独立した共和国の誕生のシンボル」だという。そして、一二の星はウズベクの伝統的な太陽暦での一年の月の数を表す。各月は星座にちなんで名づけられている。これは、古代にはウズベク人が天文学の分野の先駆者だったという歴史にちなむ。ほかの公式な説明より、こちらのほうがかなりロマンティックだが、公式には、星は国家管理の一二の基本原則のシンボルともされている。

　残りの「スタン」国、カザフスタン、タジキスタン、キルギス（旧キルギスタン）の国旗にも、トルクメニスタンとウズベキスタンの旗に見られる詩的な性質がさまざまな形で繰り返されている。たとえばカザフスタンの旗では、太陽の下をソウゲンワシが飛んでいる。これはカザフ人にとって自由を意味する。キルギスの旗は、知識がない人の目には、赤地の上の太陽をテニスボールのようなものが覆っているように見えるかもしれない。「キルギス」という言葉は赤を意味する。もう少しじっくり観察し、ついでにキルギスの情報センターに電話で問い合わせてみれば、

ウズベキスタン

カザフスタン

キルギス

このモチーフは実際には太陽と四〇本の光線だということがわかるだろう。四〇という数字はキルギスの部族の数に相当し、太陽を横切るラインは、伝統的なキルギスの移動式住居「ユルト」の枠組みの形をしている。近年、欧米では、ユルトは高級キャンプ地でヤッピー好みのテントとして使われている。しかし、キルギスの人々にとって、これは家、家族、生命、そして時間と空間の結合を象徴するものだ。また、ひとつの国を共有する多様な地域の多様な部族の存在を表すものでもある。

これらの心情とそれを伝えるシンボルは、文化の底流を成すものに訴えかけ、変化の時代に国全体を結束させることができる。あるいは、政治家が権力をつかむ助けになる。シンボルほど魅力がないのは、すべての共和国に共通する政治情勢だ。民主主義の伝統はなく、市民社会は弱い。複数の政党による選挙の実験は、すぐにエリート層への権力集中に利用された。ソヴィエト時代の共産党政治局員（生涯を共産主義者であるふりをして過ごしてきた者たち）が、単純にナショナリズムに転じた場合が多い。イスラム過激派の問題も深刻になる一方で、ＩＳのような組織がこの地域で人員を集めている。その警鐘となったのは、二〇一六年六月のイスタンブール空港の爆破事件で、犯人のうちふたりはウズベキスタン人とキルギス人だったといわれる。トルコ政府はこの攻撃を、シリア内戦でトルコが政府側を支援したことへのＩＳの報復だとして非難した。もっとも、ＩＳは犯行を認めていない。北に目を転じれば、ロシアもまた「スタン」国へのイスラム過激派の影響力が増していることを不安に感じている。戦闘員がアフガニスタンなどの国で受ける訓練と経験が、やがてロシアに向けた行動に変わるかもしれないからだ。

アフガニスタン

アフガニスタンは、第四章のイランと同様に非アラブの国で、その国家のシンボルはイスラムがアラビア半島から外に出てさらに影響圏を広げたことをよく表している。また、アフガニスタンは二〇世紀に入ってから、ほかのどの国よりも多く国旗に変更を加えた国とされており、その変更の過程はまだ終わっていない。現在のヴァージョンは二〇〇二年のもので（ただし二〇〇四年にわずかに修正された）、タリバン政権が倒れたあとに導入された。縦三本のストライプ――左から黒、赤、緑――の真ん中に、アフガニスタンの国章があしらわれている。かつての旗にも使われていた黒は、過去を表すとされる。赤は占領から国を解放するために流された血を象徴し、緑はイスラムの色であるとともに未来への希望も表す。中央のモスクを描いた白い紋章は、この国の宗教を象徴する。モスクの上には「シャハーダ」が書き込まれ、その下に「アッラー・アクバル」――神は偉大なり――の言葉がある。さらにイスラム暦の「一二九八年」の年号も刻まれている。これは西暦の一九一九年に相当し、アフガニスタンがイギリスから独立を勝ち取った年に当たる。モスクの図柄の下には「アフガニスタン」という国名が書き込まれている。モスクを取り囲む麦の穂は、この国の主要作物を表している。もうひとつの主要作物はケシだが、これを使うと間違ったシグナルを送るおそれがあるだろう。統一の旗としては、それほど効果が大きいとはいえない。この国は分断状態が続き、とくに南部では人口のかなりの割合が旗にほとんど忠誠心を抱いていない。たとえタリバンの白い旗が多くの町や村で掲げられていることに、人々が恐怖を覚えていたとしても。

二〇一二年、私はヘルマンド州のサンギンで、イギリス軍とアフガン軍とともに数週間を過ごした。ある日のパトロール活動で、アフガン兵たちは建物からタリバンの旗を引き降ろすと言い張った。数時間はかかる作業で、かなり危険な行動だったにもかかわらず、それが彼らにとって重要だったのは、別の勢力のシンボルを見過ごすわけにはいかなかったからだ。そのときに気づいたのだが、彼らの多くは北部の出身で、ヘルマンド州の人々とは違う言葉で話していた。これはよい兆候ではない。イギリス軍（とアメリカ軍）が去ってしまった現在、アフガン軍は国内の治安維持に苦戦を強いられ、地元住民は何百キロも離れたカブールの政府にほとんど信頼を寄せていない。アフガニスタンの国旗はどちらかといえば首都の旗というイメージが強い。だからタリバンの旗、あるいは現在であればＩＳの旗が、不穏な先行きを予兆する風になびいているのも不思議ではない。アフガニスタン国旗については注目すべきことがもうひとつある。一九七四年の国旗法に、政府は「アフガニスタンが打ち上げる宇宙船には必ず国旗を使う」という条項を含めた。この国は、楽観的な将来への期待を必要としている。

アフガニスタンから南東へ下ると、アラビアから東に伝えられたイスラムのシンボルとしての三日月が見られる最後から二番目の例がある。パキスタンの国旗である。緑の地の中央に大きな白い星と三日月が描かれ、旗竿側に縦の白い帯がある。一九〇六年に最初にデザインされたオリジナル版は、全インド・ムスリム連盟の旗だった。この組織は当時から、インドのイスラム教徒のための独立した国家の創設を支持していた。このときの旗には白い帯はない。白い帯は一九四七年にパキスタンが独立したときに加えられたもので、この国の非ムスリムの少数派を表す。シーク教徒、ヒンドゥー教徒、キリスト教徒など人口の五パーセントほどの人々には彼らを配慮した正しいメッセージを送っているが、大衆レベルでは、シーア派イスラムを含むすべての少数派が、原理主義の台頭のために二一世紀の現在は困難な時期を過ごしている。緑の地とその上の星と三日月は通常はイスラムとの関係を示すが、公式の説明では、三日月は発展を表し、星は光と知識を表す。どちらも国歌の第三節の歌詞、「三日月と星の旗は／進歩と完成への道に導く」に表現されている。

　パキスタン政府は、公邸在宅時に国旗を掲揚することが義務づけられている政府高官をリストにしているため、潜在的支持者（あるいはテロリスト）に便利なガイドを提供している。車に旗を取りつけることが認められている人々のリストもある。しかしその場合にも、旗を使うのは当

パキスタン

人が乗っているときだけに限られる。クリケットの試合でインドに勝利したあとは、このリストに人口の大部分が含まれているかのようだ。そうした試合のあとには、どの町も国旗を飾りつけた車が数珠つなぎになって、騒がしくクラクションを鳴らしている。

インダス渓谷を越えると、旗に緑を使っているもうひとつの国、インドがある。ここにも旗をめぐる物語がひとつならずある。

インドの国旗は「ティランガ」と呼ばれる。三色を意味するヒンディー語だ。横三本のストライプで、上からサフラン色、白、緑の順に並んでいる。真ん中の白い帯の中央には「チャクラ」と呼ばれる二四本の軸のある法輪が青で描かれている。仏教の聖地サルナートにある紀元前三世紀のアショーカ王の獅子柱頭に見られるものと同じデザインで、これがインドの国章になった。

国旗が採用されたのは一九四七年七月二二日で、独立より少し前のことだが、マハトマ・ガンディーがそれより前に、亜大陸には正しいシンボルが必要だと説いていた。彼はこう述べた。

国旗はすべての国が必要とするものだ。大勢がそのために命を捧げてきた。これは間違いなく一種の偶像崇拝で、破壊することは罪になる。なぜなら、旗は理想を表すからである。ユニオンジャックを広げることが、イギリス人の胸に計り知れない力を与える。星条旗はアメリカ人にとっての世界を意味する。星と三日月はイスラム教徒の胸に大いなる勇気を呼び起こす。われわれインド人——イスラム教徒、キリスト教徒、ユダヤ教徒、ゾロアスター教徒、ほかの宗派のすべての人——にも旗は必要だ。インドを故郷とする者は、そのために生き、そのために命をも捧げる共通の旗を持たなければならない。

ガンディーは一九二一年に旗の原型を思いついていた。そのころには、インドの旗がどう見えるべきかについての議論がすでに数十年続いていた。国民会議派全国委員会の会議で、ある若い男性がガンディーに自分がデザインした旗を見せた。赤と緑の二色の旗で、主要コミュニティであるヒンドゥー教徒とイスラム教徒を表したものだった。

ガンディーはそのデザインを気に入ったが、インドのほかの無数のコミュニティを表す白い帯を加えることを提案した。また、その白い部分に糸車の図柄を加えた。亜大陸全体がすぐに認識できるシンボルとして、インド人の自立を後押しするものになると彼が感じたものだ。一九二七年に、彼はこう論じた。「糸車は、インドが転換期にあるときには、ともかくも誰もが回し続けなければならないものであり、それ以外の時期にも大半の人々が回すべきものである」。これは糸車の使用がインド製品を生み出す助けになり、したがって経済を改善し、イギリスで製造された（しばしばインド産の綿で作られる）布地を使う習慣を断ち切り、独立への道を切り開くという

インド

信念と結びついていた。一九三一年には、旗のいちばん上の赤がサフラン色に変えられた。そして、この三色は宗派との結びつきはなく、勇気と犠牲、平和と真実、信念と騎士道精神を表すと説明された。ガンディーの糸車の図柄は旗の上に残った。

しかし、新しい国の旗を決めるときがくると、使われる色は変わらなかったが糸車は消え、代わりにチャクラが採用された。この輪は永遠の宇宙の法則を表す。再生のサイクルという宇宙の秩序を支えるものだ。ヒンドゥー教、仏教、ジャイナ教、シーク教はすべて、ダルマの概念を認めている。そのため、このチャクラの図柄は、たとえ個々の軸の意味に気づかなくても、人口の大部分の人に理解される。たとえば仏教の解釈によれば、ひとつの軸は「触《そく》」を表し、愛する者同士の調和、キス、睦み合いを意味し、別の軸は「有」を意味し、性交する男女を表すが、こうした意味合いは誰もが知っているわけではない。

もっと俗っぽくいえば、車輪はすべての人にとって前進と発展の概念を表すものでもある。ガンディーは自分の糸車が取り除かれることを快く思わなかったとされるが、しばらく考えたあとで受け入れたという。それに、その新しい案はそれ以前の数十年に提案されたシンボルのいくつかと比べれば無難だった。それまでの案には、たとえばヒンドゥー教の神ガネーシャが描かれているものもあった。ガネーシャは頭の部分が象なので、これが採用されていれば、国旗のデザインとしては異例のものとみなされたかもしれない。

公式の説明では、現在の旗の色はもう宗教とは結びつけられていないが、緑はイスラムの色で、サフランはヒンドゥー教徒、仏教徒、ジャイナ教徒にとって重要な色であることは誰もが知っている。これは物質世界からの脱却と拒絶を伝えるものとされ、したがって、多くの仏僧、野心的なグル、そして町の中心部でタンバリンを打ち鳴らし、「ハレ・クリシュナ」（ヒンドゥー教の最高神であるクリシュナ神を称える言葉）を歌いながら踊る男女が好んで選ぶ色になる。非公式には、旗の真ん中の白はサフランと緑を平和的に結びつけている。

インドの国旗は、カディ（khadi）と呼ばれるインドの手紬の布で作ることが法律で定められている。これはガンディーが広めたもので、この布を損壊したり粗末に扱ったりすると、懲役三年以下の罪に問われる。インドの官僚制はイギリス行政府を手本にしたもので、「三つの規制でうまくいっているときには、ひとつの規制にまとめることはない」という考えを受け継いでいる。一九四七年から二〇〇二年まで、旗に関する数十の法律のなかに、政府の建物と公用車にのみ旗を掲揚できるという規定があった。インドの行政はイギリスの詩人テニソンの詩からインスピレーションを得たかのようだ。「理由を問うこともなく／ただ三つの規制を書くのみ」

二〇〇一年のある日、ナヴィーン・ジンダルという実業家が自分の会社の建物に国旗を掲げることにした。彼は学生時代に過ごしたアメリカで広く行き渡っていた、自由という厄介な思想に影響されていた。警察がやってきて、旗を引きずり降ろして押収すると、彼を告発すると脅しをかけた。ジンダル氏はデリーの高等裁判所で公共の利益に関する訴訟を起こし、先手を打った。旗を掲げることで自国への愛を表現することを禁じるのは、個人の権利への侵害だ、と彼は主張した。この件は最高裁まで争われ、そこでジンダル氏に有利な裁定が下され、最高裁は政府に法の改正を考慮するように求めた。二〇〇二年、国旗法は修正され、個人が一年のどの日でも、起訴を恐れることなく国旗を掲げられるようになった。

そして、人々は喜んでこの旗を揚げている。中央の円は本当に「このさまざまな民族が集まる亜大陸」——パキスタンの建国者ムハンマド・アリー・ジンナーがこの地域について語った言葉——に住むほとんどのインド人を結束させるように見える。インドには分離主義のような問題が確かにあるが、ここは古い国であるとともに近代的な国でもあり、その最良の時代はまだこれから訪れるのかもしれない。二〇世紀の最も強力な反植民地主義の独立運動から生まれたインドでは、旗の物語がこの強大な国を構成する宗教、民族、政治の複雑さを反映している。インドは他の国との違いで自らを定義することはせず、国際的な舞台での重要なプレイヤーに成長した国として自国を見ている。経済と軍事力の両方での中国との関係と競争は、今世紀の地政学を定義する重要なストーリーのひとつになるだろう。

私たちはここから、ヒマラヤ山脈を越えて中国に入ろうとしているが、途中で一休みして、世界で唯一の長方形でも正方形でもない国旗を見ておくのもいいだろう。

ネパールの国旗は独特な形をしていて、濃紺のラインで縁取られたふたつの深紅の三角形を上下に並べて合体させている。これらはヒマラヤ山脈とこの国のふたつの主要宗教、ヒンドゥー教と仏教を表す。上の三角形には白い三日月の上から太陽が半分昇ったところが描かれ、下の三角形には白い一二本の光線を放つ太陽が描かれている。かつては王族と宰相家を表すものだったが、現在のネパールは世俗の共和国なので、天体が存在し続けるかぎり、この国も永続するという希望を象徴しているとされる。

おそらくこの国は、最後の国王と女王よりは長く生き残るだろう。彼らは二〇〇一年、ほかの八人とともに皇太子によって射殺され、皇太子はその後、自害したとされている。驚くほど短期間で終わった捜査のあとで、殺戮を免れた王の弟が王位を継いだ。彼はあまりに人気がなかったため、毛沢東主義の反乱に火をつけ、その圧力に屈した新国王は君主制を完全に終わらせることに同意した。こうして新しい体制にはなったが、国旗は変わらなかった。そのめずらしい形のために、ネパールの旗はおそらく製造過程でも最も細かい指示が与えられる。たとえば、下の三角形の太陽を作るときには、「線ＡＦをＵで分け、線ＡＢに平行な線ＵＶを引き、ＡＢは線ＢＥに点Ｖで接するようにする。点Ｗを中心にしてＨＩとＵＶに分かれ、ＭＮが円を描くようにする」という指示に従わなければならない。これを創造するのに神は一日しかかからなかった。

さて、それではこのへんで神の領域をあとにして、神の存在しない世界、共産主義の中国へと進もう。いまや広大な領土を持つこの国には信仰を持つ人々も大勢いるが、現在の中国の指導者はこれを認めないという立場を好んでいる。しかし、中華人民共和国の旗には共産主義が生まれる数千年前にまでさかのぼるシンボルが含まれている。

ネパール

中国

多くの旗章学者が、中国人は所属と方向を示す合図として布製の旗を最初期に使った民族だったと信じている。二六〇〇年前に、孫子は『兵法』にこう書いている。「戦場ではすべてが混乱状態にある。しかし、旗や幟《のぼり》があると隊を統率することができる。鐘や太鼓とともに、兵士の耳目をひとつにする」。少なくともその二〇〇〇年前に、エジプトと現在のイランに住む人々がシンボルを描いたものを持ち運んでいたが、ホイットニー・スミス博士は一九七五年の『世界の旗の歴史(Flags Through the Ages and Across the World)』で、こう指摘している。「中国人はおそらく絹の旗を使った最初の民族である。海上でも陸上でも数千年前から使われ、西洋よりはるかに長い歴史を持つ」。スミスはさらに、動物の彫刻などを竿の先端に固定するのではなく、旗竿に横方向に布地を結びつける方法を考えついたという点で、中国人は旗の発展に大きな貢献をした、と論じている。

はっきりわからないのは、その後、絹の旗が近東にまで広まったのか、それともただ通商ルートを通じて絹だけが伝えられ、すでにそれに似たものを使っていた人々が旗という形にしたのか、ということだ。いずれにしても、十字軍の時代に西洋世界がアラブの旗を真似し始めたということは間違いない。

それから数百年後、旗の物語は世界を一周して再び中国に戻ってきた。中国人はさまざまな旗を海運や軍事目的で使っていたが、中国と中国人を象徴する旗を作ろうとは考えたことがなかった。彼らは長く自分たちをひとつの国だと――文明とまで――意識していたが、「中国」、すなわち「世界の真ん中にある国」の住民にとって、彼らは彼ら自身でしかなく、したがってほかの国と区別する旗は必要ではなかった。その考えは、一九世紀半ばにヨーロッパ人がそれぞれの属する国の旗を掲げて、続々と押し寄せてきたときに変化する。

一八六三年、ヨーロッパ人は清の同治帝《どうちてい》に、中国には(もちろんヨーロッパの統制のもとでの)海軍が必要なだけでなく、旗も持つべきだと〝説得〟した。同治帝がそのときにまだ七歳でしかなかったことも幸いした。こうして、青い竜を描いた黄色い旗が正式に掲げられた。当初は三角形だったが、ヨーロッパ人の役人が三角形はふさわしくないと考え、長方形に変更された。

二〇世紀初めに独立の気運が高まると、ほとんどが外部勢力に後押しされたものではあったが、中国を象徴するさまざまな布製の紋章が現れた。そのなかには、一九三二年の「中華ソヴィエト共和国」の共産主義の戦旗もあった。この「共和国」は江西省の一部地域にすぎず、わずか二年半しか存続しなかった。それでも、その短い間に、中央に黄色い槌と鎌、左上に黄色い五稜星を描いた赤い旗が、中国の一部地域に掲げられた。これがやがて中国本土全体を代表する旗の原型となる。

中華人民共和国は一九四九年一〇月一日に建国を宣言し、新しい国家、というより実質的には新しい体制は、よくあるように新しい旗を必要とした。デザインしたのは曾聯松《そうれんしょう》という若い共産党員で、数千の応募があったコンペティションを勝ち残った。共産党からの条件は、中国の地理、国民性、歴史と文化を反映していなければならない、というものだった。また、労働者と農民が同盟を結んだ政府を象徴することも求められた。

当時、上海で働いていた曾聯松は、夜中に屋根裏部屋に座ってデザインを考えた。彼は以前に江西省の「中華ソヴィエト共和国」が使っていたものを参考にしたと思われる。また、空を見上げていて、「星を待ち望み、月を切望する」という古代中国のことわざを思ったという。歴史的な要素を少しばかり選び出したあと、共産党は国の救世主なので、大きな星でそれを象徴しようと思いついた。そこに加えた小さな四つの星は、毛沢東が論文「人民民主主義独裁について」で発表した、中国人民の四つの階級を表したものだ。

したがって、毛沢東が曾聯松のアイデアを気に入ったのも、もっともだった。ただし、最終的なデザインに至るまでにいくつかのヴァージョンが作られた。なかには槌と鎌を取り除いたものもある。ロシアが支配するソ連を強く連想させるものだったからだ。当時は国際共産主義の連帯という概念は、中国とロシアの関係性のため、ちょっとした緊張状態にあった。その後、旗のデザインは党に承認された。ちょうどイランの政府がイスラム革命の旗を考えたときと同じように、中国共産党も集団としての記憶と現代的メッセージを融合させる必要を感じたのだ。

そうした経緯で、赤い旗は共産主義を表し、左上の大きな黄色い五稜星は共産党のリーダーシップを表す。しかし、この旗はもっとたくさんのものを象徴している。四つの小さい星は、すでに述べたように、毛沢東が唱えた共産主義以前の階級の「統一戦線」で、労働者、農民、小資産階級、そして「愛国的資本家」を表す。もちろん、これらの階級に属する人々には、彼らはいまや共産主義の建設のために結束しているのだと説明された。最後の「愛国的資本家」の星は思いがけない偶然、あるいは先見の明によるものとすらいえる。なぜなら、その四〇年後になって共産党は「中国的な性格を持つ資本主義」に移行する必要に気づき、一二億の人口の大半が、じつは以前からずっとそうだったこと——つまり自分たちが共産主義者ではなかったこと——を受け入れたように見えたからだ。

星が五角というのも意図的なもので、古代の数字の意味に基づいていた。共産主義以前の中国の哲学に、五行説というものがある。あらゆるものを内包する体系で、五つの徳、五人の支配者、五つの段階などに使われ、バランス、強さ、完全性を象徴する。より近代的な非公式のポピュリスト的価値観も五角の星で表現され、多数派の漢人と、ほかの伝統的「中国人」とされる四民族——モンゴル人、満州人、チベット人、ウイグル人——を表す。漢民族が近隣地域を植民地にしてきた長い歴史を考えれば、近隣の民族はこの考えを受け入れないかもしれない。公式にはこれが旗のデザインの意味ではないが、一九一二年から一九二八年まで使われていた「五色旗」を思わせるものがある。この旗には中国の五民族を表す五つの色が使われていた。

最近では、この旗は以上のような要素すべてを象徴している。曾聯松がデザインした旗は党に採用され、修正を加えたのち、北京の天安門広場の旗竿にはじめて掲揚され、公式に中華人民共和国の建国が宣言された。

現在、中国の法律は国内の各省が独自の旗を持つことを禁じている。その理由のひとつは、共産党が多様なコミュニティをひとつにまとめるためには、中央の権力を象徴する一つの旗を持つことが重要だと理解しているからだ。たとえば、イスラム教徒が多数派を占めるウイグル地方で、分離独立を目標に掲げる東トルキスタン・イスラム運動のようなものがある。この運動にはライトブルーの地に三日月と星を描いた独自の旗があるが、その掲揚を認めれば地方のアイデンティティを強化することにつながり、独立運動に勢いを与える。同じことがチベットにも当てはまり、ここではチベットの旗を所有することが重罪になっている。そうした法律が、今より大きな自治権を求めて活動している人たちの行動を必ずしも止められるわけではなく、彼らは自分たちの文化を守るために危険を冒すこともある。旗はチベット人としての深いアイデンティティを象徴している。しかし、中国による締めつけはどんどん強くなっているようだ。北京の政府は独自のシンボルを禁止することによって、時間はかかってもチベットの文化とアイデンティティが徐々に薄れていくことを期待している。これほど変動の激しくない地域では、法律は必ずしも守られず、共産党がこの国の唯一の権力だと強調することと、地域の性格の違いを認めることの間でバランスが求められている状況を映し出している。

一九九九年、八二歳になっていた曾聯松は上海で急死した。そのため彼は、二〇一一年に起こった共産党にとって侮辱的な出来事を知らずにすんだ。この年、ヴェトナム政府が五つの星ではなく六つの星を描いた中国の国旗を何千枚も製造した。さらに悪いことに、当時の習近平副主席がハノイを訪問中にその旗が振られた。同じようなことが、二〇〇六年に中国の調印者がデリーを訪問したときにも起こった。外交儀礼について少しでも知っている人であれば、こうしたことがいかに重要であるかはわかるだろう。

「中華人民共和国国旗法」（一九九〇年）は、もしあなたが特定の気質の持ち主であれば、非常に興味深い読み物になるはずだ。「四つの小さな五稜星はすべて、そのひとつの角が大きな五稜星の中央を正しく指し示していなければならない」という部分に行き着く前に、旗を掲揚するときの通常の手順――掲揚、降下、掲揚、半旗、そして、貢納の前に竿の先端までいったん上げてから降ろすといったこと――だけでなく、国家主席と特定の肩書きの何人かの高官の死亡時のほかに、「世界平和または人類の発展に際立った貢献をした人物」の死亡時にも半旗が使われるという情報が得られる。

また第一九条を読むと、北京の独身最後のパーティーで過ごす週末に愚かにも中国国旗を燃やしてしまおうものなら、懲役三年以下の罪に問われることもわかる。しかし、幸いなことに、もし違反行為が比較的ささいなものなら（あなたが優秀な弁護士を雇うか、大物の親類を持っていれば）、「公共の安全に関する行政罰則規定に基づき、公安組織により最長一五日までの拘束に処される」だけですむ。警告はしたので、行動にはくれぐれもご注意を。

中国の国旗は世界でも最もよく知られたもののひとつで、二〇〇三年一二月一五日には中国の宇宙探査ミッションで月面にも立てられた。中国は世界的な海軍力を持つことを目指して外洋海軍を組織しているため、海上で中国旗を見ることも増えている。コンゴ民主共和国のような、中国（やその他の国）が希少な金属を採掘している国や、その金属を港まで運ぶ高速道路を建設しているアンゴラ、そして商品を中国に運ぶため、事実上アメリカのコントロール下にある狭いマラッカ海峡（マレーシアとインドネシアの間の海峡）を通らずにすむように港と高速道路を建設中のパキスタンのグワーダルなど、世界の遠く離れた場所でも中国の旗を目にする。「世界の真ん中にある国＝中国」のシンボルは、現在は世界中のほぼすべての王国、共和国、領土に翻り、過去半世紀の急速な発展と増大する影響力を誇示している。

また、南シナ海に中国が建設した人工島の上にもこの旗がはためいている。中国政府はこの島を中国の領土と主張しているが、ヴェトナム、台湾、フィリピンなどの近隣諸国や地域は納得していない。それはアメリカ海軍も同じで、戦艦に星条旗をこれ見よがしに掲げて島の近くを通過している。

中国の五星紅旗に比べると世界で目にすることが少ないのは、台湾、あるいは中華民国の旗だ。一九四〇年代の内戦で敗れた反共産主義勢力は、本土沖の台湾島に撤退した。現在、独自の旗は持つものの、国家としてのアイデンティティのほうは揺らいでいる。「青天白日満地紅旗」として知られる台湾の旗は、共産党に敗れた国民党の旗に由来する。蔣介石の指導の下で一九四九年に台湾に移った政党だ。中華民国は中国全土の正統政府だと主張しているが、海を渡った先の中華人民共和国はそう見ていない。中国政府は台湾を一方的に独立を主張している一地方と呼んでいる。

中国の力は強大なので、台湾を承認している国はほとんどない。そのため台湾は国際会議やオリンピックなどのスポーツイベントに参加しても、自分たちの旗を掲げることを認められていない。その代わりに両政府が受け入れられる妥協案として、「チャイニーズ・タイペイ」の旗が使われる。ただし、この旗はどちらの側も、もし思いどおりにできるのであれば変えたいと思っている旗だ。台湾からすれば、中国からの独立を宣言したことはないので、より強大な兄弟国を刺激しないように、国家のシンボルを犠牲にすることを受け入れようとしている。

いくつかの面で、ふたつの国旗は中国人の分裂の象徴となっている。ごく近くに掲揚されるふたつの旗が両者の関係を映し出している。

ふたつの国に分断された朝鮮半島も、同じようにふたつの旗で象徴される。事情は異なるかもしれないが、どちらの国も第二次世界大戦以前の旗を使うこともできた。その旗を使えばひとつの民族であることを象徴していたはずだが、実際には南朝鮮である大韓民国だけが今も使い続けている。韓国で「太極旗」と呼ばれるこの旗は、芸術作品というだけでなく精神的シンボルでもある。したがって、神を持たない共産主義の北朝鮮では、宗教的な数字パズルゲームとみなすものと少しでも関連した旗を使うことはない。北朝鮮には独自の政治的パズルの旗がある。

太極旗の名前は、旗の中央に描かれた赤と青の陰陽のシンボルに由来する。太極円と呼ばれるこの図柄は、両方が等しく分けられ、赤の部分が気の「陽」の力を、青の部分が「陰」の力を表す。この地域の伝統哲学によれば、陰陽は相反する大きな宇宙の力だが、両方が存在してはじめて完全な調和とバランスが達成される。

太極図の周囲四隅には「卦《け》」が配されている。古代中国の書物『易経《えききょう》』からとったもので、二〇〇〇年以上前に書かれたものらしい。陰と陽が成長と変化のスパイラルを経験することを象徴するもので、左上の記号は「乾（天）」を、右下の記号は「坤（地）」を、右上の記号は「坎

台湾

韓国

北朝鮮

（水）」を、左下の記号は「離（火）」を表す。しかし、四つすべてが別の意味もあわせ持ち、たとえば右上の記号は「水」「月」「知性」「知恵」を同時に表すことができる。すべての背景にある白は、純粋さと清浄を表す。特別な行事や祭事のときに、韓国人はよく白い衣服を着る。そのため、彼らは「白服の人々」と呼ばれるようになった。

全体として見ると、この旗は韓国人がつねに宇宙と調和して発展していくという理想を象徴する。その対極にあるのが分裂だが、それが一九四七年に現実のものとなり、北の指導者はその分裂を強調することを望んだ。第二次世界大戦が終わり、日本の植民者が立ち去ると、国は三八度線を境に分裂し、ロシアが北を、アメリカが南を統治した。その後、ロシアは撤退して、中国が北朝鮮の保護者となった。

北朝鮮の公式名称は朝鮮民主主義人民共和国である。「民主主義」「共和国」という語が国名についている多くの国と同じように、北朝鮮もまたそのどちらでもない。現在残る最も悪意に満ち、偏執的で、残忍な独裁国家とされるが、国情はかなり不安定だ。実質的に王族にも等しい金（キム）一族が建国以来ずっと支配を続け、世界に政治的喜劇を提供してきたが、国民にはほとんど何も与えてこなかった。

北朝鮮の国旗の背景については、具体的な情報がほとんど手に入らない。しかし、インターネット新聞『デイリーＮＫ』のフョドル・テルティツキーが書いているところによれば、一九四七年当時、北朝鮮を事実上支配していたソ連が、新しい国家を樹立するにあたり、新しい旗が必要だと指示を与えた。五六歳だった党指導部の金料奉（キム・ドゥボン）は、レベデフ少将の部屋に呼ばれると、既存の旗を支持する理由を述べた。「キムは旗の意味について、細かい説明を始めた。しかし、ソ連の軍人の見方からすると、そのデザインのもとになっている中国の哲学は、中世の迷信のようなものにすぎなかった。陰陽や易経の卦、東洋の伝統についての説明をしばらく聞いたところで、レベデフは『もう十分だ』と、キムの発言をさえぎった。その場にいたソ連の大佐は『まるで伝説でも聞いているみたいだ』と、ニヤニヤして言った」

数か月後にデザインについて指示が出され、北朝鮮の旗が誕生した。標準的なソ連時代の旗で、標準的なソ連の建築と同じように素っ気ないものだった。政府のウェブサイトによれば、この旗の大部分を占める赤は、革命の伝統を象徴する。上下にある青い帯は「独立、平和、友情の理想を世界の進歩的な人々と結束して勝ち取るための闘争への願望」を表す。青い帯に沿った白のラインは「長くまばゆい文化を持つ同質的な朝鮮の国家を表し」、大きな赤い星は「朝鮮民族の先駆性と闘争精神を象徴する」。

翌年、キム・ドゥボンは『新しい国旗の考案と太極旗の廃止について』というタイトルの本を刊行した。そのなかで彼は、新しい国旗は「優れた発展を成し遂げていく幸せな国」のシンボルであるのに対し、太極旗は非科学的で迷信がかっており、不必要なまでの難解さと多様な要素が国の統一を妨げる可能性があるため、国旗としてはふさわしくない、と説明した。

典型的な独裁的共産主義のやり方で、ますます国粋主義を深めた北朝鮮は、のちに旗からソ連の影響を消し去り、キム・ドゥボンは権力の座から追放された。偉大なる指導者金日成（キム・イルソン）は日本帝国陸軍を（モスクワからの多少の助けも借りて）打ち破ると、人民共和国の栄光の旗を自らデザインすらした。今では私たちの目にも明らかなように、キム王朝の輝きには終わりがなさそうだ。金日成の息子、金正日（キム・ジョンイル）は「二一世紀の領導星」「愛と信頼の永遠なる胸」であるだけでなく、「主体思想の輝ける太陽」でもあった。この最後の肩書きは、北朝鮮が主体思想と呼ばれる独自の政治システムを発達させたことを物語る。これは共産主義的国粋主義と自立の哲学のハイブリッドだ。結局、もし独立独歩で自立しているのなら、誰も自分の国に入れる必要はない。もしそこがそれほど驚くべき場所なら、誰がそこを去りたいなどと思うだろう？　国歌はこう宣言する。「荒れ狂う波に、力のかぎり立ち向かう、この朝鮮を永遠に輝かせる、無限の富と力」。現在の指導者金正恩（キム・ジョンウン）も、彼の美徳を褒め称える何百もの呼称を負わされて人生を歩まなければならない。

ひとつの半島、ひとつの民族、ふたつの非常に異なる旗――これをひとつにまとめるのはむずかしいと思うだろうが、二〇一二年のロンドン五輪の組織委員会はそれをやってのけた。女子サッカーの北朝鮮とコロンビアの試合前に、北朝鮮の選手が大きなスクリーン上で紹介されたとき、個々の選手の名前と写真がなんと……韓国の国旗の隣に映し出されたのだ。これがディフェンダーからミッドフィールダー、フォワードへ、さらには交代選手の紹介まで続いた。写真が映し出されるたびに選手たちの怒りは増し、ついにピッチから歩き去った。彼女たちの行動ももっともではあった。何といっても、実質的に北朝鮮はまだ韓国と戦争状態にあるのだから。朝鮮戦争は一九五三年の休戦協定で終わったが、条約は結ばれていない。

選手たちは、間違いが正されない限り、試合には戻らないと訴えた。慌ただしいビデオ編集と丁重な謝罪によって、一時間後にチームはピッチに戻り、スクリーンを確認し、試合を開始して、コロンビアを二対〇で破った。

北朝鮮も韓国も旗をめぐる戦争では過去に逸脱行為を犯している。北朝鮮の旗が最初に掲揚されて以来、韓国は領域内でこの旗を提示することを禁止してきた。したがって、二〇〇八年に北朝鮮の首都平壌《ピョンヤン》で行なわれる予定だったワールドカップ予選が、北朝鮮が韓国の国歌を流すのも旗を掲揚するのも拒絶したため、中国に会場が変更されたのも驚くことではなかった。

二〇一四年の仁川《インチョン》開催のアジア競技大会では、韓国は通りで北朝鮮の旗を掲揚することを禁じる法律を堅持した。選手村にだけは掲揚されたが、ほかの場所ではいっさい使われなかった。アジア・オリンピック評議会（ＯＣＡ）の憲章の第五八条に、「全ての競技会場とその付近には、競技に参加したＮＯＣの旗とともに、ＯＣＡ旗を掲揚しなければならない」とされているのに、である。北朝鮮は、もし自分たちの国旗が通りから排除されるのであれば、「美女軍団」として知られる三五〇人の応援団を世界に披露しないことを決定した。自国選手団の応援のために選ばれたこの若い女性たちは、ふたつの特徴を持つ。全員が驚くほど美しいだけでなく、全員がキム・ジョンウンの体制に熱烈かつ献身的に尽くしているといわれる。韓国が北朝鮮応援団の持ち込む旗のサイズについて苦情を申し入れると、北の外交官が会議から飛び出してきて、美女軍団の派遣を中止した。

ふたつの朝鮮はこれまでずっとそうだったように、遠く離れていながら、ごく近い存在でもある。戦争という脅威はつねにある。韓国の大都市ソウルの住民は、この町が三八度線に沿って設置されている北朝鮮のミサイルの射程に含まれることを誰もが知っている。北朝鮮の核兵器開発計画に、この地域全体が恐れをなしている。

家族のけんかはしばしば最も苦々しいものになる。しかし、朝鮮半島のふたつの国と日本、またその旗との関係に関しては、どちらがより深い根を持つかを決めるのはときに困難だ。

日本は二〇世紀の三五年間、朝鮮半島の上に帝国旗を掲げてきた。現在は安定して平和的な民主主義を象徴する旗ながら、かつての野蛮な時代に使われた旗とよく似ているため……それが厄介な問題を引き起こす。日本の朝鮮半島支配の仕方はじつに残忍だった。それは当時、大日本帝国の一部とみなされていた国に対して、日本の旗を押しつけたことに象徴される。政府の建物の上に日本の旗がたなびき、学校の子どもたちは毎朝、日本の国旗が掲揚されるのを見ながら日本の国歌を歌った。

この太平洋の島国は「日出ずる国」として知られる。この呼称は太陽が昇る場所を意味し、国旗の正式名称は「日章旗」だが、一般には「日の丸」と呼ばれることのほうが多い。白地に赤丸の驚くほどシンプルなこの旗を見たとたん、誰もが日本の国旗だとわかる。もうひとつ、私たちの意識に染み込んでいるのが日本の戦旗（旭日旗）で、白地に太陽を描いているのは同じだが、一六本の光線が放射状に延びている。

日本では日の丸のさまざまなヴァージョンの旗が、国家のシンボルとなる以前から何百年も使われてきた。ユーラシア大陸の東の端に位置する日本諸島の数百の島から東を向くと、そこには海以外の何もない。その海の上に毎日、太陽が昇る。日本のシンボルとしての太陽が最も早く言及されたのは六〇七年で、いくぶん尊大な日本の天皇が中国の皇帝に送った手紙が次のような言葉で始まっていた。「日出ずる処の天子、書を日没する処の天子に致す」。日没する処の天子は当然ながら、この文面を不快に感じた。

日本の神話によれば、太陽の女神アマテラスが二七〇〇年前に日本を創造した。アマテラスは神道の主要神で、初期の天皇のひとりの祖先とされる。現在の天皇は「太陽の息子」とされ、神に選ばれたアマテラスの直系の子孫だと信じる人たちもいる。しかし、中国人と同じように、日本人は最近まで自分たちのアイデンティティを明らかにする必要を感じなかったので、国を象徴するシンボルは持たなかった。

一九世紀にヨーロッパ人が大挙して到来し始めると、明治初期の政府は人々の間に統一の精神を生み出す必要を感じた。政府は昇る太陽の旗を日本海軍の旗として使うことを決定した。島国である日本にとっては、イギリスと同様、海軍が軍隊の主力として重要だった。そこから、この旗が国を象徴するという考えに発展する。旗に続いて国歌「君が代」も作られた。

しかし、その後に軍国主義の時代が訪れる。ひとつには、産業力が高まったのにその国土には

日本

日本軍旗

発展を後押しする天然資源がないという事実が引き金になったものだ。西の近隣諸国はそうした資源を持ち、日本はそれを奪い取る軍事力を持っていた。帝国日本はいくつもの戦争を戦い、最後にはその長い歴史で最も破滅的な経験とともに終戦を迎える。

最初に日清戦争（一八九四～九五年）があり、次に日露戦争（一九〇四～〇五年）があった。第一次世界大戦（一九一四～一八年）に部分的に参加し、日中戦争（一九三七～四五年）が続き、そして第二次世界大戦では、広島と長崎への核爆弾投下を受けて全面降伏した。この間、日本はいくつかの国を占領し、残忍な行為に及んだ。

かつて「世界の暗闇を照らす」と考えられていた日本の旗は、それ自体が暗闇のシンボルになった。日の丸は日本、韓国、中国、シンガポール、フィリピンなどの国で引き降ろされ、占領地での残虐行為の規模が国内にも伝えられるにつれ、国内メディアは戦争記録を検証することによって、国が過去に起こったことと折り合いをつけられるように助けようとした。そのプロセスは現在も続いている。日本の隣国、とくに北朝鮮と韓国、そして中国でもわずかながらの和解の精神が見受けられる。しかし、その寛容の気持ちは本当に限られたものにすぎず、これらの国には戦時中の自分たちの生活を踏みにじった巨悪のシンボルを見るのを、今でも耐えがたく感じる世代が残っている。

日本を占領したアメリカ当局は、最初のうちは国旗と戦旗の両方の使用を厳しく制限した。しかし一九四七年、ダグラス・マッカーサー将軍がいくつかの政府の建物に日の丸を掲揚することを認めた。翌年、一般の国民も国の祝日に日の丸を揚げることを認められ、一九四九年にはすべての制限が取り払われた。それとともに国家のシンボルを取り戻すための長いプロセスが始まった。

しかし、その道のりは険しいものだった。

現在の日本の国旗について重要なポイントは、それが古い日本の旗と同じもので、第二次世界大戦中に使われていたものそのままということだ。一部の人の目には、これは現在のドイツが鉤十字の旗を使い続けることに近い。もっとも、ナチスのシンボルが悪の縮図だったことを考えれば、それと同一視するのは必ずしも公平ではないかもしれない。それに、戦争中の恥ずべき行動はあったものの、日本の軍事機構はナチスとは違って、思想的な理由のために、工業的な手段を使って民族を組織的に抹殺するようなことはしなかった。

ほかにも違いがある。日本の旗は軍国主義に陥ったこの国が東南アジアへの侵略を進める以前から使われていたのに対し、ナチスの旗は国家を乗っ取り、わずか一二年しか続かなかった政党が用いたものだった。戦時中のドイツの旗はひとつの党、ひとつのイデオロギー、特定の時期を表すのに対し、戦時中の日本の旗は国そのものを表した。もし、歴史上の一時期の行動のために日本はその旗を変更すべきだという論調に従うのなら、多くの国について同じ主張ができる。おそらく植民地の奴隷貿易に携わっていたイギリスもそのうちの一国だろう。反対に、もし旗を変えていたなら、このシンボルが引き起こす怒りを認める姿勢を示すことになり、戦後の和解交渉が進んでいたかもしれないという主張にも一理ある。

しかし、日本の軍旗に関しては、状況はより複雑になる。こちらはもっと簡単に変更できていたかもしれないが、一九五四年に自衛隊が結成されたとき、一六本の光線が延びる戦時の旭日旗を再び採用した。これは理解に苦しむ選択で、戦争中の個人的経験または知識を持つ者なら誰が見ても奇妙に思うかもしれない。軍旗を変えれば、一九三〇年代から四〇年代に日本の軍部がしたことを認めることになっただろう。一方、国旗を変えることは日本国民にとってより大きな精神的痛手となり、自分たちの国家アイデンティティの一部を失うような気持ちになっただろう。

一九五〇年代までに、日本は民主的で平和な国になった。人口の一部には一九三〇年代から四〇年代の軍の行動に精神的な苦痛を感じ続けている人たちもいる。だからこそ、自衛隊の旗の選択はなおさら困惑させる。もっとも、日本の「知的な非軍事化」は、ドイツほど深い根を持っているわけではないことを頭に入れておいたほうがいい。

しかし、実際に旗の選択の影響は長引いた。たとえば、一九七〇年代まで時間を早送りすれば、左傾化した日本教職員組合（日教組）が、その組合員に国旗への敬礼と国歌を歌うことを禁じた。旗は一九四七年以来使われ続けていたが、熱狂的にとらえられることはなく、法令集に国家のシンボルとして掲載されることもなかった。第二次世界大戦中に日本を治めていた昭和天皇が一九八九年に崩御すると、旗を掲揚するメリットについて討論する余裕が生まれ、一九九九年には国会がこの機会を利用して旗の縦横比や円の大きさの比率を修正し、これを正式に国家の象徴とした。しかし、法案が国会を通過するまでには感情的で激しい議論があった。

そこから新しい波紋が広がった。一九九九年、公立学校の入学式・卒業式で国旗を掲揚し、国歌を歌うことに関するガイドラインを文部省（当時）が発行した。これは一部には、もし日本の学生が自分の国のシンボルを尊敬できないのなら、外国のシンボルに対しても敬意を払うことができないという説明によって正当化された。

この見解に誰もが同意したわけではない。広島の県立高校の石川敏浩校長もそのひとりだった。彼はそうした指示を伝えなければならないことに悩まされ、自殺を選んだ。この事件は全国的な注目を集め、激しい議論が戦わされ、日本で行なわれた二〇〇八年のワールドカップの間にも、ホームチームの応援のために振られる旗の数はまだ少なかった。

時間の経過とともに二〇世紀最大の大変動の時代の記憶が歴史のなかに埋もれていくにつれ、日本の旗は戦争の影から逃れ、ようやく明るい場所に姿を見せるようになった。それでも、二〇一六年になってもまだ、安倍晋三首相は、国内の大学がキャンパスに国旗を掲揚することを「強く奨励する」という助言をあえて発する必要を感じていた。

結局、太陽が東に沈むことはない。同様に、「日出ずる国」を象徴するために布地の上に描かれた太陽も、すぐには歴史のなかに沈み込むことはないだろう。

さて、ここからさらに東に向かうと、私たちは出発点の星条旗に戻ることになる。そこで、今度は南に向かうことにしよう。アフリカの赤、金、黒、緑へ、そしてラテンアメリカの黄、赤、青へ。

第7章

自由の旗

独立した主権国家とは何かを学ぶ最善の方法は
独立した主権国家になることである

ガーナ初代首相クワメ・エンクルマ

2012年1月、アフリカ・ネイションズカップに出場する自国チームの試合を見るため、南アフリカのヨハネスブルグにやってきたガーナのファンたち。ガーナのサッカー代表チームは「ブラックスター」の愛称でも知られる。ガーナ国旗の中央の黒い星と、赤、金、緑の色の組み合わせは、植民地主義と戦った人たちの汎アフリカの理想を表す。彼らは自信を強めた現代アフリカに期待を抱いた。

アフリカは何世紀もの間に多くのものを輸出してきた。しかし、それは必ずしも自分たちが選んだものばかりではなかった。この大陸の恵みとともに旅をしてきたもののなかには、象徴的な色——赤、金、緑、黒——に込められたアイデアもあった。そのアイデアとはアフリカの独立、別の言い方をすれば、自由である。

これらの色のルーツは少なくとも一九世紀、おそらくはもっと古くまでさかのぼる。エチオピアの旗に由来するもので、アフリカ大陸で唯一——イタリアが全力を尽くしたものの——植民地化されなかった国がエチオピアだった。現在のこの国の旗は、長い伝統を持つ赤、金、緑の色を誇らしげに掲げているが、一九九六年に中央の青い円、そのなかの黄色い星と五本の光線が加えられた。光線はこの国のさまざまな民族を表し、星は平等と団結を表す。あるいは、これをソロモン王の星やダビデの星とみなす人たちもいる。というのも、初代エチオピア王のメネリクは、ソロモン王とシバの女王の息子とされていたからだ。

イタリアは「アフリカ分割」に出遅れた。この大陸で最も価値があるとされた土地の大部分は、一八九〇年代初めまでにイギリス、フランス、ドイツ、ベルギーが獲得し、イタリアには現

エチオピア

在のエリトリアしか残っていなかった。その植民地を足掛かりに、イタリアは当時のアビシニア——現在のエチオピア——への侵略を試みる。一八九五年に激しい戦闘が勃発したが、驚いたことにその翌年、イタリア軍は少なくとも七〇〇〇人の兵を失い、エリトリアまで押し戻された。こうしてアフリカに勇猛なチャンピオンとされる国が生まれ、自分たちの力で何を成し遂げられるか、ほかの国に手本を示した。

　エチオピアでは赤、金、または緑のいずれかを単色で使った三角旗《ペナント》が、この軍事的勝利の何十年も前から使われ、しばしば三色のなかの複数の色の旗を同時に使っていた。キリスト教徒が多数派の国では、これらの色は伝統的に、「創世記」で語られるノアの洪水のあとに神が世界に示した虹と結びつけられる。したがって、イタリアを撃破したあとの一八九七年に、皇帝メネリク二世が最初の公式の旗を作らせたときには、これらの色を選ぶのが自然な成り行きだった。これがアフリカの国としては最初の国旗となる。「征服するユダのライオン」を皇帝の紋章として加えたのは、初代皇帝メネリクとのつながりを表すためで、ライオンは国家の色の旗を結びつけた杖を握っている。長く王室と結びつけられてきたこのシンボルは、一九七四年のマルクス主義革命まで旗の上に残っていた。革命のあとに国旗からは取り除かれたものの、ラスタファリ運動（これについては後述する）の旗の上に生き続けている。

イタリア人は一九三〇年代のムッソリーニ指導のファシスト時代に、再びエチオピア侵攻を試みた。今度は近代的兵器としてマスタード・ガスも使った。侵攻は成功し、国は占領されたが、アビシニア／エチオピアはそれまでに主権国家となり、現在の国際連合の母体である国際連盟に加入していた。（全部ではないが）多くの加盟国もアメリカもエチオピアの併合を承認しなかったため、外国勢力による五年におよぶ占領は逸脱行為とみなされ、ほかの場所での植民地化の時期とは区別して考えられた。

ところが、どちらも国際連盟加盟国であるイギリスとフランスは、秘密裏にイタリアと協定を結び、その武力侵略が有効であることを確認した。これに対して行動を起こさなかった国際連盟の失敗は、この組織が平和維持機構として十分に機能できないことを露呈するもので、第二次世界大戦を防げなかった最大の理由のひとつと考えられている。一九三五年のイギリスの週刊風刺漫画雑誌『パンチ』に、一九世紀に人気だったミュージックホールの歌を使った有名な風刺漫画が載っている。オリジナルの歌詞は次のようなものだった。

われわれは戦いたくはない、しかし愛国主義に駆り立てられ戦うのなら、
われわれには船がある、われわれには兵士がいる、われわれには資金もある。

『パンチ』誌は、国際連盟をミュージックホールの茶番として描き、イギリスとフランスがムッソリーニに向けて歌っているように歌詞を書き換えた。

われわれはあなたに戦ってほしくない、しかし愛国主義に駆り立てられあなたが戦うのなら、われわれはおそらく共同覚書を発表し、穏やかにあなたの不信任を提案しよう。

一九四一年までにイタリア人は再び追い払われ、エチオピアは主権国家としての地位を取り戻した。戦争が終わったときには、大陸全体に手本を示すかのように、最初に変化の風が吹き始める国となっていた。

このような大変動の時期に、エチオピアから西に何千キロも離れたアメリカで、この流れとも関連した、広範囲に影響がおよぶ状況が進展していた。

黒人の政治的自意識という考えには、アメリカにもアフリカにも大勢の生みの親がいる。そのひとりがジャマイカ生まれのマーカス・モザイア・ガーヴェイという傑出した男性で、人種の分離を促進し、「アフリカ回帰」運動の創始者のひとりとなった。ジャマイカに「万国黒人地位向上協会（ＵＮＩＡ）」を設立した彼は、一九一六年にニューヨークに移り、そこでこの運動が花開き、あっという間に全米に広まった。ビジネス帝国を建設するかたわら、ガーヴェイはアフリカ系アメリカ人に、自分たちの遺産を誇りに思うだけでなく、祖先の故郷に戻るべきだと訴えた。この目的を推進するため、「ブラックスター・ライン」という船会社を設立し、輸送手段を提供した。

この会社は失敗し、ガーヴェイは金融不正の容疑で逮捕されて刑務所に送られ、その後一九二七年にジャマイカに送還された。しかし、その前に、彼とＵＮＩＡは世界中で汎アフリカ旗として知られることになる旗を考案していた。

ガーヴェイもアメリカ人の大勢も、一九〇〇年に作られたある人種差別的な歌に心を痛めていた。一九二〇年にガーヴェイの旗ができたときにも、その歌はまだ歌われていた。「黒んぼ以外の人種には旗がある（Every Race Has a Flag but the Coon）」と呼ばれるもので、二〇世紀のアメリカ人風刺作家のＨ・Ｌ・メンケンが、この差別的な言葉を広める役割を果たしたと指摘した三つの歌のひとつである。この歌に抵抗するため、ガーヴェイは赤、黒、緑の汎アフリカ主義の旗の製作を依頼した。アフリカに祖先を持つすべての人々を結束させ、植民地支配を終わらせ、アフリカと離散アフリカ人に経済的機会を生み出すための運動である。旗は一九二〇年にニューヨークで開かれた国際会議でお披露目された。集まったアフリカ二五か国の代表たちは、自分たちの努力を支える共通のシンボルが必要だとわかっていた。数年後、ガーヴェイが以前働いていた『アフリカン・タイムズ・アンド・オリエント・レビュー』誌に、彼の発言として次の言葉が引用された。「旗を持たない人種や国があれば、私に見せてほしい。そうしたら、私があなたたちに誇りのない人種を見せてやろう。その連中は、歌や物まねでこう言ったものだ。『黒んぼ以外の人種には旗がある』と。まったくそのとおり。しかし、それは四年前の私たちのことだ。今はもう、連中は私たちにそう言うことはできない……」

一九二〇年のＵＮＩＡ国際大会で採択された「世界黒人人権宣言」の第三九条は、「赤、黒、緑をアフリカ人種の色とする」と述べている。しかし、なぜこの三色なのか？　翌年、ＵＮＩＡは『万国黒人問答書（Universal Negro Catechism）』を刊行し、そのなかで「赤は人間が贖罪と自由のために流さなければならない血の色、黒はわれわれが属する高貴で威厳ある人種の色、緑はわれらが母なる大地の豊かな自然の色である」と説明している。

　エチオピアの独立に触発されたガーヴェイは、エチオピアの三色旗を赤、黄、緑の本来の色ではなく、赤、黒、緑だと間違って記憶していたのでないかと推測されている。これについては、ガーヴェイを取材したことのあるアメリカ人ジャーナリストのチャールズ・モウブレイ・ホワイトも、『マーカス・ガーヴェイ・ペーパーズ（Marcus Garvey Papers）』で次のようなガーヴェイの言葉を紹介している。「ガーヴェイはかつて、エチオピアの三色旗の意味を次のように表現した。『赤は世界の社会主義との共感を、緑は自由を求めて戦うアイルランド人への共感を、黒は――黒人を表していた』……別のときには、ガーヴェイは赤、黒、緑のエチオピアの旗は、『血は赤、緑は自然、その間の黒は権利を勝ち取る黒色人種』を表す、と話した」

　事実がどうであれ、ガーヴェイがエチオピアから影響を受けたことは間違いない。ガーヴェイ

ジャマイカ

UNIA

主義の問答書は、「われわれの人種のための」国歌は、「エチオピア、わが父なる土地よ」の言葉で始まる、としている。それより前の部分では旧約聖書の「詩編」第六八編を引用し、そのなかの第三二節が達成されつつあると述べている。「エジプトからは青銅の品々を持ちきたらせ、エチオピアには急いでその手を神に伸べさせてください」。それからさらに、「黒人はアフリカの地に自らの政府を樹立し、自らの人種がその指導者となるだろう」の言葉が続く。

色が間違っていようとなかろうと、この旗は人々の気持ちをしっかりつかんでいたので、もはや変更するには遅すぎた。エチオピアの旗の赤、緑、黄または金色と同じように、赤、緑、黒の三色はアフリカを連想させる色となった。これはガーヴェイの遺産の一部である。アメリカの歴史学者ジョージ・シェパーソンは早くも一九六〇年に、『ジャーナル・オブ・アフリカン・スタディーズ』誌にこう書いている。「黒い肌に恥ではなく誇りを持とうという彼の力強い訴えかけは、アフリカ各地の民族主義に決して消えることのない足跡を残した」。ガーヴェイはアフリカには一度も足を踏み入れることなく、一九四〇年にロンドンで死亡し、ジャマイカに埋葬された。彼はジャマイカでは国家的英雄であり、その影響力は今も世界中で感じ取ることができる。ジャマイカの国旗の色が黒、緑、金を使っているのは偶然ではない。

ガーヴェイはラスタファリ運動の支持者には預言者とみなされている。これは一九三〇年代初めにジャマイカで始まった運動である。一九二〇年にガーヴェイはこう言っていた。「アフリカに目を向ければ、黒人の王が王冠をかぶるときがやってくる。解放の日は近い」。この言葉で彼が意味したのは、救世主の登場だ。一〇年後、ラス・タファリ・マコンネンがエチオピア皇帝ハイレ・

セラシエ一世として即位した。ラスは「頭」または「王子」を意味するアムハラ語（エチオピアの公用語）で、タファリは「崇拝される者」を意味する。一部の支持者がこれを受け入れ、ハイレ・セラシエがダビデ王の二二五番目の直系の子孫で、預言を現実にするためにやってきたと信じた。したがって、彼はヤハヴェまたは神の子、イエスの再臨ということになる。そして、彼はユダのライオンでもあった。ラスタの旗がエチオピアの古い旗と同じ、ユダのライオンを中央にあしらっているのはそのためだ。

　ガーヴェイはこうした話のすべてを受け入れることはなかったが、それでもラスタ主義者たちから尊敬され、彼の思想が運動に息を吹き込んだ。ラスタファリ運動の支持者がわずか一〇〇万人程度であったことを考えれば、予想以上に大きな影響を世界に与えたことがわかる。これはおもにボブ・マーリーのようなアーティストによるレゲエ音楽の人気に支えられたものでもある。マーリーは頻繁にガーヴェイとハイレ・セラシエに言及していた。たとえば、「リデンプション・ソング（救いの歌）」のなかで、「君たち自身を精神的な隷属から解放しろ。自分の心を解放できるのは自分しかいない」という、ガーヴェイの言葉を使っている。また、一九六三年の国連での

ラスタ

ハイレ・セラシエの演説の全部をすばらしい曲「戦争（War）」の歌詞として使っている。「ある人種が優れ、ある人種は劣っているという哲学が最終的かつ永続的に否定され捨て去られるまで……そして、われわれの兄弟をアンゴラに、モザンビークに、南アフリカに人間以下の扱いで拘束する、卑しく不幸な体制が打倒され破壊されるまで……その日まで、アフリカ大陸に平和はやってこない」

自分の演説が大衆文化という形で世界中に広まっているのを知ったら、ガーヴェイもきっと驚いたに違いない。しかし、アフリカ政治への彼の影響力は、注目には値するが、それほど驚くものではない。ケニアのジョモ・ケニヤッタやガーナのクワメ・エンクルマのようなまだ若い、将来のアフリカのリーダーたちは、人種の分離というガーヴェイの信条には同意しなかったかもしれないが、彼の書いたもの、演説、功績は彼らの政治教育の一部だった。ケニヤッタとエンクルマはどちらも汎アフリカの理想を信じている。大陸ごと、離散グループごとに民族、言語、文化の違いはあるにせよ、彼らをひとつに結びつけるものがある。それがアフリカだ。

エンクルマは一九三五年から四五年までアメリカで暮らし、その間にガーヴェイの著作を読み、深く心に刻んだ。彼はのちに、新しく独立したガーナの首相になった。サハラ以南の国で、植民地主義の足かせから自由になった最初の国がガーナだった。かつてイギリスの統治下でゴールドコースト（黄金海岸）と呼ばれていたガーナは、一九五七年に独立国家となる。首都アクラの政府は、国旗にエチオピアと同じ緑、金、赤を取り入れたが、順番を変えて、上から赤、金、緑の順にした。エンクルマはガーヴェイの「ブラックスター・ライン」の船会社に敬意を表し、黄色い帯の中央に黒い星を入れることを許可した。また、旗を考案したセオドシア・サロメ・オコーの話では、五稜星は「植民地主義との戦いにおいて、アフリカの解放と統一のシンボル」になっていたからでもある。このシンボルは、ガーナのサッカーチームが今でも「ブラックスターズ」の愛称で呼ばれる理由になっている。残念ながら、エンクルマはアフリカの新しい世代の指導者として、今度は自分たちの独裁的な支配によって国に足かせをはめる最初のひとりになり、解放闘争の理想と新しい旗が象徴するすべての期待を裏切ることになった。

アフリカの国が一九六〇年代に次々と植民地主義からの独立を果たしていく間、エチオピア、ガーヴェイ、ガーナとエンクルマの影響で、それら多くの国の国旗にも汎アフリカの色として知られるようになっていたふたつの組み合わせのどちらかが使われた。カリブ海諸国のいくつかもそれに従ったが、アフリカと同じように、それぞれの色と旗に新しい意味を与えることも多かった。たとえば、ガーナは金色がこの国で見つかる豊かな鉱物を表すとしているが、ガボンの国旗の真ん中の帯の黄色は、この国が赤道上にあることを象徴しているといわれる。

続いて独立を勝ち取ったサハラ以南の五つの国は、赤、金、緑を自分たちの色にした。ギニア、

ガーナ

カメルーン、トーゴ、マリ、セネガルはいずれもこの三色をアレンジした旗を選んだが、これらが外国の支配を拒絶し、よりよい将来を目指して結束した大陸の汎アフリカの色であることも認識していた。アレンジの違いが国ごとの個性を物語っているが、どの国もそれぞれの旗に縫い込まれた共通の糸を理解していた。たとえば、カメルーンの国旗は三本の縦のストライプで、左から緑、赤、黄の順に並んでいる。黄色は太陽を、緑は希望を、赤は統一を、また赤い帯の上の黄色い星は「統一の星」を意味する。特徴的なデザインだが、政府が述べているように、そのすべてが汎アフリカ精神につながる。

ほかの国々はガーヴェイの旗をそれぞれアレンジしたもので、赤、緑、黒を使っている。たとえば、マラウイは上から黒（人々を表す）、赤、緑の横ストライプで、黒の帯の上に大陸に住む人々すべての自由と希望を象徴する、赤い昇る太陽を加えている。ケニアの初代大統領ジョモ・ケニヤッタは、ガーヴェイの三色を使った旗を承認した。上から黒、赤、緑の順で、その境界線（フィンブリエーション）に白い細いラインが加えられ、さらに特徴的なのは、マサイの戦士の楯に二本の槍をクロスさせた図柄が中央に加えられていることだ。黒は人々の集まりを表し、赤は自由のために流された血を、緑は天然資源を表す。白いフィンブリエーションは平和と誠実さを表し、楯と槍はこれらの価値すべてを守るものを表す。

これほど民族的に多様性のある国で、特定のひとつの部族のシンボルだけを使い、ほかの部族のシンボルがないのは興味深く、別の状況なら問題を引き起こしかねない。しかし、マサイ族はケニアの四四〇〇万強の人口のわずか一・八パーセントを占めるにすぎない。そのため、彼らがこの国のしばしば対立する主要部族——キクユ族、ルオ族、カレンジン族など——に脅威を与えることはない。したがって、伝統的な生活様式の象徴として認識される楯の図柄を、アフリカで最も有名な部族を象徴する色のなかにデザイン化することは、ほかの部族にも問題なく受け入れられたのである。スワジランドの国旗にも、伝統的な戦士の楯が使われている。半分が黒、半分が白で、この国を構成する部族同士がうまく調和してほしいという希望を表している。モザンビークの場合は、さらに一歩進んでいるといえるかもしれない。

　モザンビークの旗はなかなか興味深くはあるが、見方によっては問題がある、インスピレーションを与える、不安にさせる、あるいは筋が通っているなど、さまざまにとらえることができるだろう。何より興味深い要素をひとつ挙げるなら、左側に銃剣をつけたＡＫ－47自動小銃が描かれていることだ。これは近代的な兵器がシンボルとして描かれた、世界で唯一の国旗である。旗の色は赤、黄、緑、黒、白の五色。この場合、黄色はこの国の豊かな鉱物資源を表す。左側の赤い三角形のなかにある黄色い星は、政府の社会主義の信条を表す。その上にあるのは教育の重要性を表す書物で、鍬は農民を表し、ＡＫ－47は必要なあらゆる手段で国の自由を守るという決意を

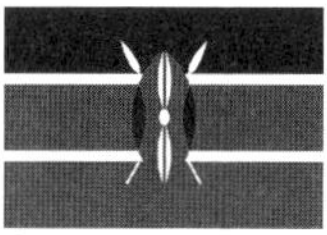
ケニア

モザンビーク

表す。

ＡＫ－47はポルトガルに対する独立戦争で、モザンビーク解放戦線（ＦＲＥＬＩＭＯ）が好んで使っていた自動小銃だ。この組織は革命の主力となり、一九七五年に正式に権力を握り、五〇〇年近くに及んだポルトガルの植民地支配を終わらせた。一九八三年に使われ始めた現在の旗は、古いＦＲＥＬＩＭＯの旗とよく似たもので、ＦＲＥＬＩＭＯは今もモザンビーク政治の主要勢力として残っている。国旗にライフルを含めたことは国民を不安にさせ、多くの人々がこれを国家統一のシンボルとして見るのはむずかしいと感じている。この旗が全体として政党政治を感じさせるだけでなく（ＦＲＥＬＩＭＯは部族ではなく政治に基づいた組織だが、指導部の構成には部族的要素が見られる）、ライフルは暴力と内戦を暗示し、それは世界に向けて発信したいイメージではないからだ。一〇年以上前から、武器を旗から取り除くことについて激しい議論が続いているが、削除の訴えのほとんどは野党から上がるもので、政府は手放そうとはしていないので、今も残ったままになっている。国際会議でこの旗が世界のほかの国旗と並ぶと、少しばかり奇妙な印象を与える。

少なくともサハラ以南の一八か国の国旗が汎アフリカの色である赤、金、黒、緑を使い、ほかにも多くの国の国旗が明らかにその影響を受けている。植民地大国の旗はほとんどが完全に拒絶され、アフリカの歴史におけるこの時期が肯定されることはめったにない。ウガンダとザンビアの旗はその格好の例だろう。ウガンダの旗は特徴的な多色使いのストライプで、中央の二本の帯にまたがるように白い円を加え、そのなかにまあまあ美しいホオジロカンムリヅルが優雅に片足で立っている。これがなければ、イギリスのお菓子「リコリス・オールソート」のように見えてしまうところだ。穏やかな鳥として知られるホオジロカンムリヅルは、この国の国鳥である。鳥の優雅さはウガンダの国民の美しさを反映しているといわれる。一方、ザンビアはめずらしいデザインの旗を選んだ。大部分が緑だが、右下に赤、黒、オレンジの縦の帯が並び、その上にはワシが飛んでいる。ワシ（サンショクウミワシ）はこの国の国鳥で、ここでは数々の問題を克服して発展するザンビアの国民を象徴している。

　リベリアの国旗は赤、金、緑、黒を使わない例外的なもので、この国が特異な歴史をたどってきたことがわかる。その国旗は星条旗によく似ている。というのも、この国の一部はアフリカ系アメリカ人の元奴隷たちによって建設されたからだ。リベリアという名前は自由を意味するラテン語の liber に由来する。一九世紀の最初の二、三〇年に奴隷制廃止論者と解放奴隷が西アフリカの海岸沿いの土地を地元の部族から買い取り、そこにアフリカ系アメリカ人数千人が入植した。最初はアメリカ式の旗が使われていたが、左上の部分には十字を描いていた。一八四七年に独自の国旗を求める声が高まり、その結果でき上がったのが、一一本のストライプの旗だった。これ

ウガンダ

ザンビア

リベリア

はリベリア独立宣言に署名した一一人を象徴する。さらに十字の代わりに星が描かれた。

ほかにも汎アフリカの色を使っていない国旗がある。だからといって、汎アフリカ主義を拒絶しているわけではなく——この概念は今もアフリカ大陸全体に受け継がれている——、通常は国内での特別な出来事や状況を国旗に反映したからだ。たとえば、中央アフリカ地域は長く紛争にむしばまれてきた。とくにひどかったのが、コンゴ民主共和国、ルワンダ、ブルンディだ。ルワンダでは一九九四年の大虐殺のあと、国内の和解の必要が一般に理解された。そのひとつが新しいスタートを切るという考えで、そのため二〇〇一年にフツ過激派との関係性が強かったそれまでの赤、金、緑の旗を廃止し、青、黄、緑の旗が作られた。緑は努力の結集による繁栄を、黄色は経済発展を、青は平和を表す。いちばん上の青い帯の右端にある太陽は、国民が徐々に啓蒙されていくことを表す。さらにルワンダは国章と国歌も変更し、大量殺戮の恐怖をあとにした新たな始まりを強調した。

もっと最近では、民族対立の暴力が再びブルンディを襲った。ブルンディの旗はこの国の主要民族すべてを含めるデザインだったが、残念ながら実際の政治はそれを実現することに苦労している。この国旗もまためずらしいデザインだ。赤と緑の旗の中央に大きな白い円があり、そこから白い対角線が四つの角に向かって延びている。円の中央には赤い星が三つあり、白は平和を、三つの星は国家のモットーである「統一、勤労、発展」を表すとともに、ツチ、フツ、トゥワという三つの主要民族グループも象徴している。隣国のルワンダと同じように、かつてベルギーの保護領だったブルンディは、フツ族とツチ族のすさまじい民族抗争によって荒廃した。一九九三年から二〇〇六年の内戦の間に三〇万人近くが殺され、多数派のフツ族が少数派のツチ族の支配する軍部と衝突した。その後、軍と、実質的には政党も統合しようという試みがなされたが、二〇一五年の夏に始まった新たな暴力の波は、完全な和解と純粋に統合された国家建設の努力の限界を示す結果となっている。

アフリカ諸国の多くは派閥主義と民族抗争に悩まされてきた。これは一部には、一九世紀と二〇世紀に植民大国によって地図上に引かれた境界線のためだ。それが、異なる言語を話す異なる民族を、新しく生まれた国家の国境の内側にとどめることになった。こうした国のいくつかでは、旗は汎アフリカ主義という概念を取り込む形で考案されたものの、実際に国内の統一を促進するためには何もなされなかった。これらの「国家の」旗は単純にそこに住む人々に押しつけられた境界線を強調するだけだった。ブルンディなどいくつかの国の政府はこの問題を認識し、国内の民族を統合するような旗を考案しようとした。ほかの国々、たとえばセーシェルの小さな島の旗は、特定のコミュニティではなく、自分たちの国の多民族性を祝福している。セーシェルは一九九六年にイギリスからの独立を記念して、美しく扇形に色分けされた五色の旗を考案した。ど

ルワンダ

ブルンディ

セーシェル

の色も人種を表すわけではなく、主要政党を象徴し、左から右へ色の帯が放射状に広がるのは、多民族社会と新しく生まれた国家がダイナミックな将来へと移行していく希望を表す。

民族についてはまったく触れない旗を選んだ国もある。その代表はナイジェリアで、かつてベニン帝国、オヨ王国、ソトコ帝国などが存在した土地に、一九一四年にイギリスが建設した。約二五〇の民族、三六の地域、イスラム教とキリスト教のふたつの主要宗教がある。その六〇年近くの歴史には、軍事クーデター、民族衝突、分離戦争、そして最近ではＩＳとも関係が深いイスラム主義のテロ組織ボコ・ハラムの出現など、混乱の時期を何度か経験してきた。旗は三本の縦のストライプ——緑、白、緑——で、緑はこの国の豊かな森と農業を、白は平和を象徴する。

これは一九五九年にミカエル・タイウォ・アキンクュミという二三歳の学生がデザインしたものだ。ロンドンで工学を学んでいた彼は、新聞広告で翌年イギリスから独立することになった新しい主権国家の旗のデザインを募集しているのを見て、応募することを決め、自分のデザインを故郷に送った。二〇〇〇以上の応募があったという。彼の家族は今も、「独立祝福局」のヘフォード大佐がラゴスから彼に送った、一九五九年二月一四日の日付が入った手紙を持っている。そこにはこう書かれていた。「国旗についてのご提案ありがとうございます。審査委員会が厳正な審査を行ないます」

その厳正な審査の結果、翌年、アキンクュミはナイジェリア代表部のロンドンオフィスに招かれ、そこでよい知らせと悪い知らせを告げられた。悪い知らせは、審査委員は彼が送ったデザインのなかの、緑、白、緑の白の部分にある太陽と光線を気に入らなかったので、それを取り除い

ナイジェリア

たということ。よい知らせは、委員たちは残りの部分を気に入り、彼のデザインが正式に選ばれたということだ。彼は賞金一〇〇ポンドを勝ち取り、ナイジェリアの歴史書に名前を残す名誉が与えられたはずだったが、このナイジェリア人学生がそれを手にするまでには四〇年以上の年月と忍耐が必要だった。

二〇〇六年には、アキンクュミ氏は公務員を引退し、ラゴスから北に一一〇キロほど離れたイバダンの町の貧しい地域に住んでいた。彼は国旗をデザインした功績を認められることなく、ほとんど人に知られていなかった。そんなとき、イバダン大学のサンデー・オラワレ・オラニランという学生がナイジェリアの歴史を調べていて、国旗の考案者の名前を見つけ出した。彼はのちにアキンクュミを「名誉なき英雄」と呼んでいる。

『デイリー・サン』紙に連絡を取り、一緒に消息を調べたところ、アキンクュミはすっかり記憶力が衰え、健康を害し、貧しい生活をしていることがわかった。年金の支払いが不規則で、食べるものさえ十分ではなかった。『サン』紙に掲載された記事のおかげで、一般のナイジェリア国民が食べ物と衣服を彼に寄付したが、オラニランはそれだけでは満足しなかった。彼はアキンクュミの国への貢献を世の中に知らしめるための運動を始めた。その努力が実るまでには数年を要したが、二〇一〇年、独立五〇周年の祝典の間に、政府は「傑出したナイジェリア人」としてアキンクュミの名前を挙げた。これが彼に与えられた最初の名誉だった。その報道によって、彼は「ミスター・フラッグマン」として知られるようになり、二〇一四年にはすでに視力を完全に失っていたものの、首都アブジャを訪問し、当時のグッドラック・ジョナサン大統領から連邦共和国高官（ＯＦＲ）に任命され、大統領特別補佐官の地位と生涯報酬を得られることになった。

アキンクュミ氏の最初のデザインは赤い太陽が入っていたのでもっと目を引くものだったが、これがなくなったため、ナイジェリア国旗は世界でもごく目立たない国旗のひとつになってしまっている。しかし、緑、白、緑の旗は注目を浴びるほどではないにしても、今では国家のシンボルとして認識されている。もっとも、批判がないわけではない。ナイジェリアの知識人向けウェブサイト「ヴィレッジ・スクエア（アイデアのマーケット）」の二〇一二年の記事に、ファルーク・Ａ・クペロギは、自分の国の国旗についてこう書いた。「間違いなく世界でも最悪のデザインのひとつだと思う。想像力に欠け、美しさがまったく感じられず、紋章やシンボルもない。地味な色を二度も使っている数少ない旗のひとつだ」。かなり厳しい意見だが、クペロギはこうも書いている。「つまらないことに思えるかもしれないが……ナイジェリアでの最近の出来事が、私たち国民すべてに、自分たちを代表するイメージと、そうしたイメージと現実の経験との関係について考えさせるだろう……私は自分の国の色に緑を繰り返す正当な理由をどうしても思いつけない。緑という色が世の中から消えてしまう危険があり、つかまえて旗の上にうまく表現されなければならないとでも考えればいいのだろうか」

クペロギ氏の言葉すべてをここで引用することは価値がある。なぜなら彼の言葉は、つねに議論されてはいるものの、国旗をすぐにでも変更するというレベルには達していないこの問題の核心を突いているからだ。「私たちの文化、特性、歴史を表現しようとするときに、色はその象徴となる唯一のものだろうか？　この国の風景のなかに長く存在してきた、畏怖を覚えさせる、古くからある川はどうだろう？　歴史の豊かな迷宮のタペストリーは？　ほかにはない贅沢な食文化は？　植民地以前の勇敢な帝国は……？　なぜこれらのどれも私たちの国旗に象徴として使われていないのだろう？……私たちがイギリスの植民地支配から『独立』して五二年になる。もうそろそろ、国旗の色とデザインを考え直す時期ではないだろうか？　ひとつには、現在の旗は植民地時代から引き継がれたものだからだ。独立後の努力の産物ではない……私たちには、緑、白、緑の国旗を持つ理由はない」

なんとも手厳しい。しかし、彼の言葉は感情に訴える力があり、非常に主観的だが、この問題について声を上げているのはクペロギ氏だけではない。

フレッド・ブラウネルは、アパルトヘイト後の南アフリカで国旗の考案を依頼され、それについてじっくり真剣に考えているとき、旗が象徴するものに対するこの感情的な側面を強く意識していた。南アフリカは紛争で荒れ果て、まったく新しい現実に適応することに苦しみ、国内はまだひどく分裂し、互いにいがみ合っていた。そのため、結束を刺激するようなシンボルが何としてでも必要だった。これは、この国の歴史にとって重要な瞬間だった。数え切れないほどの集団的決断が国家の将来、生と死をつくり上げる。そうした決断のひとつを下したのが、フレッド・ブラウネルだった。

彼は寡黙で、控えめで、想像が飛躍しすぎることも、誇張することもなく、それがおそらく、この難題が与えられたときに彼が立ち上がった理由だったのだろう。彼の決断に至る瞬間は、一九九四年二月のある土曜の夜、プレトリアの自宅の電話が鳴ったときに始まった。デクラーク大統領は退陣間近で、ネルソン・マンデラがすでに刑務所から釈放され、この国の最高職責につこうとしていた。そして、新しい南アフリカは新しい旗を必要とした。それまでの旗はオランダの旗をもとにしたもので、植民地主義とアパルトヘイト政府の象徴でもあったので、捨て去らなければならなかった。

ブラウネルの自宅の電話が鳴る前に、七〇〇〇ものデザインが却下され、グラフィック・デザイン会社が提出したアイデアも、答えに行き着くことができなかった。めまぐるしい変化の時期に、すべての人を喜ばせるようなアイデアを思いつくのは不可能と思われた。そのため、権力移行を監督する役所からブラウネルに与えられた差し当たっての課題は、「新しい旗はどう見えるべきか?」だった。彼には一週間という期限が与えられた。

すでに引退生活を送っていた七四歳のブラウネルは、元は南アフリカ紋章局の国家公務員で、この機関は国の旗、記章、国璽の登録を職務としていた。幸いにも、彼はその経験から、すでに旗については思いをめぐらせていた。その前の夏、スイスのチューリヒで開かれた国際国旗会議にも出席していた。ひどく退屈な演説の間に、彼は新しい南アフリカの現実を表すアイデアをス

南アフリカ

ケッチし始めた。ネルソン・マンデラは、南アフリカの多くの「色」を残し、ともに前進しなければならない、と何度も訴えていた。

　本書のためのインタビューで、ブラウネルは当時の自分の考えをこう説明した。「私の脳裏にずっとあった考え、そして私の頭を悩ませていた考えは、私たちは何か新しいもの、ひとつにまとまった国を象徴するものを探しているということでした。どの角度から見ても受け入れられる何かを必要としていることはわかっていました」

　彼は二股に分かれたY字型と、基調の色として緑を思いついたが、その上に赤を、下に青を配置した。それから黒と金も加えた。アフリカ民族会議（ANC）、ズールー族のインカタ自由党、ほかの政治的グループの旗の色に使われていたものだ。「赤、金、緑は以前からの政治的現実を表すもので、もしこれらをひとつのデザインに取り入れれば、色、民族、言語がひとつに集まることを表現できると思いました。オレンジ、白、青を主とした以前の国旗の要素も取り入れたいと思いました。オレンジの代わりに私が選んだのは、赤とオレンジの中間といえるチリレッドで、美しい色です。赤とオレンジの間に落ち着いたことで批判されましたが、これはふたつが出合うことを意味していました」

ブラウネルはチリレッドがオランダとイギリスの植民地時代の旗の中間に当たる色であることはわかっていた。しかし、使われた色のどれも、必ずしも特定のものを象徴する――たとえば緑は植物を表す――わけではないと言っている。しかし、一緒に組み合わせると、この国の国旗の歴史を要約したものになる。とくにY字型は過去と現在、異なる民族の収束を表すことができる。

彼は、友人でやはり旗の専門家のオロフ・エリクソンからアドバイスをもらった。「彼は私に、切手サイズにまで小さくして細かい部分がわからなくなるようなのは、ひどいデザインだ、と言いました。そう、この旗なら六×四ミリにまで小さくして、それを一六枚集めて二・五センチ四方になっても、まだそれが何であるかがわかります。たくさんある世界の国旗、とくに三色旗を見ると、私でさえ、どの国の旗だったかを本で確認しなければなりません。しかし、私たちの旗は、すぐに目に飛び込んできます」

彼がデザインしたふたつの旗が、委員会の目をとらえた。そのふたつと別の応募者から提出されたほかの三案がデクラーク大統領に提出された。この決定が慎重を要するものだと理解していた大統領は、自分だけで決められるものではないと思い、急ぎ招集した閣僚会議で三つの候補を見せた。そこで選ばれたのが、現在私たちが目にしている南アフリカ国旗である。その後、デザインはANCの首席交渉人であるシリル・ラマフォサに送られた。新しい国家の象徴になるだろうデザインについての決定は、新しい時代を体現する人物の祝福を得るべきだと感じた彼は、それをネルソン・マンデラにファックスで送ることにした。

　ここで、魅力あふれる歴史上の小さなエピソードが、ストーリーに添えられる。当時はまだ電子メールが普及する以前の時代で、ファックスは白黒だった。ブラウネルは次に起こったことを私に語りながら、おかしそうに笑った。もっとも、彼自身はそのとき、送り先で何が起こっていたのかをまったく知らなかった。「マンデラ氏はファックスが届いたとき、北東部にいました。一緒にいた誰かが近くの店まで走り、色鉛筆を買って戻ると、ファックスに色を塗りました。マンデラ氏はそれをじっくり見て、『いいだろう、これでいこう』と言ったそうです」

　そこからは、新しい旗を総選挙に間に合わせるための時間との戦いが始まった。四月二七日のその総選挙が実質的に権力移譲を象徴するものになるはずだったのだが、もう五週間しか残っていなかった。暫定執行協議会はマンデラからのゴーサインが出て数時間のうちにこのデザインを採用したが、すぐに問題が持ち上がった。国内には約一〇万本の旗竿があり、そのすべてに大統領交替の日に新しい旗を掲げなければならない。しかし、国内では週に五〇〇〇枚の生産能力しかなく、そうなると四分の三の竿には旗が行き渡らず、さびしい光景になってしまう。オランダの工場が声を上げて窮地を救ってくれたが、その前にヨーロッパの旗の材料の在庫は使い果たしていた。

　さて結果は？　「最初のうち、国民からの反応は控えめでした」と、考案者のブラウネルは振り返って言った。しかし、投票日からネルソン・マンデラの大統領就任式の日までの数週間に、旗のデザインと色が国民の集団意識に染み込んだ。「二週間から三週間のうちに態度が変わりました。多くの人々が新しい旗に好感を抱き始め、それからどんどん人気が高まりました。結局のところ、色というのは人生に必要な心理的要素、人生のエッセンスの一部なのです」

それで、彼はこの旗を誇りに思っているのだろうか?「そうですね、私は自分の仕事をしただけです。自分にできることを全力でするというのが、私に課された責任でした。小さな形ではあっても、貢献できたことを幸せに思います」

小さな形どころではない。実際には、ブラウネルはアパルトヘイト後の困難な和解プロセスに重要な役割を果たした。しかし、旗は成功とみなされたが、「虹の国」の結束はそれほど成功したとはいえない。今後しばらくはまだ努力が必要だと思われる。国内の分裂が続くなか、色を集合させることに示された理想を実現するのはむずかしく、現在は移民問題と経済不振のために状況は悪化している。

もうひとつ、プロセスが進行中なのは、ほとんどが比較的新しいアフリカ諸国の発展である。赤、金、緑、黒の四色はこれからも大陸の結束という考えの促進に役立つだろう。しかし、この大きな陸地の上に暮らす大勢の人々の現実は、数十の国それぞれがアイデンティティを形成しつつあるというもので、権力、政治、民族が複雑に絡み合うなかで、それぞれの旗の象徴するものが重要な役割を果たす。これからは、これらの国家のシンボルをしっかり根づかせることが課題になる。新しい旗は人々に結集する場所を与えるが、古いアイデンティティの影響もまだ残り、これからも簡単に消えることはないだろう。

第8章

革命の旗

皮肉なことに、ラテンアメリカ諸国はその不安定な状態のために著述家や知識人に自分たちが必要なのだという希望を与える

マヌエル・プイグ

ボリビア国旗とウィファラの旗。ウィファラは最近になって、アンデス地方の先住民族の権利主張のシンボルになった。2009年、ボリビアのエボ・モラレス大統領が公共の建物に7色の格子模様のウィファラとボリビアの三色旗の両方を掲げることを定め、物議をかもした。

ゴンドワナ大陸には旗がなかった。これにはもっともな科学的根拠がある。なかでも重要なのは、そこには旗を作る人間が存在しなかったことだ。ティラノサウルスの親指は物をつかみやすい対置型ではなかったので、旗を作るところまではいかなかった。このことはかえって幸いだったといえる。世界最後の超大陸として知られるゴンドワナが一億八〇〇〇万年前ごろに分裂して、代わりにアフリカ大陸と南米大陸が生まれることがなければ、今ごろそこは恐竜たちの楽園になっていただろう。

アフリカ西部と南米大陸東部の海岸線の詳細な地図が作製されたのは、一六二〇年代になってからだった。このときに人々ははじめて、両方の大陸の海岸線がジグソーパズルのピースのようにぴったりと組み合わさることに気がついた。もっとも、それを裏づける地殻変動のプレート理論が広く受け入れられるようになるのは、一九六〇年代のことである。

いったん分離すると、ふたつの大陸は植民地政策の始まりと奴隷制時代まで、互いに関係を持つことはほとんどなかった。その後、どちらもヨーロッパ列強に支配されるようになり、やがて西アフリカから南米へ、人間が大量に輸送されるようになった。そして、それぞれが植民地主義の足かせを投げ捨て、国家のシンボルという課題に直面したときには、ふたつの大陸はまったく別の道を歩んだ。

南米では、歴史を共有する地域ごとに色分けがなされている。しかし、南米あるいはラテンアメリカ全体を象徴する色というものはない。また、ラテンアメリカにはアフリカよりも、三色旗のようなヨーロッパスタイルの旗が占める割合が大きい。メキシコの旗のように古代文化や民族を象徴する要素を取り入れた国旗もあるにはあるが、数は非常に少ない。これは、ふたつの大陸が植民地化された時期と、のちに独立した時期が異なっていたためかもしれない。アフリカではアメリカ大陸よりも全面的な占領と植民地化の時期が短く、多くの場合は一〇〇年に満たなかった。その間、先住民の文化、さらにいえば民族そのものも存続することができた。そのため、ポスト植民地時代になって占領者の象徴が拒絶されたのも当然のことだった。

対照的に、アステカ、マヤ、インカなどのラテンアメリカ文明の先住民族は、ヨーロッパ人が持ち込んだ戦争や病気によって、ほとんどが絶滅させられてしまった。生存者の多くは辺境の地に逃がれ、そのためスペイン、ポルトガル、あるいはイギリスやフランスの植民地勢力によるほぼ三世紀におよぶ支配の間、彼らの社会にはほとんど影響がなかった。現在、南米大陸の六億二六〇〇万の人口に先住民族が占める割合は一〇パーセントに満たない。

したがって、ラテンアメリカの人々が独立を求める声を上げ始めたとき、その多くは文化的にも言語的にも植民地支配者と変わらない人たちだった。そのため、古い秩序のシンボルを投げ捨てようという心理的誘因は少なかっただろうと思われる。自分たちが徹底的に抑圧してきた先住民文化からインスピレーションを得ることはあまりなかったのである。アメリカ独立戦争は、ヨーロッパからの移民の子孫たちがヨーロッパの大国から自分たちを切り離し、新しい国家としてのアイデンティティを確立できるという手本を示した。大多数がヨーロッパ人の子孫であるラテンアメリカの革命家たちは、まだフランス革命が記憶に新しかった一九世紀の初めに、フランスの三色旗が体現してきた自由の概念を受け入れた。また、ナポレオンがヨーロッパを席巻することによって生じた混乱を利用することもできた。スペイン、のちにはポルトガルの君主制がそれによって弱体化したためである。

ラテンアメリカの定義はさまざまあるが、本書では話をわかりやすくするために、北はメキシコから南はアルゼンチンの南端までの八八五〇キロほどに延びる陸地をラテンアメリカと呼ぶことにする。そこに暮らすほとんどの住民は、スペイン語かポルトガル語を話す。

一四九八年、現在のベネズエラに上陸したコロンブスは、海岸沖の巨大な淡水の流れに感銘を受けた。彼は自分のパトロンであるスペイン王フェルナンドと女王イザベラに、地上の楽園を発見したと書き送った。

これほど大量の淡水が、海水中や海水のこれほど近くを流れている場所のことは、これまで読んだことも聞いたこともありません。非常に温暖な気候もその一因であるようです。もし私の話している水が楽園から流れ出たものでないなら、なおさら驚きは大きくなります。なぜなら、これほど大きく深い川がこの世界に存在するなどとは、これまでまったく知られていなかったからです。

スペイン人はこの話を気に入り、大陸の残りの部分を第二の故郷にすることに期待を持った。それから二〇年ほどの間に、スペイン人が大挙してやってきた。一七一七年までには、コロンブスが上陸した周辺地域全体がスペイン帝国の一部となり、ヌエバグラナダ（ニューグラナダ）と呼ばれていた。これは現在のベネズエラ、コロンビア、パナマ、エクアドルを合わせた地域にほぼ該当する。

それから一世紀ほどあとに登場するのが、シモン・ボリバルである。ベネズエラの一地方に生まれたボリバルは血気盛んで、スペインの植民地主義とヌエバグラナダをもはや我慢することはできないと考えた。一八一〇年、彼と軍事政権はその地方のスペイン人提督を追放し、翌年にはベネズエラの独立を宣言した。それから二〇年ほどは、ボリバルを中心に激動の時代が続く。何度かの驚異的な戦闘が繰り広げられたあと、ボリバルは一八一九年にボゴタに入り、コロンビア共和国の樹立を宣言した。現在のコロンビア、パナマ、エクアドル、ベネズエラと、ペルーとブラジルの一部を含む地域に当たる。

「解放者」と呼ばれるようになっていた彼は、ほとんど息つくひまもなく、スペイン人をコロンビアだけでなく地域全体から追放するための行動を開始する。一八二二年に彼の共和国は現実のものになった。現在のコロンビアとの混同を避けるため、歴史家はこの国を大《グラン》コロンビアと呼んでいる。

ボリバルは大コロンビアの国旗に黄、青、赤の横ストライプの三色旗を選んだ。伝えられるところによれば、いちばん上の黄色はこの国の富を表し、青は共和国とスペインを隔てる大洋を表す。赤はスペインの支配を打倒するために戦った者たちの勇気と血を表す。この旗は、早くも一八〇六年にボリバルの革命の同志フランシスコ・デ・ミランダが考案していたものだった。彼はふたつのものから着想を得た。ひとつはイタリアで見た一枚のフレスコ画で、クリストファー・コロンブスがベネズエラの海岸に上陸したときに、黄、青、赤の旗を振っている姿が描かれていた。もうひとつは、数十年前にドイツの偉大な作家ヨハン・ヴォルフガング・フォン・ゲーテと交わした会話の内容だった。

デ・ミランダによれば、彼のアメリカ大陸での冒険のことを聞いたゲーテは、こう言ったという。「あなたに定められた運命は、重要な色が歪められることのない場所をあなたの土地につくり出すことです」。ゲーテは色について真剣に考え、デ・ミランダに「『なぜ』黄色が最も暖かく、高貴で、最も光に近いのか、なぜ青が興奮と静謐さをあわせ持ち、それによって影を生み出すのか、なぜ赤は黄と青によってつくり出される色で、これらを合成すると光が闇のなかに消えていくのか」を示して見せたという。ゲーテはさらにこう付け加えた。「ひとつの国はひとつの名前と旗から始まる。すると、その名前と旗を体現する国になっていく。ちょうど人間が自らの運命をまっとうするように」

大コロンビアの人々は自分たちの旗を誇りに思おうとしたが、結局は地域による違いと指導者たちの野心が障害になり、長い時間をかけて形成された絆も力強い国の制度もなく、地域はそれぞれ独自の道を歩み始めた。ボリバルがペルーでの革命運動のために不在の間に、ベネズエラ人の仲間の一人が彼に対する革命を起こした。エクアドルでも同様の動乱があり、その後、暗殺未遂にもあって疲弊し、病気を患ったボリバルは、一八三〇年に活動に終止符を打ち、引退生活を送るためにヨーロッパに向かった。しかしその途中、コロンビアの大西洋に面した海岸で、結核で死亡した。

大コロンビアは解体され、新たにコロンビア、ベネズエラ、エクアドルという主権国家が誕生した。三国はすべて、国旗として大コロンビアのものをそのままコピーしたような、上から黄、青、赤の三色旗を使った。別々の国にはなったものの、同じ歴史を共有する地域としての一体感は現在もある程度保たれている。

ベネズエラの国旗には、真ん中の青の帯の上に七つの白い星がある。これはスペインとの戦いに参加した七州を表す。ボリバルがベネズエラの偉大な英雄であることは変わらず、一九九〇年代にはウゴ・チャベス大統領がベネズエラ・ボリバル共和国と改名した。二〇〇六年、チャベスはベネズエラにわずかに残る少数派先住民族を象徴する弓と矢を描いた新しい国旗を導入しさえ

大コロンビア

ベネズエラ

エクアドル

した。この旗は人気がなかったが、また、ボリバルは先住民に対して高圧的な態度をとっていたという事実はあるものの、今世紀に入ってラテンアメリカ社会における先住民の権利への意識が高まっている状況を反映していたことは確かだ。

エクアドルの国旗は中央に大きな紋章があり、その上に国のシンボルであるコンドルが描かれている。一八六〇年に、これに四つの星座――牡羊座、牡牛座、双子座、蟹座――のマークが加えられた。これらは一八四五年の革命が進行した四か月――三月、四月、五月、六月――を表すもので、この革命でフアン・ホセ・フローレス将軍が倒された。それは、暴力によって生まれ、政治的ギャングによって継続的に悪政が敷かれてきたこの共和国の歴史を物語る典型的な出来事だった。

専制支配を別の専制支配に置き換えることは、シモン・ボリバルが最初に目指していたものではないが、彼自身も独裁者としての傾向を持ち、以前の友人たちを収監し、自分だけに権力が集まるようにした。コロンブスと同じように、ボリバルは歴史上、自分の名前が国名になった数少ない人物のひとりである。その点では、二〇世紀の有名なメキシコの革命家エミリアーノ・サパタに勝る。メキシコ以外では、サパタは今では歴史を変えた人物というより、その独特の口ひげでよく知られている。それでも、これはイタリアの革命家ガリバルディに降りかかった運命よりはほんの少しましだろう。ガリバルディはビスケットの名前にしかならなかったのだから。

ボリバルの名前にちなんだボリビアの旗は、赤、黄、緑の横ストライプの標準的な三色旗で、真ん中の黄色い帯の中央にある見事な紋章のおかげで、かろうじて特徴が出ている。いくつかの

ボリビア

武器が並んだ上にコンドルがいて、見慣れていない者の目には中央にいるのはラマのように見えるが、実際にはアルパカで、誰もが知るように、ラマよりはかなり小さい。

アルパカ以外で興味深いのは、おそらくボリビアで使われているほかのふたつの旗だろう。第一はボリビア海軍の旗。興味を引かれるのは旗のデザインというより、海軍が内陸の国ボリビアでは、アンデス山脈の標高三六〇〇メートル以上の高所で任務についていることだ。船員の大部分は海を見たことがない。これは、太平洋戦争（一八七九～一八八四年。ボリビア、ペルー、チリ間の戦争）の終結時に調印された一八八四年の条約によるもので、このとき、ボリビアは海岸線の三八〇キロほどをチリに割譲したため、海へのアクセスを失った。

ボリビアはその土地を取り戻したいと考えている。その理由は、チリ人がよく口にする、隣国の友人を週末にビーチに招待するというジョークを終わらせるためだけでなく、その土地がもたらす貿易収入と国家のプライドのためだ。そのため、ボリビアの歴代大統領はときおり、かつての国境を示す古い地図を前に演説を行なう。また、海軍旗にある大きな黄色い星はこの国の外交的立場の象徴となっている。チリの寛大さによって認められているアクセスではなく、自分たちは海への主権的アクセスの権利を持つという主張である。普通なら、海軍では長く息を止めていられることが役立つスキルになるかもしれないが、五〇〇〇人のボリビアの水兵は、近い将来に国境が変更される見込みはないため、その心配をする必要はない。それに、彼らはチチカカ湖と約八〇〇キロにおよぶ航行可能な川のパトロールで忙しい。

この国のもうひとつの興味深い旗は、第二の国章ともなったウィファラで、エクアドル、ペルー、ボリビア、チリにまたがるアンデス地方の先住民族の権利のシンボルでもある。七色のレインボーカラーが四九の小さい格子状に並ぶ四角い旗で、ウィファラという言葉は現地のアイマラ語で単純に「旗」を意味する。この旗の伝統について、またこの色がインカ帝国と関連しているかどうかについては、多くの議論がなされているが、重要なのは、この旗のヴァリエーションが今では先住民族の象徴となり、この数十年にこうした民族グループがより政治的に組織されるようになって、ますます旗の人気が高まっていることだ。

二〇〇九年、アイマラ語を話す家系の出のエボ・モラレス大統領が、学校を含むすべての公共の場所と建物に、赤、黄、緑の国旗と並べてウィファラを掲揚することを義務づける法令を定めた。この決定は東部の一部地域では受けがよくなかった。そのあたりでは人口の大部分が非先住民族の血筋だったためで、場所によっては法令は無視されてきた。ウィファラに反対する人々は、この法令が最終的には三色旗に代えてウィファラを国旗にすることを意図したものではないか、あるいは（それに加えて）民族や階級間の分裂を深めるのではないかと恐れている。批評家たちは、ウィファラは文化が異なるこの国の数十の少数派のひとつを象徴するにすぎず、モラレスが国の名前を「ボリビア多民族国」に変更したときに、その多様性を尊重することが確認されたはずだ、と指摘している。

アイマラ族にとって、旗は彼らの苦難の歴史を認めるものというだけでなく、その色にも意味がある。黄色はエネルギーを、白は時間を、緑は自然を、青は空を、オレンジは社会と文化を表し、紫は汎アンデスの色で、赤は地球を表す。考古学者は、現在の多色使いの旗は古代のシンボルに由来したものではないかと考えているが、はっきりした証拠はない。どちらにしても、この旗は今では地域全体に広まっている。

先住民族のシンボルを利用している唯一の国旗は、さらに北のメキシコに見つかる。メキシコの旗はイタリアの国旗に似ているとよくいわれる。しかし、これは少しばかり公正を欠いている。メキシコの旗の緑、白、赤のストライプは、イタリアが統一国家になる数十年前から使われていたのだから。ただし、現在の公式の国旗が導入されたのは一九六八年になってからだった。この年、オリンピック開催国となったメキシコは、イタリア国旗との混乱を避けるため、それまでは加えるかどうかを自由に選べた（伝統的にそうだった）中央の白い帯にあるワシを、必ず描くこ

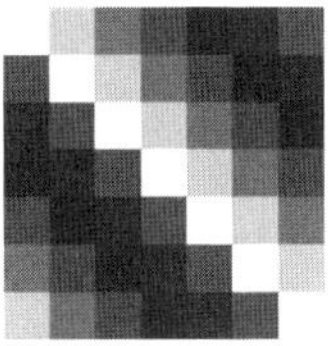
ウィファラ

メキシコ

とを義務づけた。ワシが乗っているサボテンは、湖のなかに生えている。ワシはその口にヘビをくわえている。この紋章は、偉大な「国家の誕生」の物語をもとにしたものだ。

メキシコという国名は、アステカ語またはナワトル語の metzlix-cictlico に由来する。アステカ族は自分たちをメシーカとも呼んでいた。彼らが現在のメキシコ盆地にやってきたのは一三世紀。伝説によれば、アステカ族の神官が、神から新しい都を築く場所を探すように告げられた。その場所に着いたときにはそうとわかるはずだった。なぜなら、そこには巨大なワシがサボテンの上にとまっているからだ。驚いたことに、ワシは本当にそこにいた。湖のなかにある島の岩の上、サボテンの上に。

ここから物語は少しばかり複雑になるのだが、現地人はこの湖を「月の湖」を意味するメットリ・イアパンと呼んだ。島はしたがってメットリ・イアパン・イクシクと呼ばれていただろう、と語源研究家は推測している。この長い言葉と物語を短くして、「メキシコ」の名前になったのかもしれない。これはもちろん、かなり大きい「かもしれない」だが、どちらにしても、スペイン人がその三〇〇年後にやってきたとき、彼らがもともとあったデザインを旗の図柄に選んだとは想像できないだろう。

彼らは実際に、ワシとサボテンの物語は好まなかった。カトリック教徒だった彼らの好みとは相いれなかったからだ。したがって、スペイン人はそれを使ったアステカの図像の多くを破壊するという行動に出た。一六四二年にスペイン総督フアン・デ・パラフォス・イ・メンドーサが書いた文書によれば、彼はメキシコシティの高官たちに対して怒りに満ちた手紙を送り、ワシを描いた図像を排除し、代わりにキリスト教の図像を取り入れるように要求した。しかし、一八〇〇年代初めのメキシコの革命旗のいくつかに、ワシが使われた。このことは、伝説とそのシンボルの力を物語る。国家を象徴する紋章としてのその位置づけは、新世界のこの地域で形成された新しい融合文化の証でもある。メキシコ人は自分たちをスペインから切り離すための手段として、この地域の歴史に目を向けた。そのシンボルがもともと表していた民族は歴史のなかに消えていったかもしれないが（ただし、この地域には今もナワトル語を話す人々がいる）、国旗のど真ん中にアステカ文明のシンボルが残っている。先住民文化が抑圧され、薄められたのは間違いないが、植民地主義者は現地文化の要素を取り入れるしかなかったのだ。

スペインからのメキシコ独立戦争（一八一〇～二一年）では、いくつかのグループが異なる旗の下で戦った。しかし、「三つの保証軍」としてひとつにまとまると、緑、白、赤の三色旗の下で戦うようになった。これが一八二一年にデザインされた国旗の基礎となる。翌一八二二年にはじめて掲揚されたその旗には、ワシが描かれていた。最高暫定軍事政権は、国旗は「三色旗とし、緑、白、赤の縦のストライプを永久に採用すること、また白い帯部分に王冠をかぶったワシを加えることとする」という規定を発表した。軍事トップのアグスティン・デ・イトゥルビデは、「王冠をかぶった」という部分を真に受けたのか、一八二二年五月に自らがメキシコ皇帝アグスティン一世として君臨することを宣言し、帝国建設に乗り出した。

しかし、激動と革命のこの時期にあって、「帝国」はわずか一〇か月しか続かず、アグスティンはヨーロッパに逃亡した。帝国は解体し、したがってワシの王冠も消えざるをえなくなった。アグスティンが一八二四年にイギリスから戻ったときには、ワシは王冠なしになっていたが、右の鉤爪にヘビを捕らえていた。アグスティンにとっては不運なことに、彼は国を離れていた間に自分に対して死刑判決が下されていたことを知らされておらず、帰国したとたんに壁に押しつけられ、銃殺隊によって処刑された。

それでも、緑、白、赤の旗は生き残った。ただし、何度か変更は加えられた。たとえば月桂樹の輪と国の色のリボンが加えられたり、ワシの姿はその時々の指導者によって何となく帝国主義風になったりネオ帝国主義風になったりしたが、メキシコがそうなるべき民主共和国に賛意を示すように見えることはまれだった。その状況は一九一六年に変わる。この年、また新たな革命を経て、ベヌスティアーノ・カランサ大統領が新しい旗の考案を命じた。古代ローマ帝国の百人隊長の上に掲げられていたようなものではない旗だ。彼が選んだのは「アステカのワシ」だった。横から見たワシで、頭を下げ、鉤爪でヘビを押さえつけて攻撃している。悪に対して国家をしっかりと守るシンボルだ。正直なところ、この鳥はまだいくぶん恐ろしく見えたが、それは問題なかった。なぜなら、前皇帝のときとは違って、「私がすべてを取り仕切っている」とでも言うかのように周囲を傲慢に見下ろすようなことはなかったからだ。

「バンデラ」(「旗」の意)と呼ばれるこのメキシコの国旗の色については、それぞれの色が何を意味するかについて、その時々でさまざまな主張がなされてきたが、旗章学の世界的権威であるホイットニー・スミス博士は、一九七五年に「伝統的に緑は独立を、白は宗教の純粋さを、赤(スペインのナショナルカラー)は統一を表すといわれる」と書いている。

多くの点で、それはもはや重要ではない。紋章を加えたことで旗全体が現代メキシコのシンボルになっているからだ。人口一億二五〇〇万人の成長著しいこの国が、今ではポルトガル語を話すブラジルとともにラテンアメリカを牽引している。国家はまだ弱く貧困がはびこっているが、ときには中国より低賃金の製造業の拠点となることで、ここ最近になって経済力は増している。直面する問題は無数にあり、なかでも麻薬ギャングたちが国政に影響力を及ぼしているといった深刻な問題はあるが、メキシコは国民が自らに強い誇りを持つ自信に満ちた国に育ちつつある。メキシコでは、またラテンアメリカ全域でも、植民地の独立が国家建設の中心的な物語として語り継がれ、スペインに対する革命が国家の誇りの大きな源泉になっている。独立記念日には、緑、白、赤が国中を埋めつくす。

　メキシコの下には中央アメリカの七つの小国があり、ここに地域を表す第二の色が見つかる。青と白が、短命で終わった中央アメリカ連邦共和国の色だった。現在のグアテマラ、ホンジュラス、エルサルバドル、コスタリカ、ニカラグアで構成された地域である。一八二一年にスペイン帝国からの独立を宣言した共和国は、同じ年に建国を宣言したメキシコ第一帝政の一部として取

グアテマラ

ホンジュラス

エルサルバドル

コスタリカ

ニカラグア

り込まれることは望まなかった。そのため、いくつかの国は武器をとった。

アグスティン・デ・イトゥルビデの不幸な最期のあとで、帝国は反撃をすることはなく、メキシコはこの地域が独自の道を歩むのを許した。その結果、一八二三年に「中央アメリカ連合州国」として知られる主権国家が生まれた。国旗は青、白、青の横ストライプで、真ん中の白い帯の中央に紋章がある。円のなかに「中央アメリカ連合州国」を意味する「Provincias Unidas del Centro de América」の文字が刻まれ、内側にこの国を構成する五つの地域を表す五つの山が描かれている。翌年、共和国になると、文字は「República Federal de Centro América」に変わった。

青と白は、アルゼンチンの旗からインスピレーションを得たものと思われる。アルゼンチンの革命家たちはそれより早い一八一〇年から同じ色を使った旗を掲げていた。何人かは、メキシコ人と戦うために形成されたエルサルバドル地域の市民軍に、自分たちの旗を贈ったらしい。しかし、やがて白い色は大西洋と太平洋の間にある陸地を表すといわれるようになった。

五つの地域を結びつける唯一の共通の大義は、最初はスペイン、のちにはメキシコの支配に対する抵抗だった。そのための結束の必要がなくなると、地域ごとの政治的、地理的な違い、またそれぞれの国の内部での党派間の違いが表面化し始める。不安定な状態が長く続いた末に、一八三八年にニカラグアが最初に連合を離脱し、一八四〇年には連合全体が崩壊して、実質的に五つの独立した、しかし不安定で貧しい主権国家が生まれた。それでも、それぞれの国に国旗が必要となったときに、どの国も共通の歴史から着想を得た旗を考案したことは、将来の再統一の可能性を示していた。

たとえば、ニカラグアの旗は連邦共和国のものとほとんど変わらず、ただ、上下の青い帯の色がより深い青になっている。白い帯の中央にある紋章には五つの山が描かれ、「REPUBLICA DE NICARAGUA（ニカラグア共和国）」「AMERICA CENTRAL（中央アメリカ）」の文字がそれを取り巻いている。エルサルバドルの旗も同様だが、五つの山を含む紋章は三角形で、山の背景に青と白の五つの旗がある。ホンジュラスは青と白の横ストライプだが、白い帯の中央には他国の五つの山の代わりに五つの星が描かれている。グアテマラの旗も青と白だが、横ではなく縦のストライプで、真ん中の白い帯の中央にはクロスさせた剣と銃がある。コスタリカも最初は青、白、青の旗にしていたが、フランス革命や他の多くのヨーロッパ諸国の共和革命に刺激され、一八四八年に国家のシンボルを見直して赤の帯を加えた。ただし、以前の五州連合に敬意を表してストライプの数は五本にした。紋章のいちばん上には「AMERICA CENTRAL」の文字がある。これも、五か国がいつの日か再び統一されることへの期待を表すもうひとつのしるしとなっている。

実際に一九世紀から二〇世紀初めにかけて、再統一のためのさまざまな試みがなされた。しかし、いずれも成功には至らず、ときには銃殺隊という結果に終わることもあった。独立から二〇〇年の歴史を通じて、中央アメリカ諸国は度重なる独裁制、戦争、革命、クーデター、自由のない民主主義、驚くべきレベルの腐敗を耐えてきた。このなかで、とくに最後のものは、ラテンアメリカ全体がその経験を共有している。六億二六〇〇万強の人口の多くは、腐敗のレベルが限界点に達するまではただ肩をすくめてやり過ごす。ブラジルにはこれを表す「Rouba, mas faz」というフレーズまである。「盗みはするが、仕事はする」という意味だ。

それでも、今世紀に入ってから、かつての革命の時代の民主化の理想のいくつかが、中央アメリカとその南北にある国々で形になってきた。将軍たちはほとんど兵舎にとどまり、裁判官はつねに政府とのチェック・アンド・バランスに務めている。現在の比較的安定した状況は、地域ごとのいくつかの多国家連携を生んだ。たとえば経済的「統合」制度である自由貿易圏、中央アメリカ議会（馴染みのある独自の旗を持つ）、さらには自由旅行圏まであり、このすべてにかつての連邦共和国の構成国のいくつか、またはすべてが参加し、場合によっては近隣国も含んでいる。一八二三年と一八二四年の古い旗のほこりを払う必要はなさそうだが、連合という概念は今も残り、かつての構成国の国旗のなかにもそれを見ることができる。

中央アメリカ五か国のすぐ南に、世界中で大人気の旗を持つ国がある。このことはいくつかの理由で好都合といえる。少なくとも、大きな船を所有する人々にとっては。「便宜置籍」（船の所有者の所属国とは別の国に船籍を置くこと）という非常に適切な言葉は、彼らのためにつくられたのかもしれない。

四〇〇万をわずかに下回る人口でありながら、パナマは世界最大の船団を誇りにしている。実際、パナマ政府は自ら「世界の船団のおよそ二三パーセントにはパナマ国旗が掲げられている」と述べている。その理由のひとつは、パナマには全長七七キロの有名な運河があり、大西洋と太平洋を結ぶ便利な近道を提供しているからだが、それより重要なのは、この国には世界でも最も緩い船舶法があるからだ。

パナマ政府が宣伝しているように、「パナマの法律の下では、個人でも法人でも、船の所有者がパナマ人でなければならないという規制はない」。船の登録や人員についても規制はまったくなく、船の大きさも関係ない。大小を問わず、最低重量も決められていない。さらに便利なのは、五隻から一五隻の船をまとめて登録をすると、二〇パーセントの割引が得られる。それだけではない。八時間もあれば登録できるだけでなく、次のような利点がある。「パナマで登録された商業船が国際海洋貿易によって得られる収益は免税となる……さらに、パナマで登録された船舶の売却または移譲による利益は、その取引がパナマで実行される場合であっても、キャピタルゲイン税を支払う必要がない」。さらに、パナマは民間の武装警備員の乗船を認めている。そして、（さらによいことに）二〇〇八年八月六日のパナマ法第五七条によって、乗船中の船長は公海上にいる間なら、どの国籍のカップルでも民間人の船上結婚式を挙げることができる。

以上のことだけでもすばらしいが、まだほかにもある。書類手続きのためにパナマまで行く必要すらない。世界中の八〇〇〇隻を優に超える船舶が、赤、白、青のパナマ国旗を誇らしげに掲げているのも不思議ではない。アメリカと中国で登録される船を合わせた数より多く、パナマ経済に毎年数億ドル規模の貢献をしている。海上では、この疑わしい規制の緩さが数多くの犯罪を隠していることを世界は知っているが、大企業と政府はこのシステムが通商の流れを助けている

パナマ

と認めている。

このシステムは「自由置籍（オープン・レジストリー）」、より軽蔑的には「便宜置籍（フラッグ・オブ・コンビニエンス）」と呼ばれる。一九一四年のパナマ運河開通のわずか六年後、何人かのアメリカの起業家が禁酒法をうまくかいくぐることができるかもしれないと気づき、船舶をパナマに移動させ始めた。

アメリカ人はパナマの歴史に大きく関わっている。一八二一年から一九〇三年まで、パナマは何度か政体の変わったコロンビアの一部だった。一九〇三年にアメリカが運河建設計画を持ちかけたとき、パナマ地域はおおいに乗り気だったが、コロンビア政府はノーと言ったため、アメリカはパナマが革命を起こすように仕向けた。それがあっという間に独立につながり、アメリカの資金援助を受けた運河の建設作業がさっそく始まった。太平洋に通じる貿易水路を確保することで、アメリカは大きな利益を期待できた。

パナマは前世紀の間、ずっとコロンビアから自由になりたいと考えていたため、アメリカとの関係は好都合だった。これがパナマ国旗に星条旗を思わせる要素がいくらか含まれているように見える理由だと示す証拠はないが、私はその可能性を除外しない。四つに区切られ、ふたつの星がある旗は、ラテンアメリカのほかのどの国旗とも異なる。これは革命の指導者マヌエル・アマドール・ゲレロのスケッチに基づいたものだった。彼は一九〇四年に新しく独立した国の初代大統領になる。スケッチは妻のマリア・オッサ・デ・アマドールが、まだパナマがコロンビアの一部だったときにこっそり旗の形にしていた。

正面から見て左上の白い四角は、中央に青い五稜星がある。その隣は何も模様のない赤の四角で、その下は白い四角に赤い星、そして、その左が模様のない青い四角。青と赤は伝統的な保守党と自由党のふたつの政党の色と一致する。白はそのふたつの政党の平和的な関係を表す。青はこの国の両側にある海も象徴し、赤は愛国者の血を表す。一九〇三年にこのデザインが採用され、同じ年の一二月二〇日には宗教的な儀式で正式な洗礼を受けさえした。それ以来、デザインは変わっていない。

パナマはこうして主権国家になったが、実際の運河とその両岸の八キロの土地はアメリカの「未編入領域」となっていた（アメリカが管理するが、領土の一部ではない）。パナマはアメリカにこの支配権を「永久的」に与えた。しかし、一九五〇年代までには、ますます帝国主義的になる「ヤンキー」の人気がどんどん弱まり、主権の象徴である国旗がやがて暴力的衝突が起こる場所に目立つようになった。

一九五八年五月、反米暴動の間に九人が死亡した。翌年には民族主義者たちがパナマ運河地帯に対する主権の回復を求める目的で、星条旗の横にパナマ国旗を掲げるための「平和的侵略」を実行すると脅しをかけた。数百人が鉄条網のバリアを突破して運河地帯に突入し、治安部隊と衝突した。二度目の試みは米軍と州兵の反撃にあった。それを受けて今度はアメリカ政府の建物が攻撃され、大使公邸からアメリカ国旗が引きちぎられた。

アメリカ国務省がパナマに譲歩してパナマ国旗の掲揚を認める意向であることがわかると、ワシントンで激しい議論が巻き起こった。一九五九年一二月のアイゼンハワー大統領への私信で、ペンシルヴェニア州選出のダニエル・J・フラッド下院議員は、ほとんど黙示録さながらの言葉でこの件について語った。

さらに、もしパナマ国旗が運河地帯に公式に掲揚されることがあれば、これは論争、対立、混乱という正真正銘のパンドラの箱を開くことになるでしょう。パナマの群衆をそそのかして暴力に向かわせ、パナマの外交政策に影響を与えてきた過激派にとって、目の前の目的は、今世紀初めの偉大な指導者たちが永遠に防止できたと思っていた共同管理です。そして、最終的な目標はパナマによる国有化です。

彼の動機づけが正しかったかどうかは別として、その発言には一理ある。とくに共同管理と国有化については。

一九六〇年にはまだ緊張状態が続いており、アメリカは運河地帯の境界線にフェンスを建てた。新たな「侵略」が計画されたが、国務省が議論に勝ち、アメリカ政府が特定の一か所にだけ、星条旗と並べてパナマ国旗を一枚のみ掲げることを認めるという発表をしたことで、計画は中止になった。

その年の九月のセレモニーは、うまくいかなかった。エルネスト・デ・ラ・グアルディア大統領は、もし自分が国旗を揚げることができれば、パナマのこの一帯に対する主権を「形だけ」は示すことができると考え、アメリカ側に公式に打診した。アメリカは公式に拒絶した。すると、

ペルー

パナマ大統領はこの行事をボイコットし、その後の大統領主催のレセプションでは、アメリカ大使と上級顧問を除き、アメリカの官僚すべてを排除した。運河地帯の代表は誰も招待されなかった。送られたメッセージは、この件はこれで終わりにはならない、というものだ。

四年後の一九六四年一月九日、約二〇〇人の高校生グループがパナマ国旗を手に運河地帯へと行進した。彼らは学校の校庭に星条旗を揚げようとしていたアメリカのティーンエイジャー数人と対峙した。当時のパナマのアメリカ人人口は三万六〇〇〇強だったが、その数百人が集まってきて、その後に起こった取っ組み合いで、パナマ国旗は引きちぎられた。

それを合図とするかのように、数千人のパナマ人がフェンスに集まり始め、やがて大混乱になった。暴動は三日間続き、二〇〇人以上の死者と数百人の負傷者を出し、施設に二〇〇万ドル以上の損害を与えた。断絶した外交関係は三か月たってようやく回復し、数年間の論争が続いたのち、主権に関する問題の再交渉につながった。一九七九年、運河地帯は廃止され、その後は運河を共同管理することになり、一九九九年一二月三一日に完全にパナマに返還された。ダニエル・J・フラッド下院議員は正しかったのだ。パナマでは、一月九日は殉教者の日として知られている。

図柄的には面白味に欠けるのが、ペルーの旗だ。ごく標準的な赤、白、赤のストライプなので、この旗について言及する唯一の理由は、一九七〇年のメキシコ開催のワールドカップで、ペルーの代表チームがおそらくこれまでで最もクールなサッカーのユニホームを着ていたということだ。国旗をもとにしたユニホームは、きらきら光る白い短パンとソックスに、きらめくような白い半袖シャツという組み合わせで、シャツのフロントに鮮やかな赤の斜めの帯があった。バナナ・リパブリックの独裁者がかけていたたすきによく似ている。これは、勝者のメダルにふさわしいユニフォームだったが、残念ながらペルーが優勝メダルを手にすることはなかった。

ペルー国旗に関して、もうひとつ語っておくべきエピソードがある。贈り物でも安物でも、自分の国の国旗の上に裸で座ることが許されるのか、また馬のサドルとして国旗を使うのはどうなのか、という議論が持ち上がったことだ。二〇〇八年、グラマーなペルー人モデルのレイシ・スアレスが、意図的にではなく、雑誌の撮影でまさにそれをして、ペルーの国旗法に挑んだ。ペルー人は、おそらく性的関心と同じくらい怒りにも駆られ、国防長官は傲慢な態度で、彼女は国旗冒瀆の罪で起訴されるだろうと興奮状態になって言った。国旗冒瀆罪は四年の禁錮刑に相当する罪だ。この一件に関する訴訟は二年も続き、派手に騒がれたのちに二〇一〇年に訴えが取り下げられた。国旗に対する冒瀆を不快に感じるのはペルーだけではない。しかし、これはとくに面白半分に楽しめるエピソードで、グラマーなモデル、馬、そして出世第一主義の政治家という登場人物が注目を集めた。

さて、それでは低俗なゴシップから天の領域へ、アルゼンチンの国旗へと視線を移そう。ここで思い出すべき最初の名前は、アルゼンチンとイギリスの両方の読者にとってはお馴染みだろうが、それ以外の国ではおそらく知名度が低い人物、マヌエル・ベルグラーノである。ボリバルが自分の名前にちなんだ国を持つのに対し、「ベルグラーノ将軍」は一九八二年のフォークランド（マルビナス）紛争の間に、イギリスの潜水艦に沈められたアルゼンチン海軍の軽巡洋艦の名前になった。

しかし、いったん一八一〇年に話を戻そう。この年、ベルグラーノはブエノスアイレスでスペインに対する大衆デモを率いていた。デモ参加者の多くはライトブルーと白の帽章を着けていた。この二色はパトリシア軍団と呼ばれる市民軍の色だった。その数年前にイギリスの侵攻と戦うために結成されたもので、市民軍はスペイン副王の助けなしで見事に戦い抜いた。副王はさっさと逃亡してしまっていた。

なぜ青と白なのか？　ロマンティックな説明では、青は空とラプラタ川を、白は銀を表す。初期の征服者《コンキスタドール》たちは、銀を表すラテン語の argentum にちなんでこの地域をアルゼンティナと名づけた。このあたりに莫大な銀の鉱脈があると考えたからだ。ボリビアとペルーに関するかぎり、こ

アルゼンチン

れは正しかった。しかし、ポトシなどいくつかの目を見張る発見を除けば、アルゼンチンでは失望させられる結果がほとんどで、銀採掘産業が軌道に乗るのは二一世紀になってからのことである。この話の真偽は別として、いずれにしても、デモの支持者たちは自分たちをスペインの赤と黄色から区別するための色を必要とした。

伝えられるところによれば、デモ活動が続いていた五月のある日、雲で覆われた空に、突然太陽が姿を現した。これは吉兆とされていた（太陽はのちに国家のシンボルとなる）。そして、デモ参加者は実際に勝利を運命づけられていた。スペイン副王は現地政府の形成を受け入れざるをえず、民衆蜂起はついにこの地域のスペイン支配の終焉という形で幕を下ろした。当時はリオ・デ・ラ・プラタ副王領と呼ばれていた地域で、現在のアルゼンチン、ウルグアイ、パラグアイ、ボリビアを含む。

一八一二年、やがてアルゼンチンになる国の新しい旗を考案していたベルグラーノは、帽章のライトブルー（空色）と白を、横ストライプの青、白、青の形にすることを思いついた。一八一六年には完全な独立が宣言され、一八一八年には旗の真ん中の帯に人間の顔を持つ「五月の太陽（ソル・デ・マヨ）」が加えられた。太陽の顔は何となく謎めいている。見る人によっては穏やかな表情に見えるだろうし、無表情だと感じる人もいるだろう。私は「きかんしゃトーマス」に似ているように思う。アルゼンチンは毎年六月に国旗週間を祝い、一八二〇年六月二〇日に没したベルグラーノの命日にあたる二〇日に最大の行事がある。

アルゼンチンはイギリスとフォークランドの両方の旗を、自分たちの旗と同じくらい慎重に扱っている。これは、両国の間のフォークランド／マルビナス諸島をめぐる紛争に起因する。一九八二年にイギリスの支配に対して短期間の紛争があったが、今でも緊張状態が続き爆発寸前の状態にある。フォークランドの旗（ユニオンジャックを含む）は現在、アルゼンチン人が政治的、経済的武器として使っている。二〇一一年、アルゼンチンは南米の近隣諸国を説得して、フォークランドの旗を掲げる船の入港を拒否させた。そして、フォークランド諸島沖でのイギリスの石油探査に関わる企業とは取引しないように圧力をかけた。

気づいた方もいるかもしれないが、ウルグアイの青と白のストライプの旗にも、アルゼンチンのものと非常によく似た「五月の太陽」のモチーフが使われている。この二国が同じ歴史を共有していることを表すものだ。現在のウルグアイはかつてはスペイン支配下のラプラタ地域の一部で、一八一〇年から数年続いた蜂起に参加し、その後分離した。隣のブラジルとアルゼンチンの両大国から主権国家として認められるのは、一八二八年まで待たなければならなかったが、そのころにはすでに現在私たちが目にする国旗の原型ができ上がっていた。「五月の太陽」は最初の蜂起を表すが、新しい国家の誕生をも象徴する。九本の青と白のストライプはウルグアイ建国時の

フォークランド諸島

ウルグアイ

ブラジル

九つの州を表す。

最後に、この大陸ではおそらく最もよく知られた、世界中で人気の旗――ブラジル国旗について語ることにしよう。その鮮やかな緑と黄色は、ブラジルのサッカー代表チームのユニホームを通してファッショナブルなデザインとして人気を高め、何百万もの人々が身に着けてきた。その鮮やかさと、代表チームの躍動感あふれるプレースタイルのため、世界中の大勢のファンがこの旗とその色を愛するようになった。

現在の旗のデザインは、ブラジルが一八二二年にポルトガルから独立を勝ち取ったときに使われたものと同じではないが、よく似てはいる。緑と黄色を旗に使った理由については、独立への経緯がその手掛かりを与えてくれる。一八〇七年、ポルトガルの摂政皇太子ジョアン（のちのジョアン六世）がナポレオンの侵略から逃れるためにブラジルへ逃亡し、リオデジャネイロに政府を樹立した。ジョアンはブラガンサ王朝の出身で、ブルボン家のカルロッタ・ジョアキナ女王と結婚した。

ジョアンは一八二一年にポルトガルに戻り、政治的危機に対処しようとした。そのころのブラジルは、「ポルトガル・ブラジルおよびアルガルヴェ連合王国」の一部で、したがって地位的にはポルトガルと対等だった。ジョアンは息子で後継者のペドロをあとに残し、摂政皇太子としてブラジルを治めさせた。

ポルトガルでは「コルテス」と呼ばれた初期の議会に相当する組織が、リスボンでのさまざまな政治的駆け引きで、王族を圧するほどの影響力を得て、ブラジルを再び植民地の位置づけに引き下げた。そのためペドロの地位も、リオデジャネイロの総督程度になってしまった。コルテスはその扱いに不満を持ったペドロが独立運動を率いることにならないように、ポルトガルへの帰国を命じた。もちろん、彼はコルテスが恐れていた通りの行動をとった。

それから一連の重要な出来事と画期的な演説が続いた。ペドロの演説は、ブラジルではアメリカのゲティスバーグ演説か、イギリスのチャーチルの「われわれは断じて降伏しない」の演説と同じくらいよく知られている。一八二二年九月、ペドロはポルトガルからの最後通牒を拒絶し、独立への道を歩み始めた。彼の運動に賛同したベルシオル・ピニェイロ・デ・オリベイラ神父は、その瞬間のことを、のちに次のように書き記した。

ペドロは黙って道路脇のわれわれの馬のほうに向かって歩いてきた。そして突然、道の真ん中で立ち止まると、私に言った。「ベルシオル神父、彼らは求めているものを手に入れるだろう……今日でわれわれと彼らとの関係は断ち切れた。私はもうポルトガル政府からは何も求めない。ブラジルはポルトガルから分離することを宣言する」

われわれは熱狂してすぐに答えた。「自由を永遠に！　独立国家ブラジルよ永遠に！　ペドロよ永遠に！」

皇太子は彼の副官に向かって言った。「護衛たちに、私が今ブラジルの完全なる独立を宣言したことを伝えてくれ。われわれはポルトガルから自由になった」

彼はその後、儀仗兵に語りかけ、ポルトガルを象徴する青と白の腕章を外し、部下にも同じことをするように言った。最後は、その場にふさわしい英雄的な呼びかけで締めくくった。
「独立を、さもなくば死を！」

サンパウロのパウリスタ博物館には、この出来事を描いたペドロ・アメリコの見事な絵画がある。この美談は、歴史家のニール・マコーリーがペドロに関する著書で、当時、王子はひどい下痢に苦しんでいたという背景を伝えたことで、少しばかりケチがつけられた。歴史上の画期的な瞬間には、思いもつかないエピソードが隠れているものだ。

しかし、この話は多くの理由から伝えるだけの価値がある。何といっても、非常に生き生きとした話で色鮮やかだ。ペドロとブラジル人たちはポルトガルと短い戦争をしたかもしれないが、彼らはつねに旧世界とのつながりを感じていた。ブラジル国旗の青と白はその感情を表したものとみなされている。緑はペドロのブラガンサ家、黄色は皇后レオポルディナのハプスブルク家の色だった。

ペドロは一八二二年にブラジル皇帝となった。最初のブラジル国旗はお馴染みの緑の地に黄色の菱形があるものだったが、菱形の中央にはこの国の州を表す二〇の星を描いた王家の紋章があった。一八八九年にブラジル帝国が共和国になると、旗が変更された。紋章は消えて、青い地球、それを横切るように巻かれた白い帯、その上の「秩序と進歩（ORDEM E PROGRESSO）」という国家のモットー、そして星が加わった。地球にちりばめられた星は、領土の変更のために数をひとつ増やした。青い地球を背景にすると、星がはっきり見える。一八八九年には新しい主権国家の二一の連邦州を表していたが、現在は二七に増えている。

　国旗をデザインしたのは、ブラジルの哲学者で数学者のハイムンド・テイシェイラ・メンデスだ。旗の上の星はブラジルが共和国になった日に空を埋めた星座の位置を写し取ったもので、南十字星を含む。旗章学者や天文学者は、星が何時にこの位置にくるかについて議論することを楽しんでいる。人々がその配置の星を見ることができたのは夕方だったのか、それとも、いくらかの資料に証拠が見つかる朝だったのか。学者たちはそれが八時三七分だったのか八時三〇分だったのかについても議論している。なぜなら、ブラジルのパウロ・アラウジョ・ドゥアルテ天文学教授によれば、「南十字星の星座がリオデジャネイロの子午線上にあり、［十字の］長いほうの腕が垂直になる瞬間」が八時三〇分だったからだ。

　地球上を弧を描くように横切る白い帯は、ブラジルが赤道上にあることを示すといわれる。それを証明するものはあまりないが、メンデスが数学者でもあったことを考えれば意味を成す。メンデスは一九世紀初めの哲学者オーギュスト・コントから大きな影響を受けていた。コントは世俗的な「人間宗教」を創始した人物で、自らの実証哲学の本質を「愛を原則とし、秩序を基礎とする」という言葉で表し、「秩序と進歩」を刺激した。メンデスは一九〇三年にブラジル実証主義教会を率いるまでになり、一九二七年に七二歳で死亡した。

　現在は、緑は熱帯雨林の象徴で、黄色はこの国の鉱物資源である金の象徴とみなされているが、もっと深く掘り下げてみれば、すぐにこの国の歴史に行き当たるだろう。国内は分裂し、とくに富裕層と貧困層の分裂が激しいが、人種による分裂もある。ブラジルには暴力が吹き荒れた時期が何度かあり、現在再び目にしているように、腐敗した指導者もたびたび現れた。それでも、ほかのラテンアメリカ諸国に比べれば、秩序と進歩をより享受してきた。この国には強いアイデンティティもある。公用語がポルトガル語であることも、スペイン語を話すほかの国々との違いから国を定義するのを助けている。

緑と黄色は今ではそのメッセージを力強く世界中に伝えている。この旗全体に何かグローバルなものを感じさせるものがあり、ソフトパワー大国になろうとしているブラジルのイメージの強化に役立っている。地球と星は世界中のすべての人が共有するもので、緑と黄色は人類の活力を象徴する。ブラジルの国旗にはほかの国のものにはない魅力がある。小売店はすぐに認識できるパッケージがブランドを売り込む助けになることを知っている。ブラジルは私たち誰もが知り、好感を持っている旗で国自体を包むことによって世界にアピールしている。

知ってのとおり、現在の共和国には政治、経済、貧民街《ファベーラ》という問題が山積している。それでも、ブラジルという国に備わる魅力は、サッカーや音楽、人々を通じて私たちの心をとらえているように見える。フランスの哲学者アルベール・カミュは、「特定の年齢を越えると、誰もが自分の顔に責任を持つ」と書いた。ブラジルの陽気な旗は、二億人のブラジル人が世界に対して見せる顔のひとつであり、彼らによく似合っている。

ラテンアメリカは新世界の一部だが、そこにある国々は世界の多くの国のなかではもうそれほど若くはない。新しい文化を持つ国がこの大陸に出現してきた。これらの国々はこの二〇〇年間にしっかりしたアイデンティティを築き、その旗は古さと新しさの融合を示している。旗の上に描かれるシンボルは今ではこの融合文化にしっかり錨を下ろし、ときには不安定に揺れ動く地域に安定をもたらすのを助けている。

第9章

よい旗、悪い旗、醜い旗

私たちはひとつの集団、そう呼びたければ
ひとつの種族である。そして旗は力を宣言する
ギルバート・ベイカー、レインボーフラッグの考案者

スイスの国際連合ジュネーヴ事務局の入口前にずらりと並ぶ万国旗。屋上には国連旗が掲げられている。

なぜ海賊は海賊と呼ばれるのか？　それは彼らが「アー（Ａｒｒｒ）！」と雄叫びを上げるからだ。では、海賊旗はなぜジョリー・ロジャーと呼ばれるのだろう？　誰にも確かなことはわからない。もしかしたら、こうした話は面白くも何ともない、と受け取られるかもしれない。間違いなく海賊は、昔も今も冗談半分の集団ではないのだから。冷酷に人を殺すことさえあるあくどい盗人たちは、人を楽しませることなどめったにないが、それでもこの数世紀の間に、頭蓋骨と二本の交差する骨を描いた髑髏《どくろ》マークの旗、眼帯、義足、空威張りと「ヨーホーホー」の掛け声は、ロマンティックともいえる海賊イメージとして定着し、ジョニー・デップ主演の映画『パイレーツ・オブ・カリビアン』シリーズなどは、漫画的でさえある。

ジョリー・ロジャーは、この章で紹介するほかの旗と同じように、世界中に知られている。国境を越えて認識されている旗の代表だろう。旗が人々の感情を動かしたりメッセージを伝えたりするのに、国や政治的思想を代表する必要はない。それは平和のシンボルかもしれないし、国際的なコミュニティが結束を強めるために掲げるサインかもしれない。あるいは、成功したブランディングの例というだけかもしれない。これらの旗はさまざまなアイデアを表すが、方法や手段はさまざまでも、認知を高めるという要素は共通している。そして、ジョリー・ロジャーのように、使われる背景によって伝えられるメッセージが異なるものもある。たとえば、屋外の音楽フェスティバルでこの旗を掲げている人は、乗りのよいロックンローラーに見られるかもしれないが、ソマリア沖を航行する商船からこの旗を目にすれば、もっと深刻に受け止められるだろう。

海賊は船乗り業と同じくらいの歴史があり、世界中に存在するが、髑髏マークの旗と結びつけられるようになったのは一二世紀からのようで、テンプル騎士団の船に掲げられた。当時、テンプル騎士団はその「ビジネス帝国」を守るため、世界最大の船団を形成していた。彼らが髑髏のイメージを使った理由はぞっとするもので、一一〇〇年代半ばに起こった「シドンの頭蓋骨」と呼ばれる奇妙な出来事に由来する。一二世紀の歴史家ウォルター・マップはこの伝説を次のように伝えている。

マラクレアのある高貴な女性が、テンプル騎士団のシドン卿に見初められた。しかし、彼女は若くして死んでしまった。彼女の埋葬の夜、この不道徳な恋人は墓に忍び寄り、彼女の

海賊旗

遺体を掘り起こして辱めた。すると、どこからともなく声が聞こえてきて、九か月後に再びこの場所に戻ってくれれば、そこにおまえの息子を見つけるだろう、と彼に告げた。シドンがその指示に従い、約束の時間に再び墓を開くと、骸骨の両脚の骨の上に頭が載っていた（頭蓋骨とクロスした骨）。同じ声が再び彼に、その骨をしっかり守れば、あらゆる幸運がもたらされるだろう、と告げた。持ち帰ったその骨は、彼の守護霊となり、ただその魔法の頭蓋骨を見せるだけで敵を倒すことができた。その後、骨は騎士団の所有物として受け継がれた。

テンプル騎士団は、自分たちは海賊ではなく、神の側にいるとうぬぼれていたが、海上での行動は海賊と変わらないことも多かった。この信じられないほど豊かな「貧しい騎士たち」は、必要とあればもっと小さい船を停止し、貴重品をすべて奪い取った。彼らの紋章がのちの「海賊たち」――別の言い方をすれば「盗人たち」――にインスピレーションを与えたのかもしれない。

私たちが頭に思い浮かべる典型的な海賊のイメージが生まれたのは、一七〇〇年代初めのことだ。海賊のシンボルとして使われたジョリー・ロジャー（と呼ばれるようになる旗）について記している最も古い文書のひとつは、イギリス海軍の艦船プール号のジョン・クランビー船長の日誌で、現在はイギリスの国立公文書館に所蔵されている。「特記すべき観察および出来事」という（毎日の）項目に、「この二四時間の好天候とときおりの強風」の報告に続き、一七〇〇年七月、カーボヴェルデ諸島沖でフランスの海賊船を追跡した話が記録されている。海賊は逃げ切ったが、船長は彼らの黒い旗に「クロスした骨、死者の頭部と砂時計が描かれていた」と記した。

髑髏マークの旗を掲げる習慣は一八世紀の最初の二、三〇年に海賊世界に広まり、人々の想像力をとらえた。海賊にとって黒は基本色で、その上に古典的な図柄を描き、いくつか身の毛のよだつような要素を想像力にまかせて付け加えた。砂時計は相手の船に近づいたときに、船上にいる者たちに彼らの命が残りわずかであることを知らせる。ときには完全な骸骨を加えてそのメッセージが十分に伝わるようにすることもあった。短剣やほかの武器は、犠牲者に彼らがどんな最期を迎えるかを知らしめる。海賊は「海賊の掟」として知られるシステムを発展させた。それは、読み書きできる者が少なかった時代に、大量の情報を伝えることができた。頭蓋骨とクロスした骨は、標的とした船に近づくときに、これから誰を相手にしようとしているかをはっきりと知らせた。もし海賊が黒い旗も一緒に掲げていれば、戦わずに降伏すれば乗組員の命は救ってやろうという合図だった。もし抵抗があれば、あるいは、もし船が逃げようとすれば、赤い旗が掲げられ、情け容赦しないことが告げられた。

これがPR戦略の実践だとすれば、すばらしいマーケティングだった。はっきりと意図を表明し、それがすぐに相手に理解され、残忍な行ないと結びつけることで、相手に戦うことなく屈服するように促す。実際に相手はそうすることが多かった。もし海賊の船長が「黒ひげ」「ブラック・バート」「ブラッド」などの名前で知られていれば、それも効果を発揮した。望遠鏡をのぞいて遠くに恐ろしい旗を見つければ、血の凍る思いをしたことだろう。その時点で、すばやく計算しなければならなかったはずだ。逃げ切ることができるだろうか？　戦って勝つことができるだろうか？　積荷を守るために無残な死を選ぶ心の準備が本当に自分にはあるだろうか？

こうした切羽詰まった選択は、一〇〇〇年前も今も変わらない。ソマリア、ナイジェリア、インドネシア沖やほかの危険地帯に出没する海賊は、旗の効果をよくわかっているからだ。頭蓋骨とAK－47を交差させた図柄の旗が掲げられることさえある。ISの旗のところでも説明したように、その意図は昔も今も同じで、敵の心に恐怖を生み、逃げるか降伏するかを選ばせることだ。

無法者のイメージにもかかわらず、あるいはそのイメージのため、一八世紀の海賊は人々の心をつかんだ。彼らのことをロマンティックに描いた作家、詩人、劇作家は数多く、ダニエル・デフォーもそのひとりだった。ちょうど、最近の脚本家がハリウッド風の物語に仕立て直すのと似ている。一九三五年のエロール・フリン主演の映画『海賊ブラッド』はその代表的な例で、ブラッドの船は髑髏のモチーフを使った白い旗を掲げていた。

この映画のなかでは、旗は「ジョリー・ロジャー」とは呼ばれていないが、そのころまでにはしっかりと英語の語彙として定着していた。その名前が最初に言及されるのは、一八世紀初めのことだ。チャールズ・ジョンソンが一七二四年の『海賊列伝』に、ふたりの海賊がともに自分の旗をジョリー・ロジャーと名づけた、と書いている。もっとも、旗に描かれた図案はまったく異なるものだった。そのことから一部の歴史家は、この語は海賊が使う旗の呼び名として、デザインとは関係なく広く使われていたと考えている。

その理由については三つの説明がある。まず、当時知られていた悪魔の名前のひとつが「オールド・ロジャー」で、旗の上に歯をむき出しにして笑う骸骨を描いたことが、その連想につながったのかもしれない。もっと人気のある説は、初期の海賊がときおり掲げていた無地の赤い旗が、フランスではジョリー・ルージュと呼ばれていたので、それが広まったのかもしれない、というもの。そして、同じくらいもっともらしく聞こえる説明は、当時の「ロジャー」という言葉は「放浪する無頼漢」を意味したので、大洋上を放浪する無頼漢のシンボルにジョリー・ロジャーの名前が与えられたというものである。

最後に、海賊の雄叫びとして知られる「アー（Ａｒｒｒ）」だが、これは旗とは関係ないものの、説明しておくだけの価値がある。私たちの「海賊語」の認識は、ほとんどすべて一九五〇年代の俳優ロバート・ニュートンから得たものだ。彼は演じるのがロング・ジョン・シルヴァーでも黒ひげでも、自分なりの海賊スタイルとして「アー！」の雄叫びを使った。なかでも最高の瞬間は、『海賊島』の一シーンかもしれない。死んだ船員の死体に祈りの言葉を捧げたあと、彼はゆっくり噛みしめるように「アーーーーーメン」という言葉で締めくくる。

海賊の手による不幸な最期を避けるため、多くの船乗りは降伏の白い旗を掲げようとする。白旗は数千年前から使われていたシンボルで、文化を越えて共有されている。古代ローマの年代記編者は、第二次ポエニ戦争（紀元前二一八～二〇一年）で休戦旗として白い旗が使われたこと、また紀元六九年の第二次クレモナの戦いでも再び降伏旗として使われたことを記録している。中国人も同時期に、白を降伏の色として使っていた。中国人にとって白は死と追悼の色だったことから、旗章学者はこれによって敗北の悲しみも表現したのかもしれないと推測している。

白い旗は目につきやすく、合図としてわかりやすいので、遠くから、あるいは戦場の混乱のなかで重要な情報を伝えるコミュニケーション手段となる。人々が文字を書くようになる何千年も前から高く掲げられていたが、その旗を見れば何を言おうとしているかを読み取ることができた。今では、戦場での交渉、安全な通行、休戦と降伏のための、文化と言語の障壁を越えた世界的なシンボルとして認識されている。白旗の使い方は交戦の方法に関するハーグ条約とジュネーヴ条約の規定に盛り込まれている。関連条項にはとくに重要なこととして、「休戦旗の不適切な使用は、それが個人の死や重傷につながる場合、国際的武装闘争において戦争犯罪とみなされる」、また「不適切な使用とは、休戦旗を意図された使い方、すなわち話し合いの要請、たとえば休戦や降伏の交渉以外の目的で使うことであり、たとえば敵に対する軍事的優位を得るための使い方は、不適切で違法とみなされる」と定められている。

大部分の国は白旗が使われる状況の対処法について、その解釈、儀礼、最良の慣習についての指針を文書の形にしてきた。たとえば、イギリス軍の二〇〇四年の発行物『武力紛争法に関する共同マニュアル(Joint Service Manual of the Law of Armed Conflict)』にはこう書かれている。

白旗を提示するのは、一方が他方からの通信を受け入れるかどうかをたずねられていることのみを意味する。場合によっては、白旗を提示する側が何らかの目的、たとえば負傷者の搬送などのため、一時的に戦闘を中断する取り決めを望んでいることを意味することもある。しかし、一方が降伏のための交渉を望んでいることを意味する場合もある。すべてはその特定の状況と条件による。たとえば、戦闘中に個々の兵士または小隊が白旗を掲げれば、降伏の意思を表すと理解されるようになってきた。

一〇・五・二　白旗を掲げる者は、相手方からの回答が得られるまで発砲を中断すべきである。白旗の乱用は戦争犯罪になりうる。しかし、敵の勢力に対するときには、つねに警戒を怠るべきではない。

残念ながら、敵をだますために白旗を乱用したとして多くの告発がなされてきた。たとえば、イギリスはボーア戦争の間に、ボーア人が実際にそうしたと非難した。また、白旗を無視したとして非難された例もいくつかある。二〇〇九年には、スリランカの内戦の間に起こった「白旗事件」と呼ばれる出来事に、世界中で抗議の声が巻き起こった。「タミル・イーラム解放のトラ」の三人のリーダーが武器を持たず、白旗を揚げて降伏しようとしたときに、公式命令によって射殺されたのだ。しかし、決定的な白旗乱用の証拠が手に入ることはめったにない。どちらにしても、そうした告発が人々の感情を強く刺激するということ自体からわかることもある。戦争という合理的で残酷な狂気のなかにあってさえ、私たちの心の奥深くにはまだ秩序やルールを求める気持ち、すべてが失敗してもまだ相手の人間性に訴えかけられると信じる気持ちが残っているということだ。場合によっては、それは訴えかけというより、慈悲の求めであり、相手への信頼に基づいている。そうした感情がまだ存在するということ自体が、世界中でこのシンボルが認知され、信頼と信用が置かれていることを示している。

ハーグ条約とジュネーヴ条約は、赤十字国際委員会（ＩＣＲＣ）の旗の使用についても規定している。ＩＣＲＣは、各国の軍隊が白地に赤い十字の紋章（十字の腕の長さが同じもの）を描いた旗を使うことを認めている。その代わりに非正規の旗の使用や乱用を監視している。赤十字旗の使い方には厳しいルールがあり、平時と戦時で異なる。たとえば、どの建物がこのシンボルを掲示できるか、どれくらいの大きさの旗を用いるかも状況によって変わる。戦時には「赤十字の保護のシンボルを掲げる個人、設備、建物への意図的な攻撃は、国際法によって戦争犯罪となる」と定められている。

赤十字のシンボルは一八六三年に採用され、一八六四年の第一回ジュネーヴ会議で正式に承認された。会議は中立国スイスの国旗を反転したものを選んだ。その理由のひとつは中立という考えのためだが、色とデザインが遠くからでも簡単に識別できるからでもある。この旗は宗教とは関係なく万国共通のものであるべきだが、十字を使っているという点で、キリスト教徒が十字軍の間に掲げていた旗のいくつかとよく似ているという事実は否定できない。一三年後に露土戦争が勃発したとき、オスマン帝国は十字を三日月（赤新月）に変えた。イスラム教徒が多数派を占めるほかの国も、のちにその例に従った。

ＩＣＲＣは、これらのシンボルの真の意味が紛争でときおり見過ごされていること、また十字と三日月は特定の側のシンボルではないにもかかわらず、敵対して興奮状態にある状況下ではそのように見られがちであることを以前から不安視してきた。ほかにも問題があった。ふたつの既存のシンボルは、宗教的アイデンティティの表明を意図したものではないかもしれないが、たとえば、ユダヤ人が多数を占めるイスラエルや、国民が無宗教、仏教徒または道教の信者から成る中国では、そうしたシンボルとして見られるかもしれない。

一九九二年、当時の国際赤十字会長が第三のシンボルが必要だと発言したが、私たちが見慣れている旗に代わるもの――レッド・クリスタル（赤菱または赤水晶）――を各国政府が承認するのは、二〇〇五年まで待たなければならなかった。これは、白地に赤の菱形の図柄で、政府の建物やときには戦場でも見かけるようになった。政治的、宗教的、地理的なシンボルを意図したものではなく、十字や三日月の旗が赤十字の運動に参加するには問題になると考える国はどこでも使用することができる。レッド・クリスタルは、もっと広く知られた十字の姉妹旗と同等の地位、意味、法的権威を持つ。ただし、同じ程度の世界的な認知を得るまでには、まだしばらく時間がかかるだろう。

世界的には認知度があまり高くないと思われるもうひとつの旗が、北大西洋条約機構（ＮＡＴＯ）の旗である。図柄自体はかなり単純で、ダークブルーの地に「白い羅針図」とされるものが描いてある。ただし、公式の説明がなければ、パッと見ただけでは、ただの星と円だと思うかもしれない。星のそれぞれの先端から白い線が延びている。

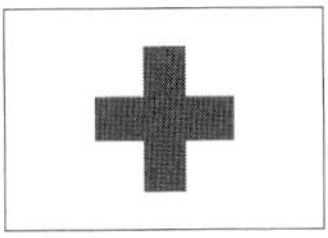
赤十字

赤新月

赤水晶

NATOは一九四九年に設立された。一二か国が加盟し、ソ連からの脅威とみなされるものに対抗し平和を維持するための軍事同盟を形成した。旗が導入されたのは一九五三年になってからだった。NATO理事会のデザイナーグループが、「シンプルで目立つ」と同時に、同盟の「平和という目的」を表す旗を考案する仕事を任された。

一九五二年に最初に提案されたものは、銀の楯に一四の星と二本の青いストライプをあしらったデザインだった。楯はNATOの防衛機構という性格を表し、ストライプは大西洋を、星は一四に増えていた加盟国を表す。どちらかといえば一六世紀の紋章のように見えた。加盟国はこのデザインに同意せず、もし期待どおりに加盟国が増えたときには、毎回モチーフを変更しなければならなくなる、と指摘した。翌年、理事会は現在使われている旗を承認した。NATO初代事務総長のヘイスティングス・イスメイ将軍は、その旗が表すものをこう説明した。「青の地は大西洋を、四角の星はわれわれが正しい道、平和の道から逸れないようにするコンパスを、円はNATOの一四加盟国の団結を表す」

現在のNATOの加盟国は二八か国で、それはこの組織が成功してきただけでなく、新しい加盟国が増えるたびに旗に星を加えることを拒絶した創設者たちの考えが正しかったことを表している。

一九五〇年代には状況がもっと複雑で、加盟国は一四か国にすぎなかったが、当時パリ郊外に置かれていたNATOの欧州連合軍最高司令部(SHAPE)で、旗をめぐる低レベルの対立が起こった。SHAPEの指揮官だったアイゼンハワー将軍は、加盟国の国旗を建物の外に半円形

NATO

に並べ、ホスト国の旗をその半円の前に掲げることを認めていた。そして、各国の旗をフランス語のアルファベット順に並べ、毎日ひとつずつ位置を動かしていく。そうすれば、「円」形なので始まりも終わりもなく、旗を動かすときにどの国も最後にはならない。誰がそれに不満など述べるというのだろう?

オランダがすぐに国名のフランス語表記である「Pays Bas」を使うことに反対し、英語の「Netherlands」にすることを要求した。その旗はしたがって、もっと居心地よく感じられるルクセンブルク(Luxembourg)とノルウェー(Norvège)の間に収まった。数年後、NATOの弁護士のひとりが暇な時間を使って、イギリスのフランス語での正式名称は「Grande Bretagne」ではなく「Royaume-Uni」であるという見方に至った。したがってGではなくRで始まるのが正しい。イギリス国旗が引き降ろされ、いくつか場所を移動したときに、イギリスは少しばかり不満そうだった。フランスは、「ああ、それなら以前言ったように、この国でのオランダの正式な名前はPays Basです」と言った。旗の掲揚の担当者は「Pの位置に並べ変えますか?」とでもたずねたのかもしれない。その答えは「そうしよう」だった。オランダ国旗はこうして元の位置に戻された。

一九五九年、その数年前にNATOに加盟していたトルコが、旗の「いちばん後ろ」であることを不満に思い、ローテーションのシステムを取りやめて、英語での国名順にすることを提案した。たとえば、アメリカの「États-Unis d'Amérique」は「United States of America」となる。フランスはそれを受け入れようとしなかった。

フランスは一九六六年にNATOの軍事機構から脱退し、翌年、SHAPEの本部はベルギーのカストーに移された。その後も旗をめぐる小競り合いは続き、どの国の旗がどう呼ばれるべきか、どこに位置すべきかについて、五〇年分のすばらしいアイデアが蓄積されてきた。今のところは、本部のある国がいちばん前に、残りはフランス語のアルファベット順で並べる方法が使われ、毎週日曜日の真夜中にそれぞれの旗がひとつずつ前に移動する。これは永続するサイクルを意図的に象徴したものだが、意図せずして決して終わらない議論を象徴することにもなった。加盟国はNATOの旗自体は問題視していないが、その旗と自国の旗の距離についてはつねに気にかけている。たとえば、フランスはイギリスの旗が絶対に自分たちより主役に近い場所を与えられないように目を光らせている。イギリスもフランスに対して同じように警戒している。

このように、団結を象徴するはずの旗をめぐって、舞台裏ではびっくりするほど多くの意見対立が進行している。しかし、間違いなくライバル国の協調を高めるように見える旗もひとつある。オリンピックの旗だ。この大掛かりなスポーツの大会では、世界中の国が自国の旗に熱狂するが、隣国に対して本物の敵意を見せることはないといっていい。

腐敗、不正行為、薬物使用、商業主義、そして、短距離選手がカメラに向かっておかしな手振りを見せることを別にすれば、オリンピックの旗とそれが象徴するものに温かい感情を持つことはできる。

「より速く、より高く、より強く」というオリンピックのモットーは、薬物使用のことを言っているのではなく、人生で最も重要なのは勝利ではなく戦うことである、というオリンピック精神を表している。スポーツ用語としては、これは確かに高貴な考えだが、同じ精神が、たとえばDデイのノルマンディー上陸についても適用されたかどうかについては、議論の余地がある。

どちらにしても、このモットーと精神が白地に五つの輪のシンボルを完全なものにする。デザインは近代オリンピックの創設者であるピエール・ド・クーベルタン男爵によって世界に発表された。一八七〇年、まだ少年だったクーベルタン男爵は、フランスがビスマルクのプロイセンに敗れたことを苦々しく受け止めた。そして、フランスではスポーツが盛んではなく、兵士の身体能力が低かったことが敗北の一因になったと考えた。のちに彼は競争スポーツが世界の国々をひとつにまとめる効果的な方法になると確信し、一八九二年に近代オリンピックの創設に向けてロ

オリンピック

ビー活動を始めた。二年後、一二か国の七九人の代表が最初の国際オリンピック委員会を組織し、一八九六年に第一回の夏の近代オリンピック大会がアテネで開催された。

当時はまだこの運動のためのシンボルがなかった。五輪のシンボルが最初に現れたのは、一九一三年にクーベルタンが手紙の上部に描いたスケッチとしてだった。その翌年、彼はそれを旗のアイデアとして提案し、無事に採用が決まった。第一次世界大戦勃発のため、次の大会が開かれたのは一九二〇年のアントウェルペン大会で、そこで新しい旗がオリンピック・スタジアムでデビューを飾った。開会式で旗が広げられ、平和の象徴である鳩五羽が放たれ、オリンピックの宣誓がはじめて選手が旗を持つ形式で行なわれた。

五つの輪は世界の五大陸を表し、それを組み合わせることで世界の結束を象徴している（数え方によっては世界には七つの大陸があるという事実は脇に置いておく）。旗の白地は平和を象徴する。輪はそれぞれ色が違い、上の三つは青（左）、黒（中央）、赤（右）で、下は黄（左）と緑（右）のふたつ。それぞれの色が大陸を表すというのは誤解で、確かにオリンピック・ムーヴメントのハンドブックにはそう書かれていたが、それを示す証拠はないとして一九五〇年代に削除された。一九三一年にクーベルタン氏はこう書いている。「このデザインは象徴的なものだ。オリンピック精神によって結束した世界の五大陸を表す。六つの色［白を含む］は現在、世界の国旗に使われているものである」

この旗が悲劇的な戦争の直前にデザインされ、終戦直後にはじめて掲揚されたことを考えれば、その象徴的意味合いは参加者たちも実感したはずだ。一九二〇年の大会には二九か国が代表を送り、アルゼンチンやエジプトなど遠くからの参加国もあったが、世界の団結と平和の精神は、ドイツが招かれなかったという事実によっていくぶん損なわれた。一九四八年の第二次世界大戦後の大会でも再び同じ決定がなされる。オーストリア、ハンガリー、ブルガリア、トルコも一九二〇年の大会から除外された。

その最初の旗は大会の終わりに謎の紛失にあい、七七年後になって見つかった。一九九七年、ハリウッド映画の警官役で知られ、バンジョー奏者でジャグラーでもあったハリー・プリーストは、一〇〇歳で人生の終わりに近づいたころ、アメリカのオリンピック委員会が主催する夕食会に参加した。記者のひとりがアントウェルペン大会で使われた旗が消えた謎について話したところ、ハリーが「私が種明かしをしてあげよう」と言いだした。「私のスーツケースのなかにあるんだ」。その後、彼はこう明かした。一九二〇年の大会で、「飛び込みで銅メダルを獲得したあと、彼は選手仲間のひとりと賭けをして、四・六メートルのポールを登って旗を盗んだ。すべてを告白してから三年後の二〇〇〇年、一〇三歳になっていた彼はシドニー・オリンピックでＩＯＣに旗を返却した。それと引き換えに、ＩＯＣから彼の「寄付」に対する感謝のプレートが贈られた。旗は現在、スイスのローザンヌにあるオリンピック博物館に展示されている。

当然ながら、大会のたびに旗は注目される。開会式でオリンピック旗がメインスタジアムに掲揚され、大会期間中はずっと掲げられた状態を保つ。『オリンピック讃歌』の二番でも旗のことが歌詞になっている（非公式の英語版の歌詞）。一八九六年の第一回アテネ大会で最初に演奏されて以来、この讃歌が歌われ続けている。

私たちは世界中からここに集まってきた
古くからの伝統の大会を共有するために
兄弟愛で結ばれた
すべての国のすべての旗を掲げよう

これはじつに高貴な心構えだが、オリンピックで国旗がこれほど重視されるという点は興味深い。会場にいる観客は自分たちの国の国の色を応援し、自国の勝利を祝うが、実際にはオリンピックは国のスポーツ力を示す場として意図されたものではない。大会の意図は個人の力を競うことにあり、その国の全体としての成績でもメダルの数でもない。それどころか、オリンピック憲章にはこう書かれてさえいる。「いかなるものでも、国別の世界ランキング表を作成してはならない。その代わりにメダル獲得者を個人として称える。……オリンピック競技大会は個人種目または団体種目での選手間の競争であり、国家間の競争ではない」。しかし、各国がメダルの獲得数に集中し競い合うのを止めることはできず、この行事は国家のプライドを高め、優れた成績を祝福し、スポーツ産業へのしばしば巨額になる投資を正当化する手段として利用されている。

オリンピックは国威発揚のための唯一の場ではない。スポーツと国家のプライドはしばしば結びつく。あらゆる種類の国際イベントで、国旗を洋服に描いたり、フェイスペインティングしたり、さまざまな販促素材や記念品に使ったりしている。ほとんどの場合、それは国家アイデンティティと達成を祝う害のないものだが、極端な場合には不快な振る舞いにつながりもする。熱狂しやすいスポーツイベントは、しばしば戦争の代わりの役割を果たし、対戦国がそれぞれの旗のもとに結集する。かつての大国の軍隊とまったく変わらない。

二〇一六年のヨーロッパ選手権では、大勢の若者たち（とそれほど若くない人たち）がフランスの通りを走り回り、対戦国のファンを攻撃した。イギリス人と、とりわけロシア人の場合は、けんかを始めた者たちは明らかに自分たちが国を代表していると感じていた。スポーツと政治が結びつき、不正が横行しているロシアでは、政府も通りのならず者たちに対して屈折した誇りを見せるようなところがあるため、状況を悪化させた。一グループが迷惑行為のためにフランスから国外退去させられると、フランス大使をモスクワに呼びつけさえした。しかし、これはオリンピックで見せる観客の熱狂とはかけ離れたものだ。

開会式では、各国の選手団が国旗を持って行進する。最初にスタジアムに入るのは決まってギリシアの旗で、そのあとに開催国の言語のアルファベット順でほかの国が入場する。行進の最後は開催国の旗と選手団が締めくくる。オリンピック旗を引き降ろすことで、大会は公式に終了し、その後、旗は折りたたまれて、四年後の大会の開催都市の代表者に渡される。最後に古代オリンピックの名誉と記憶に敬意を表して、ギリシアの国旗が掲揚される。

オリンピック旗に関してはもうひとつエピソードがある。事実確認がいかに大切かを思い出させるものだ。本書にはいくつかの神話も紛れ込んでいたかもしれないが、この話は神話ではない。クーベルタン男爵の五輪のデザインは、古代ギリシアの都市デルフォイで見つかった、同じシンボルが刻まれた石から着想を得たということだ。これが事実であることは広く確認されてきたが、アメリカ考古学協会など別の情報源によれば、それほどロマンティックではないものの、より信憑性の高い物語がある。

一九三六年のベルリン大会が近づいたとき、当時のオリンピック組織委員会のカール・ディーム会長が、デルフォイのスタジアムでセレモニーを開きたいと考えた。古代に同様の大会が開かれた場所である。彼はオリンピックの五輪マークを刻んだ石の建造を委託した。オリンピックの聖火を持って走るランナーがこの場所を出発し、ベルリンへの旅を始めるという計画だった。実際にこの計画どおりのセレモニーが開かれたが、石はそのままデルフォイに残された。

二〇年後、アメリカの有名な科学系ライターであるリン・プールとグレイ・プールが、共著『古代オリンピックの歴史（A History of the Ancient Olympic Games）』のための調査でデルフォイを訪れた。そこで彼らはこの石を見つけ、古代ギリシアの記念碑と思い込み、古代オリンピックのシンボルだと書いたため、クーベルタン男爵がオリンピック旗にそのシンボルを復活させることになった。この話はその後に書かれた何冊かの本でも紹介され、現在もまだ繰り返されている。実際には、この石は「カール・ディームの石」として知られている。

オリンピックの開会式では、参加国の選手団が開催国の国家元首の前を通り過ぎるときに、自分たちの国旗をほんの短い間、下に傾けるのが伝統になっている。ほとんどの国がこれに従う。アメリカはこれをしない国の代表だ。アメリカのこの伝統は一九〇八年のロンドン大会からのもので、国旗を先頭にした選手団の入場行進をはじめて取り入れたこの大会で、アメリカの選手団はロイヤルボックスの前で国旗を下げる儀礼を行なわなかった。「地上にいる王に対して、アメリカ国旗を下げることはない」というのが理由だった。しかし、ペンシルヴェニア州立大学の歴史家マーク・ダイレソンは、これは正式な決定というわけではなく、一九一二年、一九二四年、一九三二年の大会では旗を下げたと指摘している。彼の著書『世界支配のための愛国心を醸成する――オリンピックのアメリカ（Crafting Patriotism for Global Dominance: America at the Olympics）』の説明によれば、一九二八年のオリンピックでアメリカ代表団の団長を務めたダグラス・マッカーサー将軍が旗を下げないことに決めたため、それを正式な方針とする前例となったが、アメリカ政府にも支持される政治的行為として受け入れられるようになったのは、一九三六年のベルリン大会が最初だった。

ベルリン大会は多くの理由から記憶に残る大会となった。なかでも際立っていたのは、アーリア人種の精神的・肉体的優秀性を信じるナチス指導部の目の前で、アメリカの黒人陸上選手ジェシー・オーエンスが四つの金メダルを獲得したことだが、多くのチームが入場行進の際にヒトラーに対してナチス式の敬礼をしたことも注目された。アメリカ選手団は頭を右に向けることで敬意を表したが、旗を下に傾けることはしなかった。ヒトラーを含め、ドイツ政府は憤慨した。一九三六年に限っていえば、これは明らかな不敬のしるしだったが、通常はそうした意図でなされるわけではない。これはどちらかといえば、アメリカ人の星条旗そのものに対する敬意の表れで、旗とその意味するものを非常に重視しているからこそ、ほかの誰に対しても旗を下げることはしないのである。

スポーツ界の旗物語の旅を締めくくるのにふさわしいのは、ゴール地点の合図として使われる黒と白のチェッカーフラッグだろう。この旗が世界的に認知されるまでにはほんの二、三〇年しかかからず、現在はレースの終わりだけではなく興奮の合図でもある。この旗の起源はどちらかといえば平凡なものだが、その歴史についての調査のほとんどすべてが、ひとつの民話にたどり着いている。それによれば、この旗は一八〇〇年代のアメリカ中西部に生まれた。あるとき、競馬大会の終了近くになって、食べ物の準備ができたので、レースを終了しようという合図としてテーブルクロスが振られたという。当時のテーブルクロスは通常はチェック柄で、黒と白、あるいは赤と白のものが使われていた。これがしだいにレース終了の合図として使われるようになった。民話はしばしば何らかの真実に基づいているが、この話に関しては、これを裏づける直接の証拠というものはなく、単純にもっともらしいという理由だけで語り継がれてきたようだ。

しかし、中西部の歴史を専門とするフレッド・R・エグロフが書いた本が、その謎を解き明かしてくれているように思える。彼は長年の調査の末に、二〇〇六年に『チェッカーフラッグの起源――自動車レースの聖杯を求めて（Origin of the Checker Flag: A Search for Racing's Holy Grail）』を刊行した。イリノイ州出身のエグロフは、ジェシー・ジェイムズのような歴史上の人物にまつわる伝説を探し、それを裏づける証拠と照らし合わせることに生涯を費やしてきた。私は彼が現在、テキサス州に住んでいることを突き止め、会いに行った。そして、彼が『チェッカーフラッグの起源』のための調査で私と同じ方法を使ったことがわかった。彼はレーシングカーのファンで、実際にレーシングカーの所有者でもあり、六〇代だった一九九七年には、一九三〇年代製の

ＢＭＷ３２８で参加したヴィンテージ・スポーツカーの大会で優勝したこともあった。これはただのＢＭＷ３２８ではなく、そのオランダ人所有者が第二次世界大戦中にナチスから隠していた車だった。博物館の地下室にある数百の椅子の下に埋もれさせていたのだという。

したがって、エグロフは歴史について、また車についてはちょっとした知識の持ち主だった。彼のストーリーは、一九三〇年代の偉大なグランプリ・ドライヴァーのひとりでフランス人のルネ・ドレフュスが、アメリカを訪問したことから始まる。エグロフによれば、中西部にやってきたルネがこうたずねた。「チェッカーフラッグはいつどこで使われ始めたのですか？　正確には何を意味するのですか？」しかし、誰も彼の質問に答えることができなかった。エグロフはこう続けた。「それがきっかけでチェッカーフラッグのことが気になり始め、数年後に調査を始めました。古い友人が大勢いましたから、最初は簡単だろうと思っていたのですが、調べるのに一〇年もかかりました」

彼はテーブルクロスの伝説を知っていたので、競馬の歴史を調べてみたが、どこにもたどり着けなかった。そこでスタート地点に戻り、自転車に目を向けてみた。アメリカン・ホイールマン連盟やアメリカ自転車博物館の記録、その他多くの自転車関連の情報に当たってみたが、ただの一本のチェッカーフラッグも見つからなかった。彼はこう言った。「また手詰まりになり、調査は再び振り出しに戻りました。ほとんどの人が認めているように、競馬とテーブルクロスがもとになっているという話はすべて、単なる推測です。ヨーロッパについても調べてみましたが、ヨーロッパで始まったものではありませんでした。アメリカ発祥のものであることは間違いありません」

アメリカ初の自動車レースは一八九五年の感謝祭の日にシカゴで開催された。そこで、エグロフはシカゴ大学の図書館を訪ねてみた（偶然にもレースの最初の開催地に近い場所にあった）。

「そこに隔週刊の『オートモービル』という雑誌がありました。私は職員が運んできてくれたコレクションのすべての号を次から次へと読み進め、チェッカーフラッグの写真か説明がないかと探しました」。すると、一九〇二年七月の号に、白地の中央に黒い四角が入った旗がレースの最後に使われている写真を見つけた。さらに一九〇六年の号にも、ニューヨークの自動車展覧会の写真に、模様入りのたくさんの旗に交じってチェッカーフラッグが吊り下げられているものがあった。

これは興味深いことだった。彼が探していた証拠そのものではないが、そこに近づいていることは間違いない。彼は初期の長距離レースである「グリッデン・ツアーズ」について読みあさった。これは、車の「信頼性と耐久性」テストのための長距離走行から生まれた一種のラリーで、ときには一六〇〇キロもの距離を走ることもあった。自動車メーカーは自社モデルの市場を開拓しようとこのツアーで競い合うようになり、そのイベントがアメリカ自動車協会の支持を得た。

「別の号で、私はシドニー・ウォルデンという人物の記事を見つけました。パッカード・モーター会社の広報担当だった人物です。当時、この会社もグリッデン・ツアーズに参加していました。シドニー・ウォルデンは、勝者を決定する優れた方法のアイデアとして、コースをいくつかに分け、時間制限を設けることを思いつきました。一定の距離ごとに係員を配置し、時間をチェックするのです。この人たちは「チェッカー」と呼ばれました。彼らの居場所をわかりやすくするため、また彼らが係であることを示すため、チェッカーフラッグを使ったといいます。

そしてついに、一九〇六年五月の号に、一台の車の前にチェッカーフラッグを持つ男性が写っている写真を見つけました。その年の初めに開かれたグリッデン・ツアーで撮影されたものです。これが、レースでチェッカーフラッグが使われている様子を撮影した最初の写真だと思います。その車は今も存在しています。一九〇六年型のダラックで、今はニュージーランドにあります。しかし、それはまた別の話です。

これこそ、間違いなく信頼できる証拠である。しかし、この間違いのない真実にたどり着くまでには、競馬で袋小路に行き当たり、自転車で再び行き止まりとなり、さらにスポーツカーレースでたくさんの道を走り抜くという長年の努力が必要だった。フレッド・R・エグロフは真実にたどり着くために彼の一生分の時間を使ったかもしれないが、ついに勝者として表彰台に上がることができた。

このスポーツカーの世界のシンボルが、スピードを象徴するアイコンとして認識されるようになったのは皮肉なことかもしれない。なぜなら、もとはドライヴァーにスローダウンする合図として使われていたのだから。いまやチェッカーフラッグは車の側面にペイントされ、Ｔシャツにプリントされ、広告でもスピードと勝利のシンボルとして使われている。F1レースの会場に行けば、ファンたちが自分のひいきのドライヴァーやチームの国旗と一緒に、冗談半分にチェッカーフラッグを振っている姿を見かけるはずだ。

旗を掲げるのは古代も現代も変わらない世界的な現象である。すでに見てきたように、中国人は数千年前から絹の布地の紋章を掲げ、アラブ人もムハンマドの時代以前から、ヨーロッパ人は少なくとも十字軍の時代から、旗を掲げてきた。かつてはおもに戦旗として使われていたが、今ではあらゆるスポーツ団体、企業、軍隊、慈善事業、国家が旗を持ち、無数の旗が作られている。現代はまさに旗の時代である。

最後に、ふたつの世界的な旗に目を向けることにしよう。LGBT（性的少数者）のレインボーフラッグと、国連の青い旗である。おそらく、どちらの旗もIS占領下の飛び地として残る地域で見かけることはないだろうし、北朝鮮にもあまり多くは見られないだろうが、後者は世界の結束のシンボルであり、前者は先進国の多くで認識されるエンブレムで、すべての人が等しく自由であるという概念を伝える。

科学的に説明すれば、虹は空に弧を描く光のスペクトルにすぎず、水滴に光が反射、屈折、分散することが原因だが、それにしてもなんと美しい現象だろうか！　人間がこの地球上に現れて以来、虹は私たちの心をとらえ、自然の美しさを印象づけてきた。

ユダヤ・キリスト教文明では、虹は神が再び洪水を起こさないしるしとされている。キリスト教以前の古代スカンディナヴィア人にとっては、地上と神々の住まいをつなぐ橋だったが、その橋を渡れるのは高潔な人々だけだった。『ギルガメシュ叙事詩』によれば、シュメール人にとって虹は戦争を許可するシンボルだった。ガボンのファン族は子どもが虹を見ることを禁じている。彼らの宗教の入会の儀式で超自然的な経験をするときに使われるものだからだ。ミャンマーのカレン族は、虹は邪悪なもののシンボルだと信じている。

　民間伝承によれば、アメリカ先住民族の一部は太陽の周りに現れる虹を今も神からのしるしとみなし、大きな変化の時を告げるものと考えている。LGBTのコミュニティは知らず知らずのうちにその伝統のシンボルを受け継いだことになる。私たちは変化の時代に生きている。それは前世期よりも急速な変化で、LGBTの人々に対する態度の変化も、過去一〇〇〇年と比べて目覚ましいものがある。

　オリジナルのレインボーフラッグは現在、ニューヨーク近代美術館（MOMA）に展示されている。そのデザインと人気の高まりに貢献した第一人者はギルバート・ベイカーというアメリカ人で、現在六〇代半ばの男性だ。彼は一九七六年のアメリカ建国二〇〇周年の祝典の間に、ゲイのための旗が必要だと考え始めた。この年、星条旗はいつにも増して至るところで目にされた。彼

レインボーフラッグ

国際連合

が思いついた最初のシンボルのひとつが虹で、彼にとって自然の多様性を象徴するものだった。それを、ゲイの人々のさまざまな肌の色、ジェンダー、年齢と重ね合わせたのである。

一九七〇年代初め、軍を除隊したベイカーはサンフランシスコに居を定め、ドラッグクイーンとして生活費を稼ぎ、ゲイの集会やイベント用の旗を作っていた。彼はハーヴェイ・ミルクの友人だった。一九七七年にカリフォルニア州ではじめてゲイであることを公表した議員である。ミルクは一九七八年のサンフランシスコのゲイ・パレードのためのシンボルが欲しいと考え、ベイカーにアイデアを求めた。二〇一五年のＭＯＭＡとのインタビューで、ベイカーはレインボーカラーの旗のアイデアにたどり着いた経緯をこう説明した。

［ハーヴェイ・ミルクは］目に見える形にすることがいかに重要であるかについて、本当に大切なメッセージを伝えた……旗はその目的にぴったりかなっていた。社会に対して自分自身の存在を宣言すること、あるいは「これが私だ」と伝える方法になるからだ……旗は絵画ではなく、ただの布ではなく、単なるロゴではなく——多くの異なる形で使うことができる。私たちにはその種のシンボルが必要なのだと私自身も思った。ひとつの集団として、誰もがすぐに理解できる何かが必要だった。［レインボーフラッグには］「ゲイ」という言葉が書かれていないし、アメリカ国旗のように「合衆国」を主張してもいない。しかし、誰もがその意味するものを視覚的に理解する。だから、私たちも旗を持つべきだと決めたときに、その重要性がよくわかった。旗は私たちにぴったりのシンボルだ。私たちはひとつの集団、そう

呼びたければひとつの種族である。そして旗は力を宣言するものなので、私たちの目的にふさわしかった。

最初のふたつの旗はサンフランシスコのゲイ・コミュニティセンターで、三〇人のボランティアたちの手で作られた。大きさは九メートル×一八メートルで八本のストライプだった。一九七八年六月のゲイ・パレードの間、その旗はサンフランシスコの国連プラザに掲げられた。その五か月後、ハーヴェイ・ミルクがジョージ・モスコーニ市長とともに暗殺された。犯人は同性愛に対して世間が寛容になることに憤慨した元市会議員だった。

ミルクは死んだが、旗は生き残った。それどころか需要が劇的に増加した。人々がミルクの遺産とLGBTコミュニティとの結束を表現したがったからだ。その後、旗の人気は急速に世界中に広まり、国籍を超えたもうひとつの地球種族を象徴するものになった。

オリジナルのデザインには八色が使われ、セクシュアリティを表すピンクが含まれていたが、これは意図的に加えられたものだった。かつてナチスが同性愛者のしるしとしてピンクの三角形を使っていたからだ。赤は生命を、オレンジは癒しを、黄色は太陽の光を、緑は自然を、ターコイズは芸術を、青は調和を、紫は人間の精神を表した。ピンクは早い時期に取り除かれた。旗にはあまり使わない色で、製造コストが高くなったからだ。一九七九年にはターコイズも除かれ、旗は均等の幅の六色のストライプになった。

現在、さまざまな形で使われるこの六本のストライプは、多くのことを表現する。世界中を旅するゲイの人々は、店舗、ホテル、レストラン、建物にその旗を見れば、そこがほかの人々と同じことをしても安全な場所であるとわかる。チュニジアのカナダ大使館や、ホワイトホールのイギリス内閣府にも掲げられている。六本のストライプの映像が、エッフェル塔やホワイトハウスに投影されたこともある。

二〇一六年の夏、フロリダ州オーランドのナイトクラブ「パルス」でLGBTの人々が大勢殺される事件が起こると、その直後から世界中の無数の場所にこの旗が掲げられた。ソーシャルメディアはレインボーのアイコンであふれ、数百万のツイッターやその他のSNSのアカウントに添えられた。数千もの虹のシンボルが集会や平和の祈りに使われた。旗は世界のあちこちの町の窓にも下げられた。それは、人々が自分の性的指向や犠牲者への共感を自由に表現できるまでに社会が発達したしるしだった。これはアイデンティティを表明するものだが、それだけではない。旗はある人がLGBTだと伝えるだけでなく、LGBTを支援していることも伝える。レインボーフラッグは一種の戦旗だが、それが掲げられるのは進行中の文化戦争だ。欧米世界のとくに都市部については、LGBTに対する理解では大きな前進を果たしたが、そうした土地でさえ、この旗を掲げることにはリスクも伴う。残りの世界の広範な地域、とくにアフリカや中東では、この旗を提示することが刑務所行き、場合によってはそれより悪い結果につながりうる。

二〇一六年、この旗はイギリス諜報機関MI6の本部にも掲揚された。MI6長官の「C」は、すぐにそうとわかる形で、MI6はゲイの権利を支持するだけでなく、あらゆる背景の人材を歓迎するという合図を送った。六本のストライプを持つだけの一枚の旗が、何層もの意味を発信する。ジェームズ・ボンドがこれを見てショックを受けることはないだろうが、動揺ぐらいはしたかもしれない。

最後に国連の旗について述べよう。これは地球の旗だ。世界の旗であるように見せてはいるが、どういうわけかその目標を十分に達成していない。その理由は国連の複雑すぎる政策のためかもしれない。国連は国民国家が集まる機関だが、その国民国家のなかには、本書で見てきたように、国旗に忠誠を誓わない人々がたくさんいるからかもしれない。あるいは、国連旗が単純にそれほど目を引く旗ではなく、時代遅れに見えるからかもしれない。もちろん、それは主観的な判断による。

非公認の「地球の旗」というものもある。これは、人類が大胆にもこれまで以上に遠くまで行こうとするのであれば、はるか彼方の惑星の上に立て、あるいは少なくともそこの住民たちに見せ（もし彼らが地球の歴史について少しでも知っているのなら）、地球人の意図についてぼんやりとでも理解してもらおうという考えから提案されたものだ。デザインしたのはストックホルムのベックマンズ・デザインカレッジのオスカー・パーネフェルトで、大きな注目を浴びたが、公式

地球の旗

には認められていない。

この旗は、オーシャンブルーの地に七つの輪を組み合わせたデザインで、ウェブサイトによれば、七つの輪は「地球上の生命のシンボルである花の形になる。相互に重なり合う輪は、地球上のすべてのものが直接または間接に結びついていることを表す」。それによって人々に、「国境がどう引かれようと、私たちはこの地球を共有している。だからお互いのことも、すべての人がその上で暮らす地球のことも大切にしなければならない」と訴えかけるのだという。もっともな意見だが、それは国連についてもいえることだ。実際に、同じような言葉が無数の公式声明に含まれ、数十の言語で、数千の紙面に印刷されてきた。

国連の旗が最初に掲げられたのは一九四七年一〇月。ニューヨークで開かれた国連総会でのことだ。旗のデザインは、国連憲章を起草するために一九四五年にサンフランシスコで開かれた会議のため、ドナル・マクラフリンが考案した記章のデザインをもとにしている。それがあわてて作られたものだったことは、一九九五年に刊行された彼の著書『国連エンブレムの起源と一九四五年国連会議の回想（Origin of the Emblem and Other Recollections of the 1945 UN Conference）』で説明されている。急いで何か案を出すようにプレッシャーをかけられた彼は、いくつかのデザインを描いたが、すぐに放り捨て、ようやく円形のエンブレムを思いついた。緯度を表す丸みを帯びたラインと経度を表す縦のラインを背景に大陸が描かれ、ふたつの重なり合うオリーブの枝で枠を作っている。この記章にわずかに変更を加えたものが国連の公式の印章と紋章になった。

一九四七年、国連の地図製作者だったレオ・ドロズドフが、これをもとに国連旗をデザインした。青い地に白い五大陸の世界地図が描かれ、中心には北極星を配置し、大陸を覆うように五重の同心円がある。当時の見解では世界には五つの大陸しかないとされていたが、のちには誰にたずねるかによって六つか七つに変わった。いずれにしても、五大陸の図柄はＵＮの構造、とくに安全保障理事会を思わせる。一九四五年の世界を反映したもので、現在の世界ではない。五という数字は第二次世界大戦の戦勝国（ロシア、アメリカ、イギリス、フランス、中国）を連想させる。これらの国が自分たちの都合に合わせて世界秩序を構築した。この五国だけが国連の常任理事国となり、拒否権を持つ。ブラジル、メキシコ、インドネシア、インド、ドイツなどは、二一世紀を反映した国連安全保障理事会につくり直すように時々声を上げている。しかし、これは前世期から続いている議論で、まだしばらくの間は現在の構造と旗のまま変わらないだろう。

　旗に描かれた同心円は、もしあなたが特定の気質の持ち主なら、警戒心を呼び覚まされるかもしれない。世界が異星人の照準器にとらえられているかのように見えるからだ。戦闘ヘルメットとは縁がない一般の人たちには、この同心円が照準に見えることはないだろうが、当然ながら、この旗のデザインは陰謀説好きのさまざまな集団の関心を引いてきた。たとえば、この旗の上では、世界は平らだと気づくかもしれない。また、レプティリアン／フリーメイソン／イルミナティ（あるいは好みの怪しげな集団の名前を挙げてほしい）のような組織が、単純な図柄のなかに自分たちのシンボルを隠していることはよく知られている。立体のものを平面に描くむずかしさについての説明が、彼らの真実の追求にストップをかけることはない。同心円のなかに三三の線分を見つけるほうがよほど楽しいだろう。三三はイルミナティにとって意味のある数字だから……

これで証明終わり。大勢の人にとって幸いなことに、こうした陰謀説好きの人たちは、誰の主張が真実かについて議論することに忙しく過ごしているだけで、それが「主流」の考えに向かうことはない。

週末になると、重要な会議の開催中でないかぎり、国連本部の外に掲げられるのは国連旗だけになる。会議が週末に開かれることがめったにないのは、週末に国連と連絡をとろうとしたことがある人ならよく知っているだろう。ここは月曜から金曜の昼下がりまでが稼働時間となるタイプの場所なのだ。

加盟国の旗は（週末を除き）毎日午前八時ちょうどに掲揚され、一六時になると一〇人ほどのチームによって貢納される。この手続きには三〇分かかる。規定によってどの旗もサイズは同じ一・二メートル×一・八メートルで、高さと幅の比率は二対三と決められている。こうした規定があるのはかえって幸いだろう。これがなければ、「うちの国旗はおたくの国旗より大きい」競争がつねに勃発するだろうからだ。しかし、この取り決め自体が問題を引き起こしてきた。多くの国旗は実際の高さと幅の比率が異なるため、各国の大使、代表、さらには国家元首までが、自分の国の旗が引き伸ばされて見える、あるいはなんだかおかしく見える、と不満を述べてきた。

各国の旗は、ニューヨークの一番街に沿って北から南へ、英語のアルファベット順に並んでいる。イースト川沿いではめずらしくないことだが、そよ風が吹くとちょっとした見物になる。その光景が伝えるものは複雑だが、イギリスの旗章学者として有名なグラハム・バートラムの見方はかなり楽観的だ。「ここ数年で私が達した結論は、旗に何が描かれているかは、じつはたいして重要ではないということだ。私たちの間違いのひとつは、旗の上にあるものがその旗に力を与えるのだと思い込んでいることである……しかし実際には、重要なのは、旗がそれに意味を見いだす大勢の人たちに属するということで、人々が旗に力を与えているのである」

国連の旗は地球上に住む七〇億すべての人に語りかけ、またすべての人のために語るはずのものだ。結局のところ、私たちは国家の集まりであり、それが「連合」するのが国連なのだから。さまざまな人間が集まってできた組織として、当然ながら国連には内部にさまざまな意見があり、外ではこの組織についてさまざまな感情が持たれている。その数え切れないほどの委員会には、加盟国同士の駆け引きだけではなく、地域や宗教による駆け引きもある。国連の旗を愛することはむずかしいが、これは今のところ私たちが持つ唯一の世界の旗だ。そして、七〇億の地球人すべてを代表すべき旗――と組織――がまだないのなら、いずれ誰かがそれを発明するだろう。それが、私たちの仕事である。

「地球の旗」はすばらしいアイデアで、デザインも上品だが、もしこれが「われわれの」旗として正式に採用されることがあれば、すぐに政治利用されてしまうだろう。誰がそれを選び、誰が委員会を運営するのか？　誰がそのために発言し、したがって誰がすべての人の代表になるのだろう？　ひとつの惑星の住民として、私たちは団結していない。この運動を率いる人々または集団に同意できなければ、その動きを見たとたんに旗に同意することを拒否するだろう。それが永遠に続いていく。

通常、旗はアイデンティティを意味する。それを掲げるのがどんな人々であるかを明らかにする。しかし、同じように、どんな人々ではないかも明らかにする。だからこそ、国家や宗教の旗は私たちの想像力と情熱をこれほどまでに刺激する。しかし、国連の旗は外部の敵と戦うために掲げられるのではない。そのため、この旗の下に結集することがますますむずかしくなる。おそらく私たちには、自分たちを共通の目的を持つひとつの集団として見る想像力が欠けているのだろう。それを本当に理解するには、火星人の攻撃を待たなければならない。

しかし、最後はもっと楽観的な見方で締めくくろう。火星の従兄弟たちがやってくるのを待つ間、私たちが手にしているものは、国連本部の建物を端から端まで飾っている世界の数多くの国の旗である。列を成すこれらの旗のひとつひとつが国際的に承認された国家に住む人々の集団を表している。その光景が視覚的にはっきりと、肌の色、言語、文化、政治が多様であるのはかまわないのだと力強く認めている。それと同時に、私たちがひとつにまとまることができること、そして欠点はあるにせよ、またそれぞれ異なる旗を持つにせよ、ひとつの家族であることを思い出させてくれる。

謝辞

グラハム・バートラム、デイヴィッド・ウェイウェル、サミル・バンバズ、ミナ・アルオライビ、ゼイン・ジャファアル、オリー・デウィス、サラ・アデル、フレッド・R・エグロフ、フレッド・ブラウネル、サンデー・オラワレ・オラニラン、マフディ・F・アブドゥル・ハジ博士に感謝する。

また、出版社のエリオット・アンド・トンプソン、とくにバッド・ジョーク・プリベンション・ユニットの編集者、ジェニー・コンデルとピッパ・クレインにも感謝したい。彼らは最終稿に貴重な例を忍び込ませるという非常に困難な仕事に取り組んでくれた。本書に含まれる下手なジョークの責任はすべて私にある。

旗は感情がからむテーマで、どの旗のストーリーも歴史のさまざまな見方に左右される。歴史的証拠が疑わしい場合にはそれを明確にするために最善を尽くしたが、何か間違いがあれば、その責任はすべて私にある。

主要参考文献

●一般的参考文献

以下の資料はこの本のための調査で私が役立つと思ったもの。より専門的な資料は章ごとに紹介する。

Complete Flags of the World (London: Dorling Kindersley, 2002)

Devereux, Eve, *Flags: The New Compact Study Guide And Identifier* (London: Apple Press, 1994)

Eriksen, Thomas Hylland and Jenkins, Richard (eds), *Flag, Nation and Symbolism in Europe and America* (Abingdon: Routledge, 2007)

Marshall, Alex, *Republic or Death! Travels in Search of National Anthems* (London: Random House 2015)

Smith, Whitney, *Flags Through The Ages And Across The World* (New York: McGraw-Hill, 1976)

Tappan, Eva March, *The Little Book of the Flag* (Redditch: Read Books Ltd, 2015)

Znamierowski, Alfred, *The World Encyclopedia of Flags* (Wigston: Lorenz Books, 1999)

The Flag Research Centre website, http://www.crwflags.com/fotw/flags/vex-frc.htm

●はじめに

'Guns, Drones and Burning Flags: The Real Story of Serbia vs Albania', YouTube. 17 October 2015, https://www.youtube.com/watch?v=WuUUGIn8QuE

◉第1章　星条旗

Hughes, Robert, *American Visions: The Epic History of Art in America* (New York: Knopf Publishing Group, 1999)

Luckey, John R., 'The United States Flag: Federal Law Relating to Display and Associated Questions', CRS Report for Congress, 14 April 2008, http://www.senate.gov/reference/resources/pdf/RL30243.pdf

'Every race has a flag…' Notated Music, Library of Congress, (Jos. W. Stern & Co., New York, 1900) https://www.loc.gov/item/ihas.100005733/

Sunday Spartanberg Herald, 4 August 1935

http://nomoretatteredflags.org

◉第2章　ユニオンジャック

Lister, David, 'Union Flag or Union Jack', Flag Institute Guide (2014)

Bartram, Graham, 'Flying flags In The United Kingdom', Flag Institute Guide (2010)

Groom, Nick, *The Union Jack: The Story Of The British Flag* (London: Atlantic Books, 2006)

◉第3章　十字と十字軍

Buckley, Richard, *Flags of Europe: Understanding Global Issues* (Cheltenham: European Schoolbooks, 2001)

Schulberg, Jessica, 'Video: The Ridiculous Meaning of Europe's Flag, Explained', New Republic, 29 September 2014.

https://newrepublic.com/article/119601/european-flag-doesnt-have-anything-do-europe
Walton, Charles, *Policing Public Opinion in the French Revolution* (Oxford: Oxford University Press, 2009)
'The European Flag', Council of Europe http://www.coe.int/en/web/about-us/the-european-flag
http://www.radiomarconi.com/marconi/carducci/napoleone.html
http://www.portugal.gov.pt/en/portuguese-democracy/simbolos-nacionais/decreto-que-aprova-a-bandeira-nacional.aspx

◉第4章　アラビアの色

Guinness World Records 2015 (Vancouver: Guinness World Records, 2014)（『ギネス世界記録 2015』KADOKAWA、二〇一四年）
'Muslims World Cup Flag Anger', *Burton Mail,* 7 June 2006
http://www.burtonmail.co.uk/muslims-world-cup-flag-anger/story-21485018-detail/story.html# ixzz41ZDlrhWL

◉第5章　恐怖の旗

McCants, William, 'How ISIS Got Its Flag', Atlantic Magazine, 22 September 2015
SITE Intelligence Group, https://ent.siteintelgroup.com/

◉第6章　エデンの東

Bruaset, Marit, 'The legalization of Hinomaru and Kimigayo as Japan's national flag and anthem and its connections to the political campaign of "healthy nationalism and internationalism"', Department of East

European and Oriental Studies, University of Oslo (Spring, 2003)
'Constitution of the Peoples Republic of China' (1982) http://www.npc.gov.cn/englishnpc/Constitution/node_2825.htm
'Chinese National Flag: Five-starred Red Flag', http://cn.hujiang.com/new/p478857/
Daily NK.com Kim Tu Bong and the Flag of Great Extremes [Fyodor Tertitskiy Column]
Sun Tzu, *The Art of War* (London: Penguin Classis, 2002)

◉第7章　自由の旗

Barrett, A. Igoni, 'I remember the day . . . I designed the Nigerian Flag', Al Jazeera, 3 September 2015 http://www.aljazeera.com/programmes/my-nigeria/2015/09/nigerian-flag-150901092231928.html
Hill, Robert A. (ed.) *The Marcus Garvey and Universal Negro Improvement Association Papers*, Vol. IX, Africa for the Africans 1921–1922 (Berkeley: University of California Press, 1995)
Official Website of the Universal Negro Improvement Association And African Communities League, http://www.theunia-acl.com/
Shepperson, George, 'Notes On Negro American Influences On The Emergence Of African Nationalism', *Journal Of African History*, 1, 2, (1960), 299–312
'Taiwo Akinkunmi: An Hero Without Honour', Online Nigeria, 15 January 2007 http://article.onlinenigeria.com/ad.asp?blurb=478#ixzz41fRsUZGe

◉第8章　革命の旗

Flood, Daniel J., official correspondence, 1959

http://www.foia.cia.gov/sites/default/files/document_conversions/5829/CIA-RDP80B01676 R000900030089-5.pdf
'Advantages of the Panamanian Registry', Consulate General of Panama in London Website, http://www.panamaconsul.co.uk/?page_id=115
Carrasco, David and Sessions, Scott, *Daily Life of the Aztecs: People of the Sun and Earth* (Westport, CT: Greenwood Publishing Group, 1998)
von Goethe, Johann Wolfgang, *Goethe's Theory of Colours: Translated From The German, With Notes* (Cambridge: Cambridge University Press, 2014)
Jensen, Anthony K., 'Johann Wolfgang von Goethe (1749–1832)', Internet Encyclopedia of Philosophy, http://www.iep.utm.edu/goethe/
'Latin America Has Achieved Progress in Health, Education and Political Participation of Indigenous Peoples in the Last Decade', Economic Commission for Latin America and the Caribbean, Press Release, 22 October 2014 http://www.cepal.org/en/pressreleases/latin-america-has-achieved-progress-health-education-and-political-participation
Macaulay, Neill, *Dom Pedro: The Struggle for Liberty in Brazil and Portugal, 1798–1834* (Durham, NC: Duke University Press, 1986)
'Panama Canal Riots – 9–12 January 1964', GlobalSecurity.org http://www.globalsecurity.org/military/ops/panama-riots.htm

◉第9章　よい旗、悪い旗、醜い旗

Ship's Log, British Navy Ship HMS *Poole*, July 1700. From records held at The National Archives.

Antonelli, Paola and Fisher, Michelle Millar, 'MoMA Acquires the Rainbow Flag', Inside/Out, Museum of Modern Art website, 17 June 2015, http://www.moma.org/explore/inside_out/2015/06/17/moma-acquires-the-rainbow-flag/

Dryeson, Mark, *Crafting Patriotism for Global Dominance: America at the Olympics* (Abingdon: 2015, Routledge)

Egloff, Fred R., *Origin of the Checker Flag: A Search for Racing's Holy Grail* (Watkins Glen: International Motor Racing Research Centre, 2006)

'Geneva Conventions 1949 And Additional Protocols, and their Commentaries', International Committee of the Red Cross website, https://www.icrc.org/applic/ihl/ihl.nsf/vwTreaties1949.xsp

'Joint Service Manual of the Law of Armed Conflict', UK Ministry of Defence, 2004 https://www.gov.uk/government/uploads/system/uploads/attachment_data/file/27874/JSP3832004Edition.pdf

Leigh, Richard, Baigent, Michael and Lincoln, Henry, *The Holy Blood and the Holy Grail* (London: Arrow Books, 2006) (『レンヌ＝ル＝シャトーの謎』、林和彦訳、柏書房、一九九七年)

McLaughlin, Donal, 'Origin of the Emblem and Other Recollections of the 1945 UN Conference', 1995

https://www.cia.gov/news-information/blog/2015/images/McLaughlinMonograph.pdf

Olympic Games website http://www.olympic.org/documents/reports/en/en_report_1303.pdf

Rawsthorn, Alice, 'Skull and Crossbones As Branding Tool', New York Times, 1 May 2011

Shirer, William L., The Rise and Fall of the Third Reich (New York: Simon & Shuster, 1990) (『第三帝国の興亡』、松浦伶訳、東京創元社、二〇〇八年)

Young, David C., 'Myths About the Olympic Games', Archaeology online, 6 April 2004 http://archive.archaeology.org/online/features/olympics/games.html

モスル ……155
モデナ ……96
モラレス、エボ ……248
モリナイ、イスマイル ……7
モロッコ ……122
モンテネグロ ……7, 114
モントセラト ……58
モンマス、ジェフリー・オブ ……48

【や】

ユーゴスラヴィア ……6, 114-117
ユダヤ教 ……34, 146, 147, 170, 188
ユニオンジャック ……12, 44, 46, 51-58, 60, 61, 64, 69-72, 188, 265
ヨルダン ……123, 125, 127, 132, 163, 169, 171, 172
ヨルダン川西岸 ……163, 169, 171, 172

【ら】

ライン川 ……87
ラゴス ……230, 231
ラスカル、ディジー ……70
ラスタファリ運動 ……216, 220, 221
ラッカ ……161, 199
ラディン、オサマ・ビン ……131, 142, 143
ラテンアメリカ ……13, 211, 241, 242, 246, 253, 255, 258, 270
ラプラタ川 ……263
ラブラドール ……58
ラマフォサ、シリル ……236
リオデジャネイロ ……266, 267, 269
リーズ ……53, 55, 69, 77, 274
リスボン ……266
リビア ……142, 148, 150, 246-249, 263, 264, 274
リベリア ……227, 228
ルクセンブルク ……285
ルーフ、ディラン ……28
ルーマニア ……93
ルワンダ ……228
冷戦 ……80, 113
レイン、フランクリン・D ……248, 298-300, 302, 309
レインボーフラッグ ……298-302
レヴィ、ポール ……76
レオポルト五世 ……106
レーガン、ロナルド ……19, 36
レッド・クリスタル ……283
レーニン、ウラジーミル ……103, 112, 113, 159
レバノン ……141, 142, 146, 163-167
レヴァント ……161
レプティス・マグナ ……149
レベデフ少将 ……202
ロークス・ドリフト ……55
ローザンヌ ……289
ロシア ……74, 78, 80, 85, 103, 109-113, 179, 181, 182, 184, 196, 202, 291, 305
ロス、ベッツィ ……23
ローデシア ……62
露土戦争 ……282
ローマ ……10, 48, 67, 82, 87, 133, 149, 157, 252, 279
ローリング、J・K ……18
ロレーヌ ……86
ロレンス、T・E（大尉） ……125, 127
ロング・ジョン・シルヴァー ……279
ロンドン ……59, 70, 127, 204, 220, 230, 292
ロンバルディア ……96

【わ】

ワイマール共和国 ……87, 88, 91, 93
ワシントン ……107, 259
ワッハーブ派 ……128, 131, 156
ワーテルローの戦い ……55
ワルシャワ条約 ……113

ヘルツル、テオドール ……146
ベルファスト ……66, 67, 68
ヘルマンド州 ……186
ベルリンの壁 ……80, 93
ヘンリー八世 ……48
ボーア戦争 ……281
ポエニ戦争（第二次） ……279
ボコ・ハラム ……162, 230
ボゴタ ……243
ボストン茶会事件 ……21
ホースト州 ……129
ボスニア・ヘルツェゴヴィナ ……117
北極 ……304
ホプキンソン、フランシス ……23
ホメイニ、アヤトラ・ルーホッラー ……136, 137, 140, 165
ポーランド ……17, 87
ボリバル、シモン ……243-246, 263
ボリビア ……246-249, 263, 264
ボルティモア ……20, 24, 25
ポルトガル ……104-106, 124, 226, 241, 242, 253, 266-268, 270
ポーレット、ロード・ジョージ ……59, 60
ホワイト、チャールズ・モウブレイ ……16, 20, 24, 219, 302
ポワティエの戦い ……83
ホンジュラス ……253, 255

【ま】

マケドニア ……7, 113-116
マコーリー、ニール ……268
マサチューセッツ ……21
マッカーサー、ダグラス（将軍） ……208, 293
マッツィーニ、ジュゼッペ ……96
マディソン、ジェームズ（大統領） ……24
マニトバ ……58
マハー、トーマス・フランシス ……68
マハディ ……157, 158
マラウイ ……224
マラッカ海峡 ……199
マリ ……71, 84, 162, 224, 258, 275, 278
マルクス、カール ……80, 111, 159, 215
マルタ ……82, 104
聖マルティヌス（サン・マルタン） ……82
マレーシア ……148, 179, 199
マンデラ、ネルソン ……234-237
三日月と星 ……108, 134-136, 148, 180, 187, 197
南アフリカ ……55, 60, 222, 233-236
南シナ海 ……199
南十字星 ……269
ミネソタ ……38
ミャンマー ……55, 60, 299
ミラノ ……95, 96
ミラボー伯爵 ……85
ミランダ、フランシスコ・デ ……11, 244
ミルク、ハーヴェイ ……300, 301
ムスリム同胞団 ……136, 168
ムッソリーニ、ベニート ……97, 216, 217
ムバラク、ホスニ ……143
ムハンマド（預言者） ……81
メキシコ ……37, 39, 40, 241, 242, 246, 249-254, 262, 305
メッカ ……124, 125, 127, 131, 161, 170
メディナ ……125, 131
メネリク二世 ……215
メンケン、H・L ……218
メンデス、ハイムンド ……269
メンドーサ、フアン・デ・パラフォス・イ ……250
毛沢東 ……159, 193, 196
モザンビーク ……222, 225, 226
モスクワ ……103, 113, 180, 203, 291
モスコーニ、ジョージ ……301

バルト海　……113
パレスティナ　……49, 55, 123, 132, 143, 147, 166-175
ハワイ　……58-60
汎アフリカ旗　……218
ハンガリー　……81, 82, 93, 113, 117, 119, 289
ハンティントン、サミュエル　……118
東ドイツ　……93
ビザンティウム　……132, 133
ヒジャーズ　……123, 125-128
ヒズボラ　……146, 163-167, 175
ビスマルク、オットー・フォン　……88, 287
ヒトラー、アドルフ　……12, 88, 89, 91, 92, 94, 293
ヒマラヤ山脈　……192
ビーユヴァン、ダンカン　……118
ヒューズ、チャールズ・エヴァンズ
ピョートル一世　……109
平壌（ピョンヤン）　……205
広島　……208, 211
ヒンドゥー教　……91, 187, 189-192
ファタハ　……161-163, 171, 172, 174, 175
ファーティマ朝　……124, 136
ファラー、モハメド　……71
フィジー　……57
フィラデルフィア　……23, 40, 41
フィリッポス二世（マケドニア）　……114
フィリピン　……200, 208
フィンランド　……57
フィンランド戦争　……97, 98, 103, 104
フェザーン　……149, 150
ブエノスアイレス　……164, 263
フェルガナ盆地　……180
フェルナンド（スペイン王）　……242
フォークランド諸島　……55, 265
フォートマクヘンリー　……20, 24, 25
フクヤマ、フランシス　……80
フサイン（太守）　……123
プーチン、ウラジーミル　……113
仏教　……188, 190, 192, 282
ブッシュ、ジョージ　……17
ブラウネル、フレッド　……233-238, 309
ブラガンサ家　……268
ブラジル　……243, 253, 255, 265, 266-270, 305
フラッド、ダニエル・J　……260, 261
フランクリン、トム　……5, 9, 14
フランス　……24, 37, 62, 63, 76, 79, 82-88, 96, 102, 120, 126, 132, 150, 169, 214, 216, 217, 241, 242, 255, 270, 276, 279, 285-287, 291, 295, 305
フランス革命　……84, 102, 242, 255
プリースト、ハリー　……289
ブリティッシュ・コロンビア　……58
フリニェヴィエツキ、イグナツィ　……109
ブリュッセル　……61, 74, 78, 134
プール、リンとグレイ　……41, 276, 292
ブルガリア　……98, 289
ブルネイ　……179
ブレア、トニー　……70
プロイセン　……88, 287
フローレス、フアン・ホセ　……246
ベイカー、ギルバート　……299, 300
ベイルート　……163, 165
ベオグラード　……6
北京　……197-199
ペタン元帥　……86
ベッカー渓谷　……163
ペドロ　……266, 267, 268
ベネズエラ　……11, 242-245
ベラルーシ　……74
ベリーズ　……55
ペルー　……154, 243, 245, 247, 248, 262, 263
ベルギー　……37, 214, 228, 286
ベルグラーノ、マヌエル　……263, 264

トペリウス、サカリアス ……103
トーマス准将 ……60
トムソン、チャールズ ……22
ドライヴァー、ウィリアム ……26, 40, 295, 297, 298
トラスパダーナ共和国 ……96
トラファルガーの戦い
トランスオクシアナ ……182
トランスヨルダン ……127
トランプ、ドナルド ……39
トリスタンダクーニャ ……52
トリポリ ……26, 149, 150
トリポリタニア ……149, 150
トルクメニスタン ……130, 180-183
トルコ ……49, 74, 77, 78, 107, 108, 118, 133-136, 143, 151, 157, 181, 184, 286, 289
ドレフュス、ルネ ……295
ドロズドフ、レオ ……304

【な】

ナイジェリア ……60, 162, 230-232, 278
長崎 ……208
ナジュド ……126, 127
ナスラッラー、ハサン ……165, 166
ナチス ……12, 88-93
ナディミ、ハミド ……137-139
NATO ……6, 113, 116, 134, 148, 283-286
ナポレオン ……24, 85, 86, 88, 96, 242, 266
ナポレオン戦争 ……24
南部連合旗 ……26-29
ニウエ島 ……58
ニカラグア ……253-255
日露戦争 ……208
日清戦争 ……208
日本 ……17, 37, 178, 202, 203, 206-211
ニューオーリンズ ……40
ニュージーランド ……37, 57, 58, 297
ニューファンドランド ……58
ニューメキシコ ……39
ニューヨーク ……5, 10, 89, 217, 218, 296, 299, 304, 306
ヌエバグラナダ(ニューグラナダ) ……243
ネパール ……192, 193
ノルウェー ……98, 100, 102-104, 285

【は】

バイニマラマ ……57
ハイレ・セラシエ一世 ……220
ハインツ、アルセーヌ ……76
ハインリヒ六世（皇帝） ……106
パキスタン ……34, 60, 148, 186, 187, 192, 199
バクスター、E・H ……128
バグダッド ……37
ハーグ条約 ……280, 281
ハジ、マハディ・F・アブドゥル（博士） ……172, 173, 309
ハシミテ ……124-128, 132, 144
バシル、タフシン ……151
バスティオン基地 ……55
バスラ ……55
八十年戦争 ……108
ハドソン川 ……89
バートラム、グラハム ……52, 64, 306, 309
聖パトリック ……51
バドル ……124, 146, 253-255
パナマ ……243, 256-261
パーネフェルト、オスカー ……303
ハノイ ……198
ハプスブルク家 ……268
ハマス ……163, 167-171, 175
バミューダ ……58
パラグアイ ……264
パリ ……8486, 96, 111, 284
バルカン半島 ……9

ソ 連　……76, 93, 109, 110, 112, 179, 180, 202, 203
ソマリア　……71, 162, 275, 278
ソロモン王　……142, 214
ソンムの戦い　……55

【た】

第一次世界大戦　……27, 88, 122, 163, 208, 288
太極旗　……201, 203
大西洋　……6, 20, 104, 122, 245-256, 283, 284
第二次世界大戦　……9, 16, 75, 86, 92, 97, 107, 108, 150, 201, 202, 208-210, 216, 289, 295, 305
ダイレソン、マーク　……293
台湾　……17, 166, 200
タジキスタン　……130, 180, 183
ダチッチ、イヴィツァ　……8
ダービク　……157, 158, 159
ダビデの星　……147, 214
タフト（大統領）　……24
ダブリン　……68
ダマスカス　……100, 124, 158
タミル・イーラム解放のトラ　……281
ダラス　……36
タリバン　……185, 186
ダルマチア　……117
ダンネブロ　……98-100, 102
タンネンベルクの戦い　……87
チェコ共和国　……113
チェチェン　……162
チェッカーフラッグ　……294-298
地球の旗　……303, 307
チザルピーナ　……96
チスパダーナ共和国　……96
チチカカ湖　……248
チベット　……197, 198
チャールズ一世　……50, 64
中央アメリカ連邦共和国　……253
中国　……10, 17, 37, 38, 61, 80, 81, 90, 110, 112, 178, 192-203, 205, 207, 208, 253, 257, 279, 283, 298, 305
チュニジア　……95, 136, 149, 151, 302
チューリップ　……138-140
チューリヒ　……234
朝鮮戦争　……29, 204
チリ　……247, 248
槌と鎌　……109-112, 195, 196
ツバル　……57
ディキシー・フラッグ　……26, 27
ディケーター、スティーヴン　……32
ティーパーティー　……21
ディーム、カール　……292
ティムール（タメルラン）　……182
ティランガ　……188
テキサス　……36, 40, 41, 294
デクラーク、F・W　……234, 236
テッサロニカ　……115
テネシー　……26
デフォー、ダニエル　……278
テヘラン　……137, 138, 140, 146
デリー　……191, 198
テルティツキー、フョドル　……202
デルフォイ　……291, 292
テンプル騎士団　……105, 275, 276
デンマーク　……98-102, 104
ド・ゴール、シャルル　……79, 86
ドイツ　……37, 46, 76, 79, 87-89, 91-94, 98, 108, 110, 120, 165, 209, 210, 214, 244, 289, 293, 305
ドゥアルテ、パウロ・アラウジョ　……269
ドゥウゴシュ、ヤン　……87
道教　……282
ドゥシャンベ　……130
同治帝　……195
東南アジア　……209
トーゴ　……224

サンクトペテルブルク ……109
サンパウロ ……268
ザンビア ……226, 227
サンフランシスコ ……300, 301, 304
シーア派 ……124, 131, 136, 139, 146, 163-167, 187
シェイクスピア、ウィリアム ……44
シェパーソン、ジョージ ……220
ジェームズ一世(イングランド王) ……47
ジェームズ二世 ……67
ジェームズ六世 ……47
シオニズム ……146, 147
シカゴ ……296
シーク教 ……187, 190
ジッダ ……130
シベリア ……78
ジャイナ教 ……90, 190
シャハーダ ……128, 129, 155, 185
ジャマイカ ……217, 218, 220
ジャンヌ・ダルク ……82, 84, 85
上海 ……195, 198
習近平 ……198
十字軍 ……10, 49, 82, 87, 105, 106, 158, 194, 282, 298
自由置籍 ……258
自由フランスの旗 ……86
ジュネーヴ ……280-282
ジョアン六世 ……266
蔣介石 ……200
昭和天皇 ……210
植民地主義 ……44, 55, 56, 112, 142, 151, 169, 192, 222-234, 240, 243, 251
ジョージア(旧グルジア) ……78, 113
ジョリー・ロジャー ……274-276, 278, 279
ジョーンズ、ジャスパー ……18
ジョンソン、グレゴリー・リー ……36, 278
シリア ……10, 34, 123, 125, 132, 142-144, 152, 157, 158, 161, 162, 164, 165, 167, 184
白旗 ……279-281
シンガポール ……208
神聖ローマ帝国 ……87
ジンダル、ナヴィーン ……191
神道 ……207
ジンナー、ムハンマド・アリー ……192
ジンバブエ ……62
スアレス、レイシ ……262
スイス ……100, 104, 234, 282, 289
スウェーデン ……39, 98, 101-103, 107
スカンディナヴィア ……97, 98, 104
スコットランド ……45-51, 65, 66, 68, 70, 71, 178
スーダン ……55
ステファン、ミトロヴィッチ ……8
ストックホルム ……303
ストーモント ……67
ストラスブール ……76
スペイン ……6, 7, 98, 108, 241-245, 250-254, 263-265, 270, 290
スミス、ホイットニー(博士) ……194, 252
スロヴァキア ……104, 113
スロヴェニア ……113, 114
スワジランド ……225
スンニ派 ……124, 131, 139, 146, 156, 164, 167, 182
星条旗 ……5, 6, 9, 12, 14, 16-21, 23-26, 28-30, 35, 37-39, 42, 188, 200, 211, 227, 258-261, 293, 299
セーガン、カール ……90
赤十字 ……281-283
セーシェル ……229
セネガル ……224
セルビア ……6-8, 113, 114, 116, 117
ソウル ……205
曾聯松 ……195-198

キム・ジョンウン ……204, 205
キム・ドゥボン ……202, 203
9・11同時多発テロ ……5, 9, 38
共産主義 ……80, 89, 93, 103, 109-113, 159, 179, 184, 193, 195-197, 200-204
ギリシア ……7, 104, 114-116
キリスト教 ……13, 32, 82, 98, 104-107, 134, 145, 146, 157, 158, 166, 168, 187, 188, 215, 230, 251, 282, 298
キルギス ……180, 183, 184
ギルモア、サー・ジョン ……53
キレナイカ ……148-150
キレネ ……149
グアテマラ ……253, 255
グアルディア、エルネスト・デ・ラ ……260
クウェート ……122, 123, 127, 144
グース・グリーン ……55
グッドラック、ジョナサン ……232
クーベルタン、ピエール・ド ……287, 288, 291, 292
クペロギ、ファルーク・A ……232, 233
グラストンベリー ……49
グランドユニオン旗 ……21
クランビー、ジョン ……276
クリスティ、リンフォード ……71
グリフィス、D・W ……27
クリミア ……55, 113
クルド人 ……122, 143-145
クルー伯 ……53
クレモナの戦い（第二次） ……279
クロアチア ……37, 114, 117
クロヴィス王 ……83
黒ひげ ……277, 279
クロムウェル、オリヴァー ……50
グワーダル ……199
ケイマン諸島 ……58
聖ゲオルギオス（聖ジョージ） ……48
ゲーテ、ヨハン・ヴォルフガング・フォン ……11, 244
ケニア ……55, 60, 222, 224
ケニヤッタ、ジョモ ……222, 224
ケネディ、アンソニー（判事） ……36
ゲレロ、マヌエル・アマドール ……258
ケンタッキー ……23
江西省 ……195
国際連合 ……216
国際連盟 ……216, 217
コスタリカ ……253, 255
コソヴォ ……6-8, 116, 117
コミューン ……111
コモロ ……147
コロンビア ……58, 204, 205, 243-245, 258
コロンブス、クリストファー ……242-244, 246
コンゴ民主共和国 ……199, 228
コンスタンティノープル ……132, 133
コンチネンタル旗 ……21
コント、オーギュスト ……199, 269
ゴンドワナ ……240

【さ】

サイクス、マーク ……123, 126
サイクス・ピコ協定 ……126
サヴォワ ……100
サウジアラビア ……118, 125, 128, 129-132, 156
サウスカロライナ ……28
サウード、アブドゥル＝アズィーズ・ビン ……126, 128, 131
サダム・フセイン ……144
サヌーシー王朝 ……148
サパタ、エミリアーノ ……246
サブラタ ……149
サマルカンド ……124, 182
サラエヴォ ……118
サラディン ……142, 143
ザールラント ……76

エッフェル塔 ……302
エデン ……178
エリクソン、オロフ ……236
エリトリア ……215
エルサルバドル ……253-255
エルサレム ……147, 158, 164, 169, 170, 172
エルドアン大統領 ……107, 135
エンクルマ、クワメ ……222, 223
オーウェル、ジョージ ……9
オーエンス、ジェシー ……293
オコー、セオドシア・サロメ ……223
オーストラリア ……37, 55, 57, 78
オーストリア ……37, 88, 98, 106, 107, 113, 117, 289
オスマン一世 ……133
オスマン帝国 ……108, 113, 117, 122-126, 132-134, 136, 149, 163, 175, 282
オスロ合意 ……173
オバマ、バラク ……17, 28
オマーン ……122, 123
オラニラン、サンデー・オラワレ ……231, 309
オランダ ……98, 108, 109, 234, 236, 237, 285, 295
オーランド ……302
オーリッケの戦い ……105
オリベイラ、ベルシオル・ピニェイロ・デ（神父） ……267
オリンピック ……29, 71, 93, 200, 205, 249, 286-293
オルレアンの包囲 ……84
オーレスン橋 ……101
オレンジ公（オラニエ公ウィレム）ウィリアム ……108
オンタリオ ……58

【か】

海賊 ……274-279
カイロ ……142, 151
ガーヴェイ、マーカス・モザイア ……217-224
鉤十字（スワスティカ） ……12, 17, 89-92
ガザ ……34, 162, 163, 167-169, 171-173
カザフスタン ……183
カーター、ジミー ……19
カダフィ大佐 ……148
カタルーニャの独立運動 ……7
カッシグ、ピーター ……158
ガーナ ……222, 223
カナダ ……37, 58, 302
ガネーシャ ……190
カブール ……186
カーボヴェルデ諸島 ……276
ガボン ……223, 299
カメハメハ一世 ……59
カメルーン ……224
カランサ、ベヌスティアーノ ……252
ガリバルディ、ジュゼッペ ……96, 246
カリフォルニア ……300
カリブ海 ……223
ガリポリ ……55
ガルヴェストン ……40, 41
カルバラの戦い ……124
カルロッタ、ジョアキナ ……266
カール大帝(シャルルマーニュ) ……82
韓国 ……201, 202, 204, 205
ガンディー、マハトマ ……188-191
キー、フランシス・スコット ……24, 25
北アイルランド ……45, 47, 51, 66-68, 70
北アフリカ ……122, 124, 136, 147, 149-151
北朝鮮 ……130, 201-206, 208, 298
ギニア ……223
キプロス ……127
キム・イルソン ……203
キム・ジョンイル ……204

アレッポ　……125, 157
アンギラ　……58
アングロ・ハシミテ条約　……126
アンゴラ　……199, 222
アンデス山脈　……247
聖アンデレ（セント・アンドリュー）
……46, 49-51
アントウェルペン　……288, 289
アン女王　……47, 51
イエメン　……123, 125, 152
硫黄島　……9, 20
イギリス　……12, 21, 23-25, 37, 39, 41, 44, 46-49, 51-71, 74, 99, 101, 119, 123, 125-127, 130, 132, 150, 169, 174, 185, 186, 188, 189, 191, 207, 209, 214, 216, 217, 222, 227, 229, 230, 233, 236, 241, 252, 263-265, 267, 276, 280, 281, 285, 286, 291, 302, 305, 306
イギリスのＥＵ離脱　……119
イザディン・アルカサム旅団　……163, 169
イザベラ女王　……242
イスタンブール　……132, 156, 158, 184
イースター蜂起　……68
イスメイ、ヘイスティングス（将軍）
……284
イスラエル　……142, 146, 147, 163, 164, 166-173, 178, 282
イスラム国（ＩＳ）　……12, 131, 150, 154-163
イタリア　……37, 76, 88, 94, 95, 96, 97, 98, 148-150, 164, 214-217, 244, 246, 249
ＥＵ（欧州連合）　……45
イラク　……17, 29, 34, 37, 55, 123, 125-127, 132, 139, 142-146, 152, 155, 156, 161, 178
イラン　……19, 34, 123, 136-141, 143, 146, 163, 165, 181, 184, 194, 196
イラン・イラク戦争　……139
イリノイ　……294
インカタ自由党　……235
イングランド　……45-50, 65, 66, 68-71, 83, 84
インダス渓谷　……188
仁川（インチョン）　……205
インド　……55, 56, 60, 90, 91, 147, 182, 187-189, 191, 192, 199, 278, 305
インドネシア　……199, 278, 305
インド洋　……147
ヴァイキング　……81
ヴァルデマー二世　……98
ウイグル　……197
ヴィシュヌ（神）　……91
ヴィシー政権　……86
ヴィットーリオ・エマヌエーレ二世
……97
ウィファラ　……248
ウィリアム征服王　……81
ウィーン　……134
ウェステンドルプ、カルロス　……118
ヴェトナム　……19, 29, 36, 198, 200
ヴェルサイユ条約　……126
ウェールズ　……45, 47, 48, 65, 70, 71
ウォーターフォード　……68
ウォーホル、アンディ　……18
ウォルデン、シドニー　……296
ウガンダ　……154, 226, 227
ウクライナ　……55, 113
ウズベキスタン　……148, 180-184
ウマイヤ朝　……124, 139
ウラル山脈　……78, 113
ウルグアイ　……264, 265
エヴェレスト山　……29
エクアドル　……243, 245, 246, 248
エグロフ、フレッド・Ｒ　……294-297, 309
エジプト　……10, 34, 122, 136, 142-144, 148, 150, 151, 168, 174, 194, 220, 289
エチオピア　……214-217, 219-223

索　引

【あ】

アイスランド　……78, 98, 104
アイゼンハワー、ドワイト　……259, 284
アイルランド　……44, 45, 47, 51, 58, 66, 67, 68, 70, 219
赤い三日月　……136
赤旗　……109-112, 159, 160, 161
アキンクュミ、ミカエル・タイウォ　……230-232
アグスティン一世　……251
アクラ　……222
アサド、バッシャール　……164, 167
アジア太平洋　……147
アショーカ王　……188
アゼルバイジャン　……130, 179
アッコンの包囲　……106
アッバース朝　……124
アテネ　……288, 289
アデン　……125
アビシニア　……215, 216
アフガニスタン　……29, 55, 123, 129, 184-186
アフマディネジャド、マフムード　……140
アフリカ民族会議（ANC）　……235, 236
安倍晋三　……211
アマテラス（太陽神）　……207
アメリカ　……5, 6, 9, 12, 13, 16-27, 29-40, 42, 58, 60, 62, 79, 80, 89, 90, 118, 130, 144, 147, 157, 158, 162, 164, 186, 188, 191, 199, 200, 202, 208, 211, 216-219, 220, 222, 227, 241, 242, 244, 246, 253-261, 267, 270, 286, 289, 292-296, 299, 300, 305
アメリカ大使館人質事件　……19
アメリコ、ペドロ　……268
アラビア海　……122, 125, 152
アラファト、ヤセル　……171
アラブの春　……144
アラブ共和国連邦　……142
アラブ首長国連邦（UAE）　……123
アラブ反乱　……123, 124, 126, 136, 142, 144, 163, 173
アリエル、リチャード　……147
アル・シャバブ　……162
アル・タウヒード・ワル・ジハード　……162
アルアクサ殉教者旅団　……163, 172
アルオライビ、ミナ　……125, 144, 309
アルカイダ　……131, 151, 156, 161, 176, 182
アルジェリア　……136
アルシャム、ジャブハト・ファタハ　……161, 162, 163
アルゼンチン　……164, 242, 254, 262-265, 289
アルテミス（女神）　……133
アルバカーキ　……39
アルバニア　……6, 7, 8, 116
アルフォンソ一世　……105
アルプス　……96, 97
アレクサンドル二世　……109
アレクサンドロス大王空港　……116

【カバー写真提供】
「出入国管理法に抗議する移民」Alamy ／ PPS 通信社
「北京オリンピック開会式」Tao Images ／ PPS 通信社

【著者】ティム・マーシャル（Tim Marshall）
1959 年、イギリス生まれ。コソヴォ紛争やアフガニスタン侵攻、アラブの春など国際情勢の最前線を現地取材してきたジャーナリスト、ブロードキャスター。著書に世界的ベストセラーとなった『恐怖の地政学』がある。

【訳者】田口未和（たぐみ・みわ）
上智大学外国語学部卒。新聞社勤務を経て翻訳業に就く。主な訳書にヘルストスキー『「食」の図書館 ピザの歴史』、ウェインラウブ『「食」の図書館 サラダの歴史』、エヴァンズ『フォトストーリー 英国の幽霊伝説』、ルース『インド 厄介な経済大国』、ハンセン『図説シルクロード文化史』など。

国旗《こっき》で知《し》る国際情勢《こくさいじょうせい》

●

2017年4月27日　第1刷

著者…………ティム・マーシャル

訳者…………田口未和《たぐちみわ》

装幀…………岡孝治《おかこうじ》

発行者…………成瀬雅人
発行所…………株式会社原書房

〒160-0022 東京都新宿区新宿 1-25-13
電話・代表 03（3354）0685
http://www.harashobo.co.jp
振替・00150-6-151594

印刷…………新灯印刷株式会社
製本…………東京美術紙工協業組合

ISBN978-4-562-05397-1, Printed in Japan